中公文庫

「死霊」殺人事件

警視庁捜査一課・貴島柊志

今邑　彩

中央公論新社

目次

「死霊」殺人事件

——警視庁捜査一課・貴島柊志

プロローグ

雅美《まさみ》がシャワーを浴びて出てくると、奥沢《おくさわ》峻介《しゅんすけ》はネクタイを緩めただけの恰好で、ソファにもたれてビデオを観ていた。

二十一インチの画面いっぱいに映っているのは、洋画のアクションもので、派手なカーチェイスの末に、追っていたパトカーが横転、爆発。凄まじい炎に包まれている。

奥沢はそれをどういうわけか、音声を消して眺めていた。

雅美は濡れた髪をタオルで拭きながら、男の顔を覗《のぞ》きこんだ。

紅蓮《ぐれん》の炎を見詰める男の目には表情がなかった。

「面白い？」

そうたずねると、奥沢はわずかに瞼《まぶた》をあげた。いつもはすっきりとした二重《ふたえ》の瞼が、寝不足のせいか、薄赤く腫《は》れて重たげに見える。

「何が？」

「そんなふうに音消して見て、面白いかって聞いてるの」

「うるさいんだよ」

「おかしな人。うるさいなら、観なければいいのに」

雅美はソファのひじ掛けの部分に腰をおろして脚を組んだ。タオル地のガウンの裾《すそ》が割れて、女というよりも、運動好きな少年のような引き締まった脛《すね》があらわになったが、奥沢は見飽きたような顔で目もくれなかった。

「会社のほう、どうなってるの」

ガラスのテーブルの上の煙草《たばこ》を取りながら訊《き》く。

「ありゃ、もうだめだ」

奥沢は他人事《ひとごと》のように言った。

「この前、上山《かみやま》と会ったとき、あいつ、別れぎわに笑えない冗談を言ってたよ」

そう言って、今なら笑えるとでもいうように、片頬《かたほお》を歪めた。

上山というのは、奥沢の大学時代からの友人で、奥沢がやっている不動産会社の共同経営者でもあった。

「どんな冗談?」

雅美は少し顔を傾け、ライターを鳴らして細巻きの煙草に火をつけた。

「いっそ事故に見せ掛けて保険金でも狙《ねら》おうかってさ」

「保険金って、誰の?」

「おれたちのさ。今の会社作ったとき、互いを受取人にして一億のやつに入ったんだ。どっちかが死ねばそれが入る。それで、どっちが犠牲になるかコインの裏表で決めようかって話になって」

「いやだ。そんなことしたの？」

雅美は煙を吐き出して、顔をしかめた。

「もちろん冗談だよ。ブラックジョーク。どっちに転んだって、そんなことできるわけないじゃないか」

そう言って、奥沢は腹の底から絞り出すような溜息《ためいき》をついた。

「ねえ、千里《ちさと》さんの実家のほう、なんとかならないの。彼女の父親って、シクラ製菓の社長なんでしょ？　シクラ製菓といえば、製菓会社としては大手でしょうが」

雅美は一口だけ喫《す》った煙草を、ぐったりと頭をソファにもたせかけている男の口に押し込んだ。

「今は相談役。去年、次女の婿《むこ》に社長の椅子を譲ったそうだ。新社長はまだ四十三歳。おれより二つ若い」

奥沢は口の端に煙草をぶらさげたまま、吐き捨てるように言った。

「あなたは長女の婿なんだから、なんとかしてくれてもよさそうなものじゃない」

「そいつは期待するだけ無駄ってもんだ。あの親父はおれを婿だとはいまだに認めてないよ。これを機会に、娘が離婚して戻ってくれれば万々歳《ばんばんざい》ってとこだろう」

「せめて子供でもできていたらよかったのにね」

「まったく我ながら間抜けすぎて涙も出ない。千里にはまんまと一杯食わされた気分だ。

こんなことになると分かってたら、あの親父に結婚を猛反対されたとき、いっそキレイサッパリ別れていればよかった」

「とか言いながら、十五年も連れ添っているところを見ると、まんざら愛情がなかったわけでもないんじゃないの」

微《かす》かな嫉妬を感じながら、口だけは軽い調子で冷やかすと、奥沢の目に憎悪に近い色が浮かんだ。

「まさか。あいつと別れなかったのは、いずれ、あのクソ親父が死んだら、財産の一部が千里経由でこっちの懐《ふところ》まで転がりこんでくると思ったからだ。勘当《かんどう》しようが何しようが法定相続分というのが歴然としてあるんだからな。ところが、これもとんだ見込み違いだった」

奥沢は自嘲《じちょう》めいた笑い方をして、膝《ひざ》の上に落ちた煙草の灰を払った。

「見込み違いって？」

「あの親父はまだ六十六だ。おまけに、千里の妹の話だと、医者が驚嘆するくらいの健康体だそうだ。人間ドックに入ったら、体力はまだ五十代、虫歯ひとつないっていうから、がっくりくるじゃないか。あれは百まで生きるね。めでたく往生《おうじょう》するころには、こっちのほうがとっくにくたばってる」

奥沢は単調な声でそう言って、ワイシャツの上から心臓のあたりをそっと押えた。生まれたときから心臓に欠陥があって、手術を要するほどではなかったらしいが、正常者に比べると無理がきかない体と聞かされたことがある。

「あたしに何かできたらいいんだけどね」

雅美は、小さな子供でもあやすように、男の頭に手を差し延べて、白髪《しらが》の筋が目立ちはじめた硬《かた》い毛質の髪をぐしゃぐしゃにした。

奥沢は、相変わらず派手な展開を続けているテレビの画面を見詰めたまま、されるままになっている。

「こっちも不況の波を被《かぶ》って、最近客の入りが悪いうえに、あなたとのことがばれてパトロンに逃げられちゃったのよ。このマンションも近いうちに引き払うことになりそう」

「買ってもらったんじゃないのか」

「とんでもない。ここ、賃貸よ。月々の家賃払わせていただけ」

「そりゃ悪いことしたな」

「いいのよ。あのクソジジイ。他に若いのができたらしくて、あたしから手を引く口実探してたんだから。こんなことだったら、もっとふんだくっておけばよかった。変な仏《ほとけ》ごころ出すんじゃなかったよ」

「お互い、他人の懐ばかりあてにしていると、いざというときに痛い目にあうな」

奥沢はふんと笑った。

「まあね。ビール、飲む？」

「いや、いい」

雅美は立ち上がると、リビングにつながる台所にたった。冷蔵庫を開けて、冷えた缶ビールを取り出すと、膝を使って冷蔵庫の戸を閉めた。プルトップを引き抜いて、中身を喉に流しこんでいると、

「なあ」

と、奥沢がリビングのほうから声をかけてきた。

「なあに」

振り返ると、ソファの背から頭だけが見える。その頭が感情のこもらない声で言った。

「結婚しないか」

「え？」

雅美は笑い顔になった。冗談かと思ったのだ。

「結婚って誰と？」

「おれとだよ」

「何いってるの」

「結婚しようよ」

奥沢はそう言って、くぐもった笑い声をたてた。

「そういえば、昔、こんな歌がはやったっけ」

呑気《のんき》そうなハミングが聞こえる。

「してもいいわよ」

雅美は飲みかけの缶ビールを片手にソファに近付いていった。にやにやしながら言う。

「日本で重婚が認められるようになったらね」

ハミングが止まった。

「重婚にはならないさ」

「あら。千里さんと別れるつもり？」

「別れはしない。今まで我慢してきたんだ。ここで別れてたまるか」

「だったら、やっぱり重婚じゃない」

「重婚ではなくなるさ」

奥沢は画面を見詰めたまま呟《つぶや》くように言った。

「千里が死ねば」

雅美の顔からにやにや笑いが消えた。心臓を冷えた手でつかまれたような気がした。

「死ねばって――」

雅美は嫌な予感がした。

「なに考えてるのよ」

「なにもおれと上山が共食《ともぐ》いすることはないんだよな」

「ねえ、まさか？」

「千里にも保険がかけてあるんだよ」

奥沢は雅美の顔をまともに見ながら、秘密を打ち明けるように声を潜《ひそ》めた。

「言っとくが、おれがかけたんじゃない。あいつが自分で勝手に入ったんだ。近所にたまたま凄腕《すごうで》のセールスレディが住んでてさ、そいつの口車《くちぐるま》に乗せられたらしい。昨今は男女平等、奥様も保険に入る時代だとかなんとかおだてられたんだろう。カモが自分でネギとナベしょってきたんだ。食べてやらなきゃ失礼じゃないか」

「……」

奥沢は低い笑い声をたてた。

「それはやめたほうがいいわ」

雅美は真顔になって言った。

「そんなことをしたら真っ先に疑われるのはあなたじゃない」

「そりゃ疑われるさ。でも、アリバイさえあれば警察だって手が出せない」

奥沢は自信ありげに答えた。

「アリバイって」

雅美は唾《つば》を飲み込んだ。

「それで最近推理小説ばかり読み漁《あさ》ってたの?」

彼女の部屋の本棚には、暇潰《ひまつぶ》し用に買い込んだ推理小説がかなりある。それまでは、そんなものに目もくれなかった奥沢が、最近、帰り際に数冊まとめて借りていくことがあった。小説の類《たぐ》いを愛読するようなタイプではないと踏んでいたので、なんとなく妙だなとは思っていたのだ。しかし、まさか実際の犯罪に利用する気でいたとは知らなかった。

「推理小説に出てくるトリックなんてのは、現実には不可能なことばかりだと思っていたが、ひとつだけうまくアレンジすれば使えそうな方法を思い付いたんだ」

「…………」

「千里が死んだ時刻に、おれの完璧なアリバイを作る方法をさ。でも、これは一人じゃできない。共犯者が必要なんだよ。千里に年恰好のよく似た女の共犯者が」

奥沢は何か言いたげに雅美を見た。

「いやよ、あたし。人殺しの片棒かつぐのなんか」

「なにもおまえに殺《や》れとは言ってない。ちょっと千里のふりをして旅行に出てくれればいいんだ。それだけなんだよ、やることは。これなら絶対うまくいく。まあ、ちょっと聞いてくれ」

奥沢はいきなり雅美のガウンの腕をつかんだ。爪をたてるような凄い力だった。死んだように光のなかった目にぎらぎらした異様な輝きが宿っていた。

「まずあいつをどこかへ旅行に出掛けるように仕向けるんだ。なるべく遠いところがいい。そして、その旅先で殺されたように見せ掛けるんだ……」

奥沢は自分の考えた計画を夢中になって話しはじめた。聞いているうちに雅美は胸が悪くなってきた。

「な、いい考えだろう？　死体から指一本切り取るだけで、あいつが旅先で殺されたように見せ掛けることができるんだ。その時刻におれは全くかけ離れたところでアリバイを作

ずいぶん虫のいい計画じゃないの」

「つまり、あなたは安全地帯にいて、手を汚さずにすむというわけ？

「上山だよ」

「それじゃ、誰が千里さんを殺すのよ」

っておく」


「おれが一番疑われる立場にいるんだから、完璧なアリバイがないとまずい」

奥沢は気を悪くしたように言った。

「今の話、上山さんにしたの？」

「いや、まだだ。でもやつなら話せば必ず乗ってくる」

薄笑いを浮かべて確信ありげに言う。

「殺人よ？　そんなにおいそれと引き受けるわけないいじゃない」

「やつなら大丈夫だ。なんせはじめてじゃないから」

「はじめてじゃないって、それどういう意味よ？」

雅美はぎょっとして聞き返した。

「いや、べつに」

奥沢はつい口が滑ったという顔になって、ごまかした。

「とにかく、あたしは嫌よ」

雅美はキッパリと言った。

「今の話、聞かなかったことにするわ。あなたは何も話さなかった。わたしは何も聞かなかった。そういうことにしましょう。いいわね」

「おい……」

「あいにくだけど、結婚を餌《えさ》にされて、妻殺しの片棒かつぐほどお人よしじゃないのよ、あたしは。どうしてもやりたかったら他をあたるのね」

じっと探るように雅美の顔を見ていた奥沢の顔が、次の瞬間、醜《みにく》く歪み、わざとらしい笑顔に変わった。

「冗談だよ」

「え？」

「真に受けたのか」

奥沢はそう言って、とってつけたような馬鹿笑いをした。

「冗談？」

「冗談に決まってるだろう、こんな話」

冗談じゃない。本気だった。雅美はそう直感していた。それは、ガウンの上からつかまれたときの、奥沢の手の物凄《ものすご》い力が物語っている。それと計画を話していたときの、あの異様な輝きを放っていた目。あれが冗談を言っている目か。

「馬鹿なこと考えないほうがいいわよ」

雅美は念を押すように言った。

「あなたがさっき話したようなことは、小説かなんかで書くんだったら面白いかもしれないけど、現実にはけっして成功しないわ。日本の警察を甘く見ないほうがいいわよ」

「分かってる」

「それより、シャワーでも浴びてきたら？」

つまらない殺人計画などはシャワーでも浴びて頭から奇麗さっぱり流してこいという口調で雅美は言った。

奥沢は口の中で何か呟いた。

「あっちで待ってるわ」

ガウンを脱ぎ捨てると、裸身のまま、奥の寝室のドアを開けた。

カーテンをつけない窓ガラスに、まだ形の崩れていない、ほの白い乳房を映しながら、雅美は眼下に広がる夜景を眺めた。

剝《む》き出《だ》しの腕を見ると、さっきつかまれたところが、赤い爪痕《つめあと》になって残っていた。

つきあいはじめて四年になるが、雅美には、奥沢という男の正体がいまだにつかめない。得体の知れない、ブラックホールみたいなところがある男だった。途中で捨て猫を拾ったといって、背広の懐に入れてくるような子供っぽい優しさがあるかと思うと、保険金めあてに妻殺しを思いつくような冷酷さもある。

どちらが奥沢の本当の顔なのか、いまだに判断がつかなかった。

窓辺から身をひきはがすと、ダブルベッドの片側にするりともぐりこんだ。ひやりとした真新しいシーツの感触に身を縮める。自分の体温で暖まるのを待っていたが、シーツはなかなか暖まらなかった。思えば、奥沢という男は、このおろしたての冷たいシーツに似ている。どんなに身を寄せても、雅美の体温は相手を暖めない。人間的な温もりはいつでもはねかえされてしまうのだ。

ハートの壊れた男。

そんな気がした。

しかし、どんなに冷たいシーツでも朝まで寝ていれば、体温で暖まっている。朝まで一緒に過ごせるような生活になれば、あの男も変わるかもしれない。妻殺しの片棒をかつぐことを、さっきは手厳しくはねつけたが、雅美のなかで微妙に揺れ動くものがあった。

ベッドの中で、三十分、そして一時間と、そんなことを考えながら、奥沢を待っていたが、寝室のドアが開く気配はなかった。

リビングからは何の物音も聞こえてこない。無気味なほど静かだった。まだ音声を消してビデオを観ているのか、それともシャワーでも浴びに行ったのか。

痺《しび》れを切らして、ベッドから出ると、寝室のドアを開けた。

リビングの照明は消えていた。暗闇のなかで、テレビの画面だけが輝いている。ビデオはすでに終わっていて、画面は砂嵐の状態になっていた。ソファの背もたれから奥沢の頭だけが見えた。

雅美は足音を忍ばせて近付いていった。

きっと居眠りでもしているにちがいない。

そう思って、男の顔を覗きこんで、あっと声をあげそうになった。

奥沢は眠ってはいなかった。画面をじっと見詰めていた。何も映っていない砂嵐を死人のような虚《うつ》ろな目で。

第一章　死体は夜歩く

1

十月二十七日、午後十一時すぎ。

表で車のドアがバタンと閉まるような音がした。支倉真里《しくらまり》は立ち上がると、リビングのカーテンを少し開いて外を見てみた。門の前にタクシーが停まっていた。そこからおりてきた黒い人影がこちらに向かって歩いてくる。門灯の明かりで父の省吾《しょうご》だとすぐに分かった。

「お父さんよ」

真里はかたわらにいた母に告げた。

「わたしが話すから」

母の佐和子《さわこ》はまかせておけというように和服の胸をたたいた。

玄関ドアの開く気配。父の声がした。気持ちよく酔ったときに出す機嫌のいい声だった。

母は、真里のほうにちらっと意味ありげな目くばせをすると、素早く立ち上がって、ふだんより千倍も優しい声で出迎えた。

何か魂胆《こんたん》があるとき、母は蜜をなめたような声を出す。

真里はリビングルームの床に座り込んで、ジグソーパズルのかけらを嵌《は》め込む作業を続けながら、着替えをしてからリビングに入ってきた父と母のやり取りを背中で聞いていた。

母はすぐに話を切り出さず、二泊三日の日程で伊豆で行なわれた旧《ふる》い友人の集まりに出てきた父に、会の様子などを、いかにも関心ありげにたずねている。父は、誰それにようやく初孫ができたとか、長年やもめだった誰それは、年甲斐もなく若い女と再婚したとか、そんなことを上機嫌で話していた。

真里は興味津々で、「お帰りなさい」と言ったきり、ソファに座った父には背を向けて、パズルに熱中している振りをした。

「あ、そうそう」

母は実にさりげなく、世間話でもするような調子で、父の土産話を遮《さえぎ》った。

「そういえば、昨日、真里が千里のところへ行ってきたんですって」

この一言で、父の酔いがさめ果てたことを、真里は、その場の空気で敏感に感じ取った。

姉の名が出ただけで、父の機嫌が目に見えて悪くなることに気が付いたのは、いくつのころからだろうか。

「何しに行ったんだ」

父は不機嫌な声で言った。

「千里が旅行に行くから真里のカメラを貸してくれって言ってきたんですよ。それで、カメラを届けがてら、一晩泊まってって」

母が代わりに答える。

「何も泊まることはないだろう。すぐ帰ってくればいいじゃないか、近いんだから」

「泊まったっていいじゃありませんか、姉妹なんだから」

母が父の語調をそっくりまねて言い返した。

「………」

「………」

しばらく沈黙。

「旅行ってどこへ行ったんだ」

父のほうが根負けしたように先に口をきいた。

「はい？」

とぼけるような母の声。

「千里だよ」

「なんでも函館ですって。女子大時代のお友達の結婚式に招《よ》ばれたとかで。山根和子《やまねかずこ》さんて方、あなたおぼえてらっしゃる？」

「おぼえてないな」

父は思い出そうとする気もないらしく、すぐに答えた。

「再婚なんですって。前のご主人とは離婚したとか」

「ふうん」

全然聞いてないような生返事。

「………」

「………」

また沈黙。

「それで」

父が言った。夕刊でもバサリと広げたような音。

「元気でやってるのか」

「誰がですか」

「誰がって」

「千里ですか」

「他に誰がいるんだ」

苦々しげに言い捨てる父の声。

「元気は元気らしいんですけど、それがあなた、今大変らしいんですよ……」

いよいよ本題に入る。

「峻介さんの会社、かなり苦しいんですって。倒産は時間の問題なんですって」

「……」

「千里が函館に行ったのも、本当は、昔のお友達に会って、お金を借りるためなんですって。ほら、披露宴には女子大のときのお友達がたくさん見えるから」

「……」

「聞いてらっしゃるの」

「聞いてるよ」

夕刊をめくるような音。

「ねえ、あなた。なんとかならないかしら」

「なんだ、なんとかって？」

「ですから、峻介さんの会社倒産しそうなんですって」

「それがどうした」

「それがどうした、だなんて。他人事みたいな」

母の声が潤んだ。感きわまるには早すぎるから、母一流の泣き落としにちがいない。真里は、腹の中でくすりと笑った。古風な手だが、これがけっこう効くのだ。父のような古風な男には。

「他人じゃないか」

父は当然のことのように言った。

「千里は娘ですよ」

「もう他人みたいなもんだ。嫁に行ったんだからな」

「そんな。それじゃ、由美《ゆみ》は他人ですか。政彦《まさひこ》さんも他人ですか。その他人にあれだけのことをあなたはしてあげるんですか」

母はきっとした声で、次姉とその連れ合いの名を出した。泣き落としから、今度は威《おど》しに手を変えたらしい。あれだけのこととは、次姉の夫を、まだ若すぎるという重役連中の反対を押し切って、社長の座に据えたことと、その祝いを兼ねて、家の増築費用を出してやったことだろう。

「由美は娘だ。政彦君はその娘の連れ合いだから、赤の他人ではない」

父は奇っ怪な論理を披露した。

「そんな馬鹿な。それじゃ、千里があんまり可哀そうじゃありませんか。同じ娘なのに、しかも長女なのに、由美にしてやることの半分もしてあげないなんて」

「してやる値打ちがないから、しないだけだ。あれも、由美のように、こちらの眼鏡に適う男を選んでいれば、喜んで何でもしてやる。親子といえども、世の中、万事、ギブアンドテイクなのだ。由美はわたしに有能な後継者と可愛い孫を与えてくれた。その見返りとして、わたしにできることは何でもしてやるのだ。千里は何をしてくれた？　あれがわたしにくれたのは、こちらの期待を手ひどく裏切ること、それだけじゃないか。奥沢と一緒になるとき、親子の縁を切るとまで言ったんだぞ。そこまで言う娘を、他人と思ってはいけないのか」

父の声は静かだったが、語調は激しかった。真里は、その冷静さを装った声の奥にある、父のやりきれなさを漠然とだが感じ取ることができた。十五年前、まだ学生だった長姉が義兄の峻介と駆け落ち同然の形で一緒になったときの騒動は、当時六歳だった真里もかすかに覚えている。あのとき、父が受けた傷は母よりも深かったのかもしれない。父はたぶん、三人儲《もう》けた娘のなかで、長姉を一番愛し、期待もしていたにちがいない。長姉は父の秘蔵っ子だった。だからこそ、自分を裏切った長姉を父はどうしても許せないのだ。

「あれから十五年もたってるんですよ。人殺しだって、あなた、十五年たてば時効が成立するっていうじゃありませんか」

「変なものにたとえるな」

「ねえ、今度だけ、今度だけたすけてあげましょうよ」

「おまえは浅はかだよ」

父はうんざりしたように言った。

「目先のことしか見てない。わたしは鬼じゃないぞ。ちゃんと先のことまで考えて言ってるんだ。あの男はだめだ。目から鼻へ抜けるような才気はあるが、誠実さがない。着実に目標をとげようとする根気もない。ああいうのはだめなんだよ。長い目でみると、必ず潰れる。あの男の作った会社みたいなもんだ。バブル景気で浮かれて作って、不景気でぶっ潰れるのだ。そんなことははじめから目に見えている。それに、あの男は千里を愛してはいない。あの男といる限り、千里は幸せにはなれない。これがいい機会だ。いっそ別れさせたほうがいい。千里はまだ三十六だ。さいわい子供もない。もっといい口をいくらでも見付けてやる。そのためには、今、ここであの男をたすけるのは、千里のためにならないのだ。目先の情に溺れれば、後でもっと不幸なことになる。当座を凌《しの》げたところで、どうせ、同じことを繰り返すに決まってるからな、あの男は」

「千里が幸せでないって、どうして言い切れるのかしら」

母がふと呟くように言った。

「千里が幸せに見えるのか、おまえには。あれが幸せに見えるのか。ろくでもない亭主を持ったおかげで、昔の友達に物乞いしに行くような惨めなまねをしている娘のどこが幸せなんだ」

父はかっとしたように珍しく声を荒らげた。

「そりゃ、由美のほうが子供もいるし、政彦さんは誠実な人だし、生活は安定してるし、はたからみれば、幸せに見えるかもしれないけど――」

「けど、なんだ?」

「女の幸せ、不幸せなんて、はたから見ただけじゃわからないってこと。子供に恵まれて、夫婦仲もよさそうに見えて、生活も何不自由なく安定しているように見えても、心の奥底に隙間風が吹き抜けるような空しさを感じる場合だってあるものよ……」

真里はドキリとした。母は、一般論を言うような振りをして、母自身のことを言っているのではないかと、一瞬勘ぐったからだ。

父は黙っていた。

父もそう勘ぐったのかもしれない。

「それに、もし、峻介さんと別れても、あの子がここに戻ってくると思います？　おめおめと実家の世話になりに戻ってくるような娘でしょうか。そんな娘だったら、最初から、わたしたちの反対を押し切ってまで自分の意志を通すことはなかったと思うわ」

形勢が逆転した。父の沈黙は、答えに窮《きゅう》したというふうだ。

「千里の性格は誰よりもご存じでしょう？　あなたにそっくりなんですから」

今度は母が皮肉を返した。

「あなただったら借財抱えた夫を捨てて実家に戻ってきますか。何食わぬ顔して、自分だけ親のすすめる相手と無難な再婚をしますか」

「………」

「わたしたち、困ったことに、千里をそんな不人情な娘に育てなかったじゃありませんか。あの子はどこまでもついていきますよ。地の底へだってどこだって。へたをすれば心中だってしかねない」

「お、威かすな」

父は父らしからぬ情けない声を出した。

「威しじゃありませんよ。千里の性格ならありえます。一途《いちず》なところがありますから。だから、ここは、あなたの力でなんとかしてあげてください。ここで見捨てたら、わたしたち、親ではないわ」

「……」

二人とも貝のように押し黙っている。

父はどうやって負けを認めずに、妻の意見を受け入れるか思案しているように思えたし、母は、ひそかに自分の勝利を確信してほくそ笑んでいるように思えた。

「あの男――」

父がふいに言った。

「千里に保険かけたって言ってたな？」

「ええ。そうらしいですね」

「変じゃないか。どうして妻に保険をかける必要があるんだ。保険というのは、本来、一家の大黒柱である主人がなくなったとき、妻子が路頭に迷わないために、主人のほうにかけるものだろう。それを妻にかけるなんて」

「そういう時代なんですよ。あなたが言うのは昔の話じゃないですか。古いですよ」

母は一笑に付した。

「最近は、一家の大黒柱だとか、主人が妻子を養うなんて観念はなくなりつつあるんですよ。若い人のなかには結婚すると同時に、お互いに保険に入る人たちも少なくないそうよ。万が一のときに葬式代くらい浮かせるつもりなのかしら。それが、男女平等の意思表示なんですって。だから、千里が保険に入ったのだって、べつに怪しいことはないわ。そういう風潮なんですよ、世の中が」

「しかし、あの男のことだ。借金で首が回らなくなったら、保険金めあてに千里をどうにかしかねないな。よくあるじゃないか。そういう話が」

「そんな、まさか」

「いや、あいつならやりかねない。そうなってからでは遅い。こっちは長い目で見ているつもりでも、あっちは短絡的な方法で事を解決しかねないからな」

「それでどうするおつもりなんです？」

母は痺れを切らしたように迫った。

「うむ」

父は唸《うな》った。唸ったきり黙っている。

父の沈黙はメンツを保ちながら、白旗《しらはた》をあげるきっかけをはかっているように真里には思えた。

「それに」

母がなにげない声で言った。

「あなた、さっき、さいわい子供もないから別れさせやすいっておっしゃったけど、もうそうではなくなったみたいですよ……」

出た。とうとう出た。母の最終兵器が。

「どういう意味だ？」

「できたらしいんです」

「できた？　できたって何が」

「おできでもできたと思ってるんですか」

「ま、まさか」

「そのまさかですよ。今三月《みつき》に入ったところですって」

「本当か」

「本当です」

「しかしおかしいじゃないか。千里は子供ができない体だって、いつか、おまえが」

「できないとは一言も言ってません。できにくいって言ったんですよ。不可能ってわけじゃないんです。根気よく治療を続けていれば可能性はあるってお医者さまもおっしゃってたんです。前にそう言ったじゃありませんか。あなたはいつも人の話を小馬鹿にして上の空で聞いているから肝心なことを聞きのがすんですよ」

「……」

「どうなさるんですか」

母は詰め寄った。もう完全に母の大勝利だ。

「今度こそ念願の男の子かもしれませんよ。由美のところは二人とも女の子だから――」

「まあ、その」

父は咳払いをしてから言った。

「何か事が起こっては大変だ。仕方がない。今度だけは援助してやるか」

渋々というように結論を出した。保険云々の話を出したのは、結局、母の意見を受け入れるための伏線でしかなかったらしい。

「もう、往生ぎわの悪い。早くそう言えばいいのに。あなた、明日はお体あいてますわよね」

「え？　うんまあ」

「それじゃ、さっそく明日、峻介さんに来てもらいましょう」

「なにもそんなに急がなくても」

「一刻も早いほうがいいですよ、こういうことは。善は急げっていいますから」

「どこが善だ」

父の憮然《ぶぜん》と呟く声。

「真里ちゃん」

母は浮き浮きした声で、聞き耳をたてていた末娘に声をかけた。

「なあに」

真里は予想どおりの展開に苦笑を嚙み殺しながら、両親の会話など耳に入らなかったような顔で振り向いた。

「すぐに峻介さんのところに電話して」

「でも、もう帰ってるかしら」

真里は腕時計を見た。午後十一時三十分になろうとしていた。義兄のほうも大阪に行っているはずだった。朝がた、義兄の家を出るときに、真里が車で義兄と姉を羽田まで送ったのだ。

姉の帰りは明日のはずだが、義兄のほうは日帰りで帰ってくると言っていた。もう帰っているかもしれない。

ジグソーパズルのかけらを払いながら立ち上がると、真里はすぐそばにあった受話器を取った。

義兄の家の番号をプッシュする。よくかけるので、暗記していた。

呼出し音。

受話器はなかなか取られなかった。呼出し音が十回を超えたとき、まだ帰ってないのかなと真里は思った。

「まだ帰ってないみたいよ」

呼出し音を聞きながら、真里は母のほうを振り返った。

「あらそう?」

母は残念そうな顔をした。

「明日でいいじゃないか」

父がこれさいわいとばかりに言う。

「それじゃ、明日の朝にでもかけ直――」

真里がそう言いかけた途端、呼出し音が途切れ、向こうの受話器が取られる気配がした。

「あ、出たみたい」

真里は受話器に話しかけた。

「もしもし、義兄《にい》さん？」

返事の代わりに、ガタガタと雑音が入った。

なに、今の音？

真里は不審そうに受話器を耳から少し離した。まるで、電話に出た相手が受話器を取り落としたような音だった。

「もしもし？」

真里は呼び掛けた。

「したい……」

受話器の向こうから瀕死《ひんし》の病人のような弱々しい声が聞こえてきた。男の声だった。義兄だと思うが、どうも様子が変だ。

「え？」

「したいが」

「もしもし？　義兄さん？」

真里は受話器を握り締めて叫ぶように呼びかけた。

「……いきかえった」

声はそう言って途切れた。

したいがいきかえった?

何を言ってるんだろう。

真里は呆然としながらも、受話器に向かって呼び続けた。

2

もう一度クラクションを鳴らしてみたが、客は出てこない。タクシー運転手の杉田茂《すぎたしげる》はいらいらした顔つきで腕時計に目をやって舌うちした。時刻は午後十一時三十分を回っていた。もう三十分以上になる。東京駅で拾った客を世田谷区松原まで届けたはいいが、料金を払う段になって、客が財布をどこかで落としたらしいと言い出したのである。

「金を取ってくる。ちょっと待っててくれ」と言い残して、その客は、目の前の自宅らしき家に入っていったのだが、それっきり、三十分たっても出てこないのだ。

杉田がタクシーの中から見上げている家は、白っぽい瀟洒《しょうしゃ》な二階家で、乗せた客は仕立てのいいダークブルーのコートを着た四十がらみの男だった。どちらかといえば紳士ふうだった。料金を踏み倒すようには見えなかったが、まさかということもある。

前に一度同じようなケースでまんまと一杯食わされた同僚の話をふいに思い出した。

「客が入っていったのが、いかにも高級そうなマンションだったからさ、こちとら完全に油断してたんだよな。ところがどうだ。待てど暮らせど出てこない。後で分かったんだが、そいつめ、そこの住人のような振りをして、エントランスを入り、そのまま裏口からトンズラこいてたのよ」

マンションのような集合住宅ならそういうこともできるかもしれないが、杉田の客が入っていったのは個人住宅である。しかも、その客がポーチのところで、持っていたセカンドバッグを小わきにはさみ、コートのポケットから鍵らしきものを出してドアを開けて入るのを杉田はちゃんと見ていた。

まさかあれが自宅ではないなんてはずはないだろう。ちらと手を見たら既婚者の印《しるし》の指輪をはめていたから、家族はいるんだろうが、チャイムも鳴らさずに鍵で開けたところをみると留守《るす》らしい。おおかた、女房に財布の紐《ひも》を握られっぱなしのサラリーマンかなにかで、女房がいないと現金のしまい場所も分からず、探すのに手間がかかっているのだろうと、客の出てくるのが遅いことを、彼流にそう解釈していたのだが……。

三度めのクラクション。

「くそ」

杉田はとうとう痺れを切らしてエンジンを切ると、シートベルトをはずした。

車から降りると、乱暴にドアを閉めて、門の中に入り、「奥沢峻介・千里」と表札の出たポーチまで来ると、インターホンを鳴らした。

立て続けに鳴らし続けたが、客が出てくる気配はない。

杉田はドアのノブに手をかけるとそれを回してみた。ドアは開いた。

「お客さん」

玄関のところで奥に向かって声をかけてみた。応答はない。三和土《たたき》には、さっきの客が脱いだらしい男物の革靴と、きちんと揃えられたグレーの女物のパンプスがあった。

変だな。

杉田はなんとなく背筋のあたりがぞくっとするのを感じた。家の中は明かりが灯っているにもかかわらず、まるで無人のようにしんと静まりかえっている。ホールにはスリッパが一つ転がっていた。

そういえば——。

杉田ははっと思い出した。

さっき何か物音がしたよな。椅子かテーブルをひっくり返したような大きな音が。タクシーの中で待っているとき、そんな物音が家の中から聞こえてきたことを思い出したのである。

何かあったのかな。

「ちょっとお邪魔しますよ……」

そう声をかけてから、杉田は靴を脱いであがった。

ふと足元を見ると、ホールには点々と泥のようなものが落ちていた。

泥？

杉田は身をかがめて、それを指でつまんでみた。確かに泥だ。ホール脇の階段を見上げた。階段にも泥のようなものが落ちている。

なんだ？

なんで泥が落ちてるんだ。

玄関から入って右手のドアが内側に向かって半ば開いていた。そこから、かすかに物音がする。小さな声で話しかけるような声が。

杉田は思いきって、ドアのノブをつかんで前に押し開けた。

3

タクシー運転手は自分の目を疑った。

天井から吊るされたガラスのシャンデリアの明かりは、その下の、なんとも異様な光景を照らし出していたからである。

十六畳はゆうにありそうな、フローリングのリビング兼ダイニングルームは、大地震の後かと思うような有様だった。

ダイニングテーブルと、四脚あるダイニングチェアのうち、二脚が薙《な》ぎ倒されたように倒れており、リビングのソファに置かれていたらしい色とりどりのクッションがあちこちに散乱していた。コーナーボードの下には、青いガラス製の花瓶が床に落ちて砕けている。

しかも、床には、ホールや階段で見付けたような泥が点々と落ちていた。

そんな荒れた部屋のなかに、二人の男がいた。

一人は、東側の壁に沿って置かれたリビングチェストの手前で、奇妙に歪んだ恰好で、俯《うつぶ》せに倒れていた。ダークブルーのコートに見覚えがあった。さっきの客である。片手にコードレスの白い受話器をつかんでいる。かすかな話し声はその受話器から漏れ聞こえてきたものらしい。

杉田は呆然としたまま目を走らせた。

もう一人の男は、部屋の真ん中あたりに仰向《あおむ》けに倒れていた。これも首を奇妙な恰好にねじ曲げ、両手両足を開いて大の字になっていた。カッと目と口を開け、凄まじい形相《ぎょうそう》をしている。茶の背広に白のワイシャツという恰好だったが、ワイシャツの胸のあたりには点々と血の染みのようなものがついていた。

杉田は戸口のところにへばりついたまま、しばらく腰が抜けそうになった体を支えていたが、やがて操り人形のようにギクシャクと動いて、リビングチェストの前で倒れている男の手から受話器をもぎとった。

「もしもし」

受話器を耳にあて、おそるおそる話しかけた。

「にいさんっ?」

いきなり若い娘らしい声が耳に飛び込んできた。

「い、いえ、わたしは」

杉田はしどろもどろに答えた。声が喉に張り付いたようになって、なかなか出てこない。

「あなた、誰？」

娘はびっくりしたような声を出した。

「わたしはタクシー運転手です」

「タクシー運転手？　義兄《あに》のうちで何をしているの」

「料金を――いや、そんなことはどうでもいい。これから警察に連絡しなくちゃならないんで、いったん切ります」

「ちょ、ちょっと待ってよ。警察って、何があったの。義兄はどうしたのっ。義兄を出して」

「と、とにかくいったん切ります」

そう言って、杉田は構わずボタンを押して切ると、震える指で一一〇を押した。

4

また表でクラクションが鳴った。

うるさいな。

向井克夫《むかいかつお》はワープロのキーをたたきながら、ちらとテーブルの上の置き時計を見た。午後十一時三十分を少し回ったところ。ちょうど興《きょう》が乗りはじめてきたところだった。今書いている懸賞小説の締切りは今月の末日だから、あまりのんびりもしていられない。

今度こそ新人賞を射止めて作家になるのだ。そして、「あなたには一生かかっても無理よ」とあざ笑った妻の鼻をあかしてやるのだ。

向井克夫が勤めていた自動車会社を辞めた、というか、営業成績不振のために辞めざるを得なくなったのが五年前。失業保険で暮らしながら、暇潰しに書いた短編をある新人賞に送ってみたところ、これが運よくというか（後になって思えば運悪く）、最終候補まで残ってしまった。もし、あのとき予選にかすりもせずに落ちていたら、向井は作家になろうなんて夢を持つこともなく、そこそこの企業に再就職していたかもしれない。あのささやかな出来事が向井の人生を狂わせてしまったと言ってもいい。

結局、この五年間に彼が捩《ねじ》り鉢巻《はちまき》で何をやったかというと、数え切れないほどの懸賞小説に応募して、予選も通らずに落ちることだった。最終候補まで残ったのは、あとにも先にも最初だけだったのである。

一方、そんな夫に早々と見切りをつけた妻は、保険の外交の仕事を見付けてくると、さっさと外に働きに出た。そして、なんとも皮肉なことに、仕事をはじめて一年もしないうちに、トップセールスレディの座にまで昇りつめたのである。

いつのまにか夫と妻の座は逆転して、向井は妻の扶養家族になっていた。

しかし、夢はまだ捨ててはいない。今度こそ、今度こそ。それが彼の口癖だった。

三度めのクラクションが鳴った。

なんだよ、いったい。

クラクションの騒音で集中力が完全に失われてしまっていた。向井は舌打ちして、ワープロの前から離れると、窓際に行って、少しカーテンをめくって外を見た。

道路を挟んで立つ向かいの家の前にタクシーが停まっていた。騒音はそのタクシーが発していたらしい。奥沢とかいう家だ。向井本人はあまりつきあいはなかったが、妻の啓子《けいこ》がいつだったか、あの家の主婦から保険の契約を取るのに成功したと得意げに話していたことを思い出した。

タクシーのドアが開いて、運転手が出てきた。運転手はいささか乱暴にドアを閉めると、奥沢邸の中に入っていった。チャイムを鳴らしている。そのうち、ドアを開けて入っていった。

向井はなんとなく興味をひかれてそのまま見ていた。好奇心旺盛は作家たるものの第一条件である。向井はこの点だけは天性のものを持っていた。

料金トラブルかな、と一瞬思った。
五、六分して、運転手が出てきた。ポーチの階段にけっつまずきながら、どこか慌てた様子である。表に停めてあったタクシーに乗り込む。そのまま発進するかと思ったら、タクシーは動かなかった。
あれ？

向井はいよいよ好奇心を刺激されて目が離せなかった。客の出てくるのを待っているのかなと思った。しかし、前の家の玄関から人の出てくる気配はまったくなかった。そうこうするうちに、どこからかパトカーのサイレンの音が聞こえてきた。

サイレンの音はいよいよ大きくなって、目の前の道路に続けざまに何台か停まるまで、向井克夫は窓にへばりついていた。

5

「なんだ、こりゃ——」

リビングのほうをざっと見てから隣りの和室のほうにやって来た、所轄署の警部、丸茂《まるも》順三《じゅんぞう》は、部屋に入るなり、そう一声発して目ん玉をひん剝《む》いたまま仁王立ちになった。

リビングのほうもなんとも凄まじかったが、丸茂のドングリ眼《まなこ》をさらに剝かせたのは、その八畳の和室の有様だった。

真ん中の二畳がはねあげられていて、板部分もはがされ、床下に黒々とした穴が掘られていた。立派な床の間の付いた和室は泥だらけである。

「なんですか。これは」

こっちを覗きに来た若い刑事もあっけに取られたように言った。

「まるでここに何か埋めてあったみたいじゃありませんか」

「そして、その何かを掘り出したみたいだな……」

丸茂はうっすらと不精髭《ぶしょうひげ》の浮いた顎《あご》を撫《な》でながら呟いた。

ホールやリビングに落ちていた不審な泥の正体はこれでつかめた。ここの床下の泥がなんらかの方法で、リビングやホールにも撒《ま》き散らされていたわけだが、それにしても――。

「け、警部っ。ちょっと来てくださいっ」

二階のほうから大声で呼ぶ声がした。

「おう」

丸茂はそう答えて、和室を出ると、ホールを通って階段を上った。

階段にも点々と泥が落ちていた。

階段を上りきって、少し息を整えていると（どうも最近年のせいか、少し急な階段や坂を上ると息が切れるようになっていた）、部下の一人が手前のドアから顔を出した。

「女がいます」

「女？」

丸茂は一瞬ポカンとした。

「明かりがもれていたので入ってみたら――」

中に入ると、そこは下の和室と同じくらいの広さをもつ洋室だった。揃いのカヴァーを掛けたベッドが二つ並んでいる。夫婦の寝室らしい。

そのベッドの片方に、横たわっている人の形が見えた。

「死んでるのか」

たずねてしまってから、我ながら愚問だったなと舌うちしたくなった。これだけ下で大騒ぎしていて、眠っているわけがない。

「死んでます。でも、この死体――」

掛布団をめくっていた刑事はなんとも形容しがたい表情を色白の顔に浮かべていた。

「泥だらけなんですよ」

丸茂も覗き込んで唖然《あぜん》とした。

その刑事の言うとおりだった。

年の頃は三十五、六と思われる女性がベッドの上に仰臥《ぎょうが》していたが、白っぽいパンタロンスーツを纏《まと》った全身が泥だらけだった。しかも泥は服だけでなく、顔や長い髪にまでくっついていた。スーツの左胸にはナイフのようなものが突き刺さったままになっていて、その周りに血が滲《にじ》み出ていた。

「凄い顔をしているな」

丸茂は目を背《そむ》けた。今夜は徹夜になりそうでよかった。へたに眠ったら夢に出てきてうなされそうな顔だった。

断末魔の凄まじい顔をしたホトケには今まで何度もお目にかかったことがある。下のリビングにいた二人の男の顔だってけっして安らかとはいえない。殺人事件の犠牲者といえば、安らかな死に顔のほうが少ないくらいだ。

それでも、今目の前にあるこの女のホトケさんに比べれば、みんな愛嬌《あいきょう》があったよなと思えるほど、ベッドの上の死人は凄い顔付きをしていた。

凄いといっても苦しそうな表情をしていたわけではない。女は笑っていた。いや、笑っているように見えた。クワッと目をひん剝き、ついでに歯も剝き出していたのである。口の両端が、死んだあとで無理やり誰かにつまんでひっぱられたように上にあがり、色の変わった歯茎が剝き出しになっていた。

「ジョーカーみたいな顔してますね……」

部下の刑事がうなされているような声で言った。

「ジョーカー？」

「映画のバットマンに出てくる悪役のことです。ジャック・ニコルソンが演じていた」

「映画の話か」

「子供にせがまれて非番のときに見に行ったんです」

「こんな顔してたのか」

「いやあ、あっちのほうがまだ……」

部下は許されるものなら目を背けたいという顔でそう答えた。

これで、下の和室の床下に埋められていたらしいものの正体は分かった。この女の遺体はいったん下に埋められたあと、何ゆえか、上の寝室に運ばれたらしいが——。

「爪に泥がつまってますよ……」

遺体の手を調べていた部下が言った。

「爪に泥？」

丸茂はびっくりして覗き込んだ。確かに、長く伸ばした爪には、まるで土を掻き分けたような跡が残っていた。

「しかも、左手の薬指がありませんね」

死後硬直を起こして棒のようになっている青白い左手には、なるほど、薬指が根元からなくなっていた。

「死後切断だな。この様子からすると」

丸茂は指の切断面を見ながら言った。

「犯人が切り取ったんでしょうか」

「としか思えないな」

「指を探してきます」

部下はこの場を離れる口実ができたことを喜ぶような声でそういうと、出ていこうとした。

「あ、おい。鑑識に上にもう一人いるって伝えてくれ」

「はい」

部下が出ていったあとで、丸茂は遺体のそばを離れると、寝室の中を見て回った。ベッドのそばのボードには、寄り添う男女のスナップ写真が飾ってあった。玄関の表札には、

「奥沢峻介・千里」としか書かれていなかった。おそらく、ここに住んでいるのは夫婦だけだろう。とすれば、この写真の男女は奥沢夫妻にちがいない。

男のほうは風に髪を乱して、やや疲れたような笑みを湛《たた》えている。どちらかといえば、女に好かれそうな優男《やさおとこ》の部類だ。この男と、下の電話機の前で死んでいた男とが同一人物なのか、丸茂には俄《にわ》かには判定しがたかった。通報してきたタクシー運転手の話だと、あのダークブルーのコートの男がこの家の主人らしかったというのだが。たぶん、あの男が奥沢だろう。

女のほうは髪が長く、目尻のあがった、やや険《けん》のある顔立ちだが、かなりの美形だった。まさに美男美女の夫婦だ。丸茂はベッドの遺体のほうを振り返った。

とすると、あのホトケさんがこの女かな。

愕然《がくぜん》とする思いでしばらく写真と遺体の女の顔を見比べた。

比べる対象が目の前にあっても、同一人物かどうか判定できなかった。それほど顔の変化が凄まじかったからだ。

この美人があああなるのか。

丸茂は信じられない思いで頭を振った。

ドアの外で階段を上ってくるドヤドヤという足音がした。

6

丸茂が下のリビングに戻ってくると、少し遅れて駆け付けてきた初老の検死官が、仰向けになって死んでいる男の遺体の上に身をかがめて調べていた。

男の首が奇妙な感じにねじ曲がっていたのは、頸骨《けいこつ》が折れていたためで、検死官の話だと、死因はたぶん頭蓋骨《ずがいこつ》骨折による脳挫傷《のうざしょう》ではないかということだった。死亡推定時刻は、十月二十七日の午後六時前後。それを裏付けるように、男が嵌《は》めていた腕時計が壊れて、五時五十五分で止まっていた。おそらく、犯人に襲われたときの衝撃で止まったものと思われた。

丸茂は検死官にたずねた。

「頭蓋骨と頸骨が折れているというのは、鈍器か何かで殴られたんでしょうかね」

「そうだな。あるいは、激しくつきとばされて、どこかで頭と首を打ったか。まあ、どちらにせよ、詳しいことは解剖してみないと分からないね。しかし、妙なのは、このワイシャツに付いている血の跡らしきものなんだが、なんでこんなところについているんだろう。損傷を受けたのは後頭部だから、こんなところに血がつくはずはないのだが」

検死官は、遺体の胸のあたりに付いている赤い染みを見ながら首をかしげた。

丸茂はそれを聞いてはっとした。二階の女の遺体の左胸に突き刺さっていたナイフのことを思い出したのである。

「それはひょっとするとその男の血じゃなくて、返り血かもしれません」

「返り血？」

「ええ。二階にも女の刺殺死体があるんです」

「えっ。まだあるのか」

それまで無表情だった検死官の面長な顔に、さすがに驚いたような色が浮かんだが、すぐに気を取り直したように、男の遺体のほうに目をむけ、

「ここの髪の毛が毟《むし》られているな」

と呟いた。

男の頭頂部の髪が根元から毟り取られたようになっていて、床には、その毟られた髪らしきものがあちこちに散らばっていた。

「まるで、死んだあとで誰かに髪をつかんで引きずり回されたみたいだな」

検死官は無感動な声でそう付け加えた。

「あっちの男も首の骨が折れてるようですが」

丸茂が奥沢峻介らしい遺体のほうを顎で示しながら言った。

「うん。折れてる。だが、直接の死因は、心臓マヒだ。あの死に顔から見ても、何かよほど恐ろしい目にあったらしい」

「心臓マヒ、ですか」

丸茂はリビングチェストの前で俯《うつぶ》せになったまま、写真班のフラッシュを浴びているコートの男のほうを見た。

「それにしても二人とも凄い顔して死んでいるね」

検死官が立ち上がりながら言った。

「二階のはもっと凄いですよ」

丸茂は脅《おど》かすようにそう答えた。

「警部。こっちのホトケさんの身元が分かりました」

刑事の一人が手にしたカードのようなものを見ている。

「運転免許証を携帯してたんですよ。車で来たらしいですね。えーと、姓名は上山幹男《みきお》。年は四十五」

丸茂はその運転免許証を手にとった。免許証の顔写真と死体とを比べて見た。たぶん間違いないだろう。

「あっちは、タクシー運転手の話だと、この家の主人らしいですね」

「うむ。そうみたいだな。二階のホトケはその女房ってとこかな」

丸茂は答えた。そのとき、リビングの電話が鳴った。近くにいた捜査員がすぐに受話器を取って、応答していたが、

「警部。ホトケの身内らしいんですが、何があったのか知りたがってます」

受話器の口を片手でふさいで言う。

「身内ってどっちの？」

丸茂はたずねた。

捜査員はまた何か話していたが、

「奥沢千里の妹だと言ってます」

「二階のホトケの妹か」

丸茂はつぶやき、

「姉さんらしき遺体が発見されたので、至急こちらに来てほしいと伝えてくれ」

捜査員は伝えたらしいが、すぐに妙な顔つきになって、

「姉じゃなくて、義兄《あに》の間違いじゃないかと言ってます」

「あに？」

「姉の亭主のことじゃないですか」

「ああそうか。それじゃ、二人とも遺体で発見されたからって言え」

捜査員はそう伝えたらしいが、また丸茂のほうを見て、

「姉の遺体はどこで発見されたのかと聞いてますが」

「どこって、ここだよ。二階の寝室だ」

丸茂はいらいらした口調で答えた。

「そんなはずはないと言ってます。姉なら今函館にいるはずだって。キンキン声でわめいてますよ」

捜査員は受話器を耳から離して顔をしかめた。

「函館？」

丸茂は聞き返してから、ちょっと貸せというように手招きした。捜査員はコードレスホンを持ってやって来ると、丸茂に手渡した。

「あ、もしもし。お姉さんが函館にいるというのはどういうことですか」

「今日、じゃなかった昨日の午前十一時五十分発の飛行機で羽田をたったんです、姉はっ」

若い娘の声がかみ付くように言った。丸茂も思わず受話器を少し耳から離した。「今日」を「昨日」と慌てて言い直したのは、すでに零時を回っていることに気が付いたからだろう。

「わたしが空港まで送りましたから間違いありません。帰ってくるのは今日の夜のはずです。だから、姉の遺体がうちで見付かるわけがないんです。何かの間違いじゃないでしょうか」

「あなた、今どこにいるんですか。すぐにこちらに来てもらえませんか。遺体がお姉さんかどうか確認してもらいたいんです」

あの遺体の顔を見て、姉と分かるかどうか怪しいものだと思いながらも、丸茂はそう言った。

「あの、義兄はどうしたんですか。さっき電話したとき、途中で、タクシーの運転手とか名乗る変なおじさんが出てきて、切ってしまったんです」

　変なおじさん？　ああそうか、と丸茂はようやく合点がいった。タクシー運転手の杉田茂が言っていた電話の若い女とは、この娘のことだったのか。それで、あらためてかけ直してきたというわけか。

「その義兄さんも亡くなってるんですよ。こちらのほうも確認してもらわないと。あ、そうだ。それから、あなた、上山幹男という男を知っていますか。年は四十五でわりと体格のいい――」

「上山さんがどうかしたんですか」

「知ってる？」

「知ってます。義兄の会社の共同経営者です」

「その上山さんもここで亡くなってるんだよ」

「ええっ」

　たまげるような声。

「一体何があったんですかっ」

　それはこちらが聞きたい。

「とにかく電話で話しててもラチがあかない。すぐに来られませんか」

「今そちらに向かってる最中なんです。これ、自動車電話ですから」

「あ、なるほど。それなら、詳しい話はあとで」

「ちょっと待ってください。さっき電話で話していたときに、義兄が妙なことを口ばしったんです――」

娘は何か言いかけたが、

「とにかく、詳しい話はあとで聞きますから」

丸茂はそう言ってすぐに電話を切った。自動車電話でこんな話をしていて、興奮して事故でも起こされたらたまらない。そう咄嗟《とっさ》に思ったからである。電話を切ってから、怪訝《けげん》そうに首をかしげた。

「これはどういうことだ……?」

丸茂の見たところでは、二階の遺体は死後八、九時間はたっているようだった。しかも、どうやら隣りの和室の床下にいったん埋められていたようなのだ。

それにしても妙なことになったぞ。もし、あの遺体が奥沢千里だとしたら、どういうことになるのだ。

奥沢千里が昨日、つまり二十七日の午前十一時五十分発の飛行機で函館に行ったのだとしたら、函館までフライト一時間半として、向こうに着くのは午後一時すぎ。ということは、奥沢千里は函館で殺されたということなのか。しかし、それは妙だ。函館で殺されたとしたら、犯人はわざわざ遺体を東京の自宅まで運んできて、和室の床下に埋めたことになる。

「千里は函館には行かなかったんじゃないのかな」

思わず丸茂はそう呟いた。

「いや、それはないんじゃないですか。この中に函館の観光名所のパンフレットみたいなのが入ってますよ」

大型のグレーのショルダーバッグを逆さにして中身をリビングのセンターテーブルの上にぶちまけていた刑事が言った。

ブルーのグラデーションの付いたファッショングラス、マスク、財布、ハンカチ、コンパクト、口紅、コンパクトカメラ、「札幌・小樽・函館」と書かれた小型のガイドブックなどがテーブルにばらまかれていた。

「どれ」

丸茂は近寄って見てみた。旧函館区公会堂の入館券だった。「入館受付」という赤い判が押してある。

「それに、これは函館の喫茶店のマッチじゃありませんか」

刑事はマッチをつまんで見せた。

奥沢千里はやはり函館まで行っていたということか。

「このカメラに何か写ってるかもしれませんね。至急、現像に回します」

刑事はそう言って、コンパクトカメラを持って出ていった。

テーブルの上にはもう一つ男物の革のセカンドバッグが置いてあった。奥沢峻介のものだろうか。それを開けて調べていた丸茂に、

「あの、もう遺体を運び出してもいいですか」

捜査員の一人がたずねた。

「いや、ちょっと待て。本庁のほうから一人来るそうだから、もう少しそのままにしておいてくれ」

丸茂は言った。

噂をすれば影とやらで、丸茂がそう言い終わらないうちに、鑑識班のうごめくリビングに一人の男が入ってきた。

寝ていたところを駆り出されてきたという恰好の、肌の浅黒い、目元の涼しげな、二十代後半の男である。やや猫背ぎみの長身を丸茂順三のところまで運んでくると、警察手帳を見せて、本庁の貴島《きじま》だと名乗った。

7

警視庁捜査一課の貴島柊志《しゅうじ》は、それまでの捜査状況を上北沢署の丸茂順三から聞きながら、奥沢峻介の遺体と、上山幹男の遺体をざっと調べ、リビングのなかを見回していたが、青いガラスの花瓶が割れて落ちている床の上に視線が止まった。

貴島はそこまで行くと、長身をやや窮屈《きゅうくつ》そうにかがめて、フローリングの床を嘗《な》めるように見ていたが、

「ここに血をこすったような跡がありますが」

と不審そうな顔で言った。

「え？」

丸茂は気付かなかったらしく、「どれどれ」という顔で近付いてきた。

「ああそれなら事件とは関係ありませんよ」

顎に刃物傷のある人相の悪い中年の刑事がこともなげに言った。

「どういうことだ？」と丸茂。

「飯塚《いいづか》ですよ。さっき、遅れて駆け付けてきたかと思ったら、さっそくガラスの破片を踏んづけて足の裏を切ったんです。今どこかで手当てしてるはずです。ま、我々ならここで靴下を脱いで赤チンでもチョンチョンとつければいいが、ヤッコさんは大変ですわ」

捜査員のなかから場所柄を考えるとやや不謹慎な笑い声がもれた。

「なんだ。飯塚か」

丸茂も納得したように薄笑いをもらした。

貴島には何のことか分からなかったが、とりあえず事件には関係ないと知って立ち上がった。

「奥沢千里はこのホテルに泊まるつもりだったのかもしれませんね」

センターテーブルのそばでガイドブックをめくっていた若い刑事が言った。

「赤丸がしてあります。ここに電話してみれば、千里が函館に行ったかどうか分かるんじゃないですか」

「そうだな」と丸茂。

若い刑事はコードレス電話を取り上げた。

「電話してみます」

そのとき、「どうもすみません」という細い声がして、見ると、軽く足をひきずりながらリビングに入ってきた者がいた。

貴島は振り向いて唖然とした。

それはまだ二十五、六の若い女性だったからである。

やや小柄で、童顔に黒ぶちの眼鏡をかけている。化粧っけはまるでなく、ショートカットにした髪は、雷に撃たれたような奇怪なスタイルをしていた。

「傷の手当てはすんだかね」

顎に刃物傷のある刑事が冷やかすように言った。

「はい。ちょっとトイレを借りて」

「女性は大変ですなあ。わざわざパンスト脱いでまたはいて」

誰かがちゃかすと、どっと笑い声がおこった。

飯塚という若い女刑事は顔を赤らめて頭を掻いた。貴島はようやく丸茂たちの言っていたことが分かった。

「貴島さん。紹介しますよ。これがうちの紅一点、飯塚ひろみ刑事。去年、交通課から転属してきましてね」

　丸茂が言った。

「わが署も女性をおおいに起用して、警察のイメージアップを図《はか》ろうというわけですわ」

　傷の中年刑事が皮肉っぽい口調で口をはさんだ。

「こちらは本庁の貴島刑事」

「飯塚ひろみ。二十六歳二カ月。血液型はB、星座は乙女座。もちろん独身です」

　飯塚は貴島を見上げ、関係ないことまで元気よく答えた。

「ついでに電話番号まで教えたら？」

　誰かが言った。

　貴島は苦笑して軽く頭をさげた。

「やはり、奥沢千里は函館に行ってますよ」

　電話をしていた若い刑事が興奮したような声で報告した。

「なんだと？」と丸茂。

「奥沢千里の名前でちゃんとチェックインしています。時間は昨日の午後一時半ころだそうです。その客の特徴をきいたら、ブルーのファッショングラスにマスクをしていたので、顔かたちはよく分からなかったそうですが、アイボリーのトレンチコートを着た、髪の長い、背の高い女だったそうです」

　丸茂は唸った。二階の遺体はどちらかといえば女としては大柄なほうだった。それに、リビングのソファの背もたれには、アイボリーのトレンチコートが掛けてある。

「チェックインといっても、部屋に通すのは午後二時からなので、その客は、スーツケースを預けたきり、市内観光に出掛けて、まだ戻ってきていないそうです」

「うーん」

丸茂はまた唸った。これはどういうことだ。

「その女というのは？」

貴島がたずねた。

「二階の寝室にもう一人ホトケがいるんですわ。どうも奥沢の女房らしいんですが。それがどうも妙なことに——」

丸茂はガリガリと頭を掻いた。

「寝室ですか」

貴島は確認すると、リビングを出て階段を上った。

「あ、わたしも行きます」

そんな声がうしろからして、例の飯塚刑事が足をひきずりながらついてきた。

「飯塚。二階のホトケの顔を見ても気絶するなよ」

誰かが言った。

「気絶なんかしませんっ」

「なめたらあかんぜよ」

飯塚のいまいましそうに呟く声が貴島の耳まで届いた。

階段を上りきって、ドアの開いていた部屋に入ると、貴島はぎょっとして立ち止まった。

それがいきなり目に飛び込んできたからである。

ベッドの上の泥だらけの女の遺体は、掛布団がすっかり剝《は》がされ、全身をくまなく天井の照明に照らし出されていた。

こんな死に顔は見たことがない……。

左胸にナイフを突き立てたまま、女の遺体は口を開けて笑っていた。

地獄の哄笑《こうしょう》。

そんな形容がちらと頭に浮かんだとき、うしろのほうでドサリという音がした。

振り返ると、飯塚ひろみが目を回したような顔で床にひっくりかえっていた。

8

「それでは、あなたは二十六日の夜は奥沢さんのうちに泊まったんですか」

貴島がそうたずねると、支倉真里は大きな目を見開いて頷いた。

上北沢署内である。

姉とその連れ合いの変わり果てた遺体と対面させられたときは、飯塚ひろみのように卒倒しかねない様子をしていたが、今はだいぶ落ち着きを取り戻したようだ。

タクシー運転手の杉田茂に一方的に電話を切られたあと、義兄の家で何か異変が起きたと察知した真里はすぐに車に飛び乗って来たのだという。途中で父親の省吾にも、自動車電話で連絡を入れておいたので、おっつけやって来るだろうという話だった。

「二十六日の午後、姉から電話があって、ちょっと旅行に出るから、コンパクトカメラを貸してくれないかと言われたのです。それで、カメラを持って車で姉のうちまで行き、一泊して、二十七日の朝がた、姉と義兄《あに》を羽田まで送ってからうちへ帰ったんです」

真里は青ざめながらもハキハキと答えた。

「義兄《にい》さんも？」

「そうです。義兄も大阪に行くことになっていましたから」

「千里さんのほうはたしか函館でしたね」

「ええ。女子大時代の友人の結婚式に出るために。義兄のほうは大阪に住む友人に会いに行ったんです、もっとも、二人とも本当はお金のことで行ったんですけど」

「お金？」

「ええ。今、義兄の会社が危ないんです。不動産会社を上山さんとやっているんですが、倒産寸前とかで、資金ぐりに奔走していました。姉も友人の結婚式に出るというのは口実で、実は、披露宴に招《よ》ばれている昔の友人に会ってお金を借りるのが目的だったんです。姉の出た大学は、いわゆるお嬢さん大学で、友達も資産家に嫁いだり、実家が金持ちの人が多いんです。だから、昔のよしみで少しでも借りられないかと」

「しかし、たしかあなたがたのお父さんは」

貴島は言いかけたが、

「ええ、父もいわゆる資産家の一人といっていいかもしれません。シクラ製菓という、まあ多少は名の知れた会社を経営してますから。でも、姉は駆け落ち同然に義兄と一緒になったので、意地でも父の世話にはなりたくなかったのだと思います」

「ああなるほど」

「それで、ちょうど乗る飛行機が姉のほうは午前十一時五十分、義兄のほうは、午後十二時十分と近かったものですから、二人一緒に家を出たんです」

「二人を空港で見送ったんですか」

「いえ、見送ったわけではありません。空港で二人をおろして、その足でわたしはすぐにうちへ帰りました」

「出掛けるときのお姉さんの服装は？」

「白っぽいパンタロンスーツです。それにアイボリーのトレンチコートを持っていました。朝から曇り気味でしたし、義兄が北海道はもっと冷え込むかもしれないから持っていけと勧めたんです」

「お義兄さんが？」

「そうです」

「靴は？」

「グレーのローヒールでした」

「ファッショングラスは？」

「かけていました。ブルーのグラデーションのついたものを」

「マスクは？」

真里はこっくりと頷いた。

「マスクもつけていたんですか」

貴島はやや驚いたように聞き返した。

「ええ。姉は一週間くらい前から少し風邪気味だったとかで。用心のためだと義兄が言って」

「マスクもお義兄さんが勧めたんですね」

「ええ、そうです。義兄は今年の風邪はたちが悪いから気を付けたほうがいいと、姉の体をとても気遣っていました。姉のほうも今が一番大切なときなので――」

「というと？」

「妊娠してたんです。結婚して十五年振りにようやく恵まれた子供です。もっとも、姉は義兄にはまだ話してなかったようです。妊娠したことを話せば、義兄が姉の身を気遣って函館行きを中止しろと言うに決まってるので、帰ってきてから話すつもりだと姉は言っていました」

「そうですか。それで、マスクは最初からつけていたのか……」

貴島は考え込みながら呟いた。

「姉は一体誰に殺されたんですか」

真里はまだ信じられないという顔で聞き返した。

「まだ分かりません」

貴島は慎重にそう答えた。上山幹男のワイシャツに付いていた血らしきものが、もし上山のものではなく、奥沢千里を刺したときの返り血だとしたら、千里を殺したのは上山ということになる。だが、まだそれを裏付ける鑑定結果は出ていなかった。

「しかし、どうも見たところ、千里さんは殺害されてからいったん奥沢邸の和室の床下に埋められていたようなんです。ということは――」

「奥沢に殺されたんだ」

貴島の背後でそんな声がした。振り返ると、半白《はんぱく》になった髪をオールバックにして、飴《あめ》色《いろ》の鼈甲《べっこう》ぶちの眼鏡をかけた体格のいい老紳士が丸茂といっしょに立っていた。

「お父さん」

真里がびっくりしたように言った。

真里の父親、支倉省吾らしい。

「奥沢に殺されたんだ。それしか考えられないだろうが。他の人間が殺したなら、なぜ奥沢の家の床下になんか埋めるんだ」

「どうして？　どうして義兄さんがそんなことするの」

「保険だよ。千里にかけた保険金が目当てだったんだ。私の一番恐れていた結果になってしまったんだ」

「支倉さんですね」

貴島が言うと、青ざめた老紳士は頷いた。

「まあ、そこにお座りください」

娘の突然の訃報《ふほう》を聞いて駆け付けてきたわりには、落ち着いているように見えたが、よく見ると、渋い茶のブレザーの下に着込んだ薄手の丸首セーターが裏返しになっている。連絡を受けて、気が動転したまま着替えをしたのだろう。

「義兄さんのはずないわっ」

真里は食ってかかるように言った。

「義兄さんはちい姉さんを愛していたもの。それに、ようやく子供もできたのよ。殺すわけがないじゃない」

「奥沢は千里が妊娠していたことをまだ知らなかったって言ったじゃないか」

支倉がすかさず言った。さっきの真里の話を外で聞いていたらしい。

「そ、それはそうだけど。でも義兄さんが姉さんを殺すなんて信じられないわ」

「おまえはまだあの男の本性が見抜けないのか。あの男の優しさなんて見せかけにすぎない」

支倉は冷然と言い放った。

「だけど、義兄さんは大阪にいたのよ。ねえ、刑事さん。たしか姉が殺されたのは、昨日の午後二時から三時の間ってことでしたよね？」

真里は同意を求めるように貴島のほうを見た。貴島は頷いた。まだ解剖結果が出ていないので、詳しいことは分からないが、検死官の所見では、奥沢千里の死亡推定時刻は二十七日の午後二時から三時の間ということだった。

「その頃だったら、義兄さんは大阪にいたはずだわ」

真里はもう一度繰り返した。

「奥沢は大阪になんか行ってなかったのかもしれれん。行ったような振りをしただけで」

支倉がそう反駁《はんばく》したが、貴島がすぐに口をはさんだ。

「それはこれから我々が調べますから」

「奥沢さんが訪ねる予定だった大阪の友人の名前と住所は分かりますか」

貴島は真里にたずねた。

「えーと、たしか瀬尾《せお》とか瀬田《せた》とかそんな名前だったと思います。義兄はその人の名刺を持参していったはずですから、それを見れば分かるはずです」

「たとえ、奥沢が直接手を下さなくても、誰かを雇って千里を殺させたとも考えられる」

支倉は唸るように言った。

「そんな。お父さん」

真里がとがめるような目で父を見た。

「千里を殺したがっている人間など他には考えられないからだ」

「そんなこと調べてみなければ分からないじゃない」

と真里。

「あれが殺されるほど人の恨みを買うとは思えない。親の口から言うのもなんだが、しっかりした優しい娘だからだ。奥沢は会社経営がうまくいかなくなって、相当の負債を抱えていた。それは調べれば分かる。前から千里には高額の保険がかけてある。それを狙って誰かを使って殺させたんだ。狡猾《こうかつ》な奴だから、最初から疑われるのを見越してアリバイを用意しておいたのかもしれん。大阪にいたというのは本当かもしれんが、だからといって奥沢が白だとは言い切れない」

支倉省吾は声を震わせた。

「お父さんったら、勝手にきめつけないでよ。人殺しなんて誰に頼めるっていうのよ」

「金さえ出せばどうにでもなる」

「そのお金がなかったんじゃない」

「もしかしたら、あの上山かもしれない。あの男なら同じ穴のむじなだ。会社が倒産すれば困るのはあの男も同じだ。共同経営者だからな。だから、奥沢はあの男を使って――」

「そんなの考えすぎよ。義兄さんと上山さんが共謀して、姉さんを殺したなんて。そうだわ。ねえ、刑事さん。義兄は前から誰かに威《おど》されてたみたいなんです」

真里は思い出したように言った。

「威されていた？」

「昨夜、姉が言ってました。最近、よく無言電話がかかってきたり、夜中に石が投げ込まれて寝室の窓が割られたり、『殺してやる』と書かれた脅迫文のようなものが郵便受けに入っていたりすることがあって怖くてたまらないって」

「威しをかけていた人物に心あたりは？」

「姉の話だと、義兄に聞いても言いたがらないのでよくは分からないけど、たぶん、仕事上のトラブルが原因で、義兄を恨んでいる人だろうということでした」

「馬鹿な。それなら、奥沢だけを狙うはずだ。なぜ千里まで殺す必要がある？」

支倉が吐き捨てるように言った。

「義兄さんを恨んでいる人から見れば、その家族だって憎しみの対象になるんじゃない？」

と真里。

「脅迫状なんて、奥沢が自分で書いたに決まってる。狙われているのは自分だと見せ掛けるためにな。そうすれば千里を殺す動機をごまかせる」

「そんなことありえないわ。無言電話や窓が割られたとき、義兄さんも家にいたって話ですもの。姉さんがそう言ってたのよ」

「人に頼んでやらせたんだろう。それもあの上山にやらせたのかもしれない――」

「もう、お父さんったら。何がなんでも義兄さんを悪者にしないと気がすまないんだから」

真里は業《ごう》を煮やしたように父の言葉を遮《さえぎ》ると、

「でも変だわ」

と、ふと考える目になり、

「刑事さん。いったい姉はどこで殺されたんでしょうか」

と唐突《とうとつ》に言った。

「姉は函館へ行ったんです。昨日の午後二時から三時の間といえば、まだ市内観光の真っ最中だったはずです。披露宴は翌日、というか今日の午後でしたから、それまでは市内見物をすると言ってました。犯人は函館まで行って、姉を殺したのでしょうか。それとも、姉は飛行機に乗らなかったんでしょうか」

「いや、函館駅近くのホテルに千里さんらしい女性がチェックインしたことまではつかんでいます。もっとも、その女性が本当に千里さん本人だったかは、これから調べてみないと断定はできませんが」

と貴島。

「姉は函館で殺されて、ここまで死体で運ばれたのでしょうか。それとも、ホテルにチェックインしたあと、なんらかの理由で自分で東京に戻ってきたのでしょうか」

「それは——」

貴島は言い澱《よど》んだ。

「そういえば、あんた、さっき奥沢さんが電話で妙なことを言ったと言ってましたな」

丸茂が思い出したように、ふいに口をはさんだ。

「え？　ええ」

真里は丸茂のほうを見た。

「なんて言ったんです？」

「義兄は――」

真里は華奢《きゃしゃ》な肩を身震いするように震わせた。

「義兄は苦しそうに一言だけ言ったんです。『死体が生き返った』と」

第二章　死者を追って

1

「わっ。すごい。雲のじゅうたん」

旅客機の窓に鼻をくっつけるようにして外を見ていた飯塚ひろみがはしゃいだ声をあげた。

十月二十八日。水曜日。

貴島柊志は手にした写真から目をあげて、やれやれという表情で隣席の連れのほうを見た。

生まれてはじめて飛行機に乗ったわけでもあるまいに。まるで遠足に来た小学生みたいなはしゃぎようじゃないか。

羽田を出たときから彼を悩ませ続けていた苛立《いらだ》ちが鎌首《かまくび》をぐいともたげてきた。

どうして奇怪な様相を帯びた事件に限って、自分が組むことになるパートナーはこんなのばかりなんだろう。

そう考えると、つい溜息が出る。

いつも誰も組みたがらないような厄介者をていよく押し付けられるのだ。

中野で起きた新進女流作家刺殺事件のときもそうだった。あのとき組まされたのは、倉《くら》田《た》という、署内きっての鼻つまみ者だったし、三鷹の女子大生連続殺人事件のときは、西《にし》山《やま》という、明らかに職業の選択を誤ったような、なんとも頼りない若造だった。

そして、今回はといえば、よりにもよってまるで小学生みたいな女性刑事ときたもんだ。

彼女の上司である丸茂順三は、「一見頼りなさそうに見えますが、あれで、町田で剣道の道場を開いている父親から、もの心つくや否《いな》や男なみの稽古《けいこ》をつけられたそうで、剣道は言うにおよばず、柔道・射撃のほうも半端な腕前じゃありません。根性もあるし、頭脳も優秀。下手な男よりよっぽど使いものになりますわ」などと言っていたが、こんなものは仲人口《なこうどぐち》みたいなもので、あてにはならない。

遠足の引率じゃないぞ。

つい、そう言いたくなるのをさっきから我慢していた。煙草でも吸って気を落ち着かせたかったが、あいにくと禁煙席だ。これも相棒のことを考えたからで、もしパートナーが男だったら、こんな席は取らなかった。

そう考えると、よけいイライラしてくる。

女性だからと偏見を持っているわけではないが、偏見というのは、しょせん理性ではなく感情に根付くものだから、全くないとも言い切れない。

それにしても、今日はどうかしている。

睡眠不足のせいもあるが、朝から得体の知れない憂鬱感に悩まされていた。その原因がパートナーに対する不満だけにあるのではないことを、貴島はうすうす気が付いていた。問題は函館にある。

この旅客機が、あと一時間もすれば、函館空港に到着するという、まぎれもない事実が、彼をいつになくナーバスな気分にさせているのだ。

「見て、見て。奇麗だわあ。あの上に寝転びたーい」

羽根布団を並べたような雲の海を見ながら、飯塚ひろみはまた歓声をあげた。

「飛行機がそんなに珍しいですか」

とうとう我慢しきれなくなって、つい刺《とげ》のある口調で言ってしまった。

「好きなんです。高いところが」

飯塚は、感心するほど無邪気な答え方をした。いつもの貴島なら、なんとなく微笑を誘われるようなセリフだが、今日ばかりは少し様子が違う。思わずムカッとした。

言うことまで小学生並みだ。何を考えてるんだ、こいつは。

「ナントカと煙は高いところに上りたがるっていうからな」

「ええ、あたしはそのくちなんです」

飯塚は軽くいなした。

貴島は不愉快になって黙った。飯塚に不愉快を感じたのでなくて、はけ口のない苛立ちを彼女にあたることで紛らわそうとしている自分に嫌気がさしたのだ。

「ハズレだと思ってるんでしょう？」

飯塚の顔から笑みが消えて、真顔になった。

「え？」

「厄介なの押し付けられちゃったなって。顔にそう書いてあります」

「厄介なのには慣れている。そうも書いてあるだろう？」

また沈黙。

「あたしのほうも慣れてます、そういうふうに言われることに」

飯塚は微笑を含んでやりかえした。

「頭脳は優秀」という丸茂順三の評価は掛け値のないものだったようだ。バカではこういう返答は即座にできない。

才気のある女性はどちらかといえば奇麗なだけの女よりも好きだったから、本来なら、飯塚ひろみに才気を感じれば、もう少し面白がれるかと思ったが、そうではなかった。

憂鬱な気分で黙っていると、飯塚はもじもじしながら言った。

「函館に住んでたことがあるんですか」

「昔ね」

貴島は昨夜というか今朝がたのことを苦々しく思い出した。支倉真里が姉の千里に貸したコンパクトカメラはすぐに現像に回され、数枚の写真があがってきた。今、手にしているのがそれだった。そこには、函館市内の観光名所らしきものが写っており、手にしたとき、ついこれはどこそこだと所轄署の連中に言ってしまったことで、土地カンがあると思われ、奥沢千里の足取りを追う役目を押し付けられたというわけだった。それも女性刑事というありがたくもないおまけ付きで。

「いつ頃ですか」

「なにが？」

「函館にいたのは」

「いつ頃だったかな」

あの当時のことを他人に話す気はない。適当にはぐらかした。

「いい街ですよね」

「そうだったかな」

「あたし、まだ行ったことないから、すごく楽しみなんです」

「言っとくが、物見遊山《ものみゆさん》に行くわけじゃないんだ」

「すみません」

飯塚ひろみは舌をちらっと出して頭を掻いた。その頭には、絵かきの卵みたいな白いベレー帽がチョコンと載せられている。けっこう似合っていた。

「奥沢千里は函館公園で殺されたんでしょうか」

ひろみは真面目な顔になって、視線を貴島の手にある写真に落とした。

「なんともいえないね」

写真は全部で十枚あった。写真の右下には十月二十七日という日付しか記されていなかった。千里のショルダーバッグの中から発見された観光ガイドに書き込まれていた印と、妹の真里の話とを総合して推測すると、千里は予約しておいたホテルにチェックインしたあと、函館駅からタクシーかバスで、まず西の果ての外人墓地まで行き、そこから元町を抜けて、東の果ての立待岬《たちまちみさき》まで歩くという予定をたてていたらしい。

外人墓地から立待岬まで、あるいは、その逆のコースは、ガイドブックによれば、いわゆる史跡散策コースとかで、ごくポピュラーなもののようだった。

ネガフィルムを見ると、最初が外人墓地らしい、海を背景にした白い十字架のスナップからはじまり、あとは坂道から写したような函館湾、元町にあるクラシックな洋館、旧函館区公会堂。ハリストス正教会。聖ヨハネ寺院。こういった観光名所のスナップが数枚続き、最後は噴水と石碑のある公園から見た函館山の風景でプツリと終わっていた。これは函館公園に間違いない。

奥沢千里はこの写真でみる限り、函館公園までは足を運んだらしい。

しかし、立待岬まで行くはずの予定がここで終わっているところを見ると、この公園で千里の身に何かが起こった、それ以上旅を続けられないことが降りかかったとしか考えられなかった。

函館公園なら、おおよそ五万平方メートルもある広い公園だし、樹木に囲まれて人目につきにくい場所も多い。殺害現場としては十分考えられる。

しかし、貴島にはどうしても納得がいかなかった。

ガイドブックから計算すると、外人墓地から函館公園まで、徒歩で、おおよそ五十分。函館駅から車で外人墓地までは十五分とみても、約一時間弱はかかる。ただし、これは、あくまでも、わき目もふらずに、ただひたすら歩いた場合、最低限かかる時間であって、これに見て回る時間を加えれば、もっとかかるはずである。

実際に、千里はただ歩いただけではない。たとえば、スナップのなかに、青と黄色の縦縞模様の柱のあるバルコニーらしいところから撮ったと思われる函館湾の風景があった。これはおそらく、旧函館区公会堂のなかに入ってバルコニーから写したのだろう。バッグのなかにこの重要文化財のパンフレットもあったというから、千里はあの洋館のなかを見て回ったはずであり、観光に要した時間が加算されなければならない。

さらに、バッグのなかには喫茶店らしき店のマッチもあったから、途中で喫茶店に寄って休憩したものと見える。そういった時間を考慮に入れると、奥沢千里が午後一時半頃にホテルを出たとしたら、函館公園までたどりつく頃には、常識的に考えれば午後三時をすぎてしまうはずなのである。

にもかかわらず、千里の死亡推定時刻は、午後二時から三時ということだった。もっとも、これは所見であって、解剖の結果はまだ出ていないから、結果次第では、若干の幅は出るかもしれなかった。

あいにく写真には時刻表示がなかったから、とにかく、実際に、千里がたどったと思われるコースを歩いてみる必要があった。

「奥沢千里は本当に函館に行ったんでしょうか」

飯塚が沈黙の気まずさに耐えかねたようにまた口を開いた。

「あたしは千里は東京で殺されたと思うんです。しかも、おそらく自宅で。それで、犯人はいったん千里の遺体を奥沢邸の和室の床下に隠したんだと思います。つまり、函館駅近くのホテルにチェックインした女性というのは、奥沢千里ではありえません。千里を装った別人だと思います。ファッショングラスとマスクをしていれば顔かたちまでは分かりませんし、年恰好さえ似ていれば、ホテルのフロント係くらい、なんとかごまかせます」

「だが、支倉真里は、ちゃんと奥沢夫妻を羽田まで送り届けたと言ってる。あの妹が嘘をついているようには見えなかったが」

「ええ。だから、千里は一度は羽田まで行ったんです。でも、函館行きの飛行機には乗らなかった。というか、乗れなかった。空港で犯人に会い、そこで無理やりどこかに拉致《らち》されたか、あるいは、言葉巧みに連れ出されたかして、函館行きの飛行機には乗らなかったのです。そのかわりに、千里に似た背恰好の女が千里の振りをして函館に向かった――」

「ファッショングラスとマスクは変装だったと言いたいわけか」

「ええ。いかにも変装臭いです」

「しかし、妹の話だと、千里は一週間前から風邪をひいていて、出掛けるときからマスクはしていたという。函館に着いてからマスクをしたのならば、たしかに別人の変装とも考えられるが、家を出るときからしていたというんだ。変装しやすいように前もって風邪をひいてくれるとは、犯人も幸運だったな」

「そうじゃありません。それでは偶然すぎます。そこは、むしろ逆に考えるべきじゃないでしょうか」

「逆？」

「ええ。おそらく犯人は、一週間前から千里が風邪をひいていたのを知っていた人物です。知っていたからこそ、それをうまく犯罪に利用したのだと思います」

「というと？」

「つまり、結論から言ってしまえば、支倉省吾が言ったように、犯人は奥沢峻介だと思うんです」

「だが、彼にはアリバイがあるようだ」

あのあと、奥沢の背広の内ポケットから「瀬尾浩一《こういち》」という、大阪在住の人物の名刺を見付け、この男が奥沢が訪ねた友人らしいと見当をつけて、名刺にあった電話番号のうち、自宅のほうに電話をしてみたところ、瀬尾本人が出て言うには、たしかに、二十七日の午後二時頃、奥沢峻介と名乗る人物が会社のほうに訪ねてきたらしいが、あいにく自分は外出しており、受付の女性が応対したということだった。

おそらく、今頃は、奥沢の写真を持って別の刑事たちがこの会社を訪ねているだろう。受付の女性にたずねれば、奥沢が大阪に来たかどうか分かるだろうし、行きは飛行機を利用していることから、乗客名簿を調べれば、その便を利用したかどうかも分かる。奥沢のアリバイに関しては証明されるのは時間の問題と言ってよかった。

「ええ。だから、直接手を下したのは奥沢じゃありません。共犯者です。千里の妹の話では、千里にマスクをしていくように勧めたのは夫の峻介だったそうじゃないですか。妻の体を気遣っているように見せ掛けて、実は、替え玉の女が変装しやすいようにしたんじゃないでしょうか」

「すると、奥沢には共犯が二人いたというわけかい。千里を殺害する実行犯と千里の替え玉をする女と？」

「そう思います」

飯塚は確信ありげに頷いた。さっきまでの小学生じみた子供っぽさがなくなって、一人前の刑事の目になっている。

「そして、たぶん実行犯はあの上山幹男だったのではないかと思います」

「しかし、奥沢が犯人だとしたら、共犯を二人も使って、何をたくらんでいたんだろう？」

「一つ考えられるのは死体移動のトリックです」

「死体移動？」

「ええ。千里を東京で殺して、遠く離れた別の場所に運び、そこが殺害現場のように見せ掛けるトリックです。北海道ではちょっと遠すぎるから、そうですね、たとえば東北あたりに死体を運んで捨てるつもりだったんじゃないでしょうか。こうすれば、千里の死体があとで発見されたとき、彼女が、何らかの事情で友人の結婚式には出席せずに、東北経由で東京に戻る途中に事件に巻き込まれたように見えます。そうなると、その間、東京にいた奥沢にも、もう一人の共犯者にもアリバイができることになります」

「なるほどね」

貴島はこの相棒を少し見直した。

「しかし、その方法でアリバイを作るとしたら、千里を殺すのが早すぎないか。二時や三時では、千里はまだ函館にいる頃じゃないか」

「ええ。そこが犯人にとっての誤算だったんじゃないかと思うんです。最初の計画では、羽田から連れて来た千里をどこかに監禁して、夜になってから殺害するつもりだったんじゃないでしょうか。それが犯人たちにとっても予期せぬアクシデントがあって、殺害時刻が早まってしまった――」

飯塚ひろみはここまでくると、やや自信なさそうな顔になった。

「あの、おかしいでしょうか。こんな推理は？」

不安そうな上目遣いでたずねる。

「いや、おかしくはないが」

「本当ですかあ」

ぱっと顔が輝いた。

「奥沢の計画はそのあたりだったと思うんだが、問題は、その計画がなぜあんな奇怪な状況になってしまったかということだ……」

「そうなんです。もし、千里を殺したのが奥沢と上山だとしたら、その奥沢と上山を殺したのは誰だったのか。それと、千里の左手の薬指を切断したのが犯人だとしたら、なぜそんなことをしたのか。それに、あの妹の言ったこと。奥沢が死ぬ間際に口ばしった言葉の意味。死体が生き返ったなんて。まるで、千里の死体が奥沢と上山を殺したみたいで――」

ひろみはお手上げというようにブルブルと頭を振って、黒ぶちの眼鏡をはずすと、それをバッグに入れていた眼鏡拭きで拭きはじめた。

「まあ焦らずにひとつずつ片付けていこう」

貴島は大きく伸びをすると、シートを倒してくつろぐ姿勢になった。

「とりあえず、函館に現われたのが奥沢千里ではなかったという証拠をつかむことが先決だ。函館が殺害現場ではないということがハッキリしなければ、すべては空論に終わってしまう」

「はい、そうですね。ガンバラナクッチャ」

ひろみは元気が出たような声で言うと、眼鏡をかけ直して、ガッツポーズを取った。

そんな彼女をちらと横目で見て、貴島柊志は目を閉じた。憂鬱感がいつのまにかなくなっていた。

2

「シートベルトをお着けください」という機内アナウンスにふと目をあけて、窓の外を見ると、いつのまにか、灰色の雲の中に入っていた。

貴島は腕時計を見た。午前十時半になろうとしている。倒していたシートを元に戻すと、シートベルトを着けた。

「やっぱり雨が降ってきましたね」

飯塚ひろみが、窓の外を見ながら、憂鬱そうな声で言った。本州はおおむね晴れだが、北海道は雨という天気予報は珍しく当たったようだ。

眼下には、暗緑色の地に白いレースを散らしたような波をたてる津軽海峡と、雨に煙る函館の街並みが横たわっている。

なんとなく胸の奥が締め付けられるような光景だった。

降下にともなって、窓に水しぶきがかかりはじめた。

旅客機が降り立った函館空港は陰鬱な灰色の雨のなかにあった。

空港を出ると、二人は、ちょうど発車寸前だった函館駅行きのバスに乗り込み、湯川《ゆのかわ》温泉を経て、二十分もすると、函館駅前に到着した。

駅の東口前は若松町《わかまつちょう》から松風町《まつかぜちょう》にかけて大門《だいもん》通りと呼ばれ、デパート、郷土料理店、寿司屋などがひしめきあっている。昼はショッピング街、夜は歓楽街になるあたりである。道路の真ん中を、歴史を感じさせる古びた市電がのんびりと走っていた。

ガイドブックによれば、奥沢千里が泊まる予定だったホテルは、函館名物朝市を抜けて、すぐのところにあるようだ。

貴島と飯塚ひろみは、傘を広げ、駅を西手に歩き出した。カニやエビなどの魚介類や雑貨品、土産物などを売る店や食堂がズラリと軒《のき》を連《つら》ねている。

潮の香りとそぼふる十月の雨の匂い。それに混じって、軒先で焼くとうもろこしやスルメの匂いがプンと鼻をつく。

観光客の傘の群れと、呼び込みのどうま声をかわすようにして、朝市を抜けると、めざすホテルの建物が見えてきた。

ホテルに入って、フロントに行くと、警察手帳を見せて用件を伝えた。

若林《わかばやし》とネームプレイトを胸につけた若いフロント係は、すぐに奥沢千里が預けていったという空色のスーツケースを持ってきた。

貴島はスーツケースを開けてみた。なかには着替えと化粧ケース、洗面用具が入っていた。

「昨日、奥沢千里と名乗ったのはこの女性でしたか」

背広の内ポケットから千里の写真を取り出してフロント係に見せた。奥沢邸にあったアルバムのなかに、例のファッショングラスをつけたスナップ写真があったので、それを持参してきたのである。

「さあ……」

フロント係は写真を見ながら首をかしげた。

「こんな眼鏡をかけていたと思いますが、この方だったかどうかはなんとも言えません。なにせマスクをされていたので、顔まではよく分からなかったんです。でも、髪形はこんなふうでした」

「服装はどうです？」

「アイボリーのトレンチコートを着ていました」

「背は高いほうでしたか」

「ええ。ローヒールをはいてあれだけ上背《うわぜい》があるんだから女性としては高いほうだったと思います。やせ型で、トレンチコートがよく似合っていました」

「現われたのは、午後一時半頃というのは間違いありませんか」

「それは間違いありません」

「まだチェックインする時間ではなかったそうですが、宿泊カードなどの記入は？」

「スーツケースをお預かりしたときに一応書いてもらいました」

「そのとき、その女性は手袋をしていましたか」

「ええ、たしか」

フロント係は思い出すような目で答えた。

奥沢千里と名乗った女が手袋をしていたとなると、カードから指紋を検出するのは無理だが、少なくとも筆跡は残していったことになる。

「それを見せてもらえませんか」

「これです」

フロント係が差し出したカードを、貴島は写真と一緒に持参してきた千里の手帳の筆跡と見比べてみた。やや右上がりの字体は一見したところよく似ている。だが、替え玉の女が千里の筆跡をまねたということは考えられる。正確なところは、このカードを持ち帰って筆跡鑑定を待つしかなかった。

「これ、お借りできますか」

「はい、どうぞ」

「このあと、その女性はスーツケースだけを預けて市内観光に出掛けたのですね」

「はい」

「ショルダーバッグは？」

「それは持っていかれました」

「どんなバッグだったか覚えていますか」

「たしか、やや大型の、灰色っぽいものだと思いますが」

「これからどこに回るとかは言っていませんでしたか」

「そういえば、外人墓地に行くには、どのバスに乗ればいいかと聞かれました」

「バス、ですか」

貴島は呟いた。奥沢千里は、いや、奥沢千里と名乗った女は、バスで外人墓地まで行ったらしい。

「あとでもう一度立ち寄る」と言い残して礼を言うと、飯塚ひろみを伴ってホテルを出た。

3

バスを高龍寺《こうりゅうじ》前で降りると、坂になった道路の向こうに、雨に濡れた古びた煉瓦塀《れんがべい》の赤が目に飛び込んできた。あたりには線香の匂いがかすかに漂っている。

カラスの鳴き声が耳につき、ふと空を見上げると、灰色の空を背景に黒い不吉な群れが電線で揺れていた。

赤煉瓦の塀を左手に見ながら歩いていくと、二股に分かれた道に出る。それを右手に行くと、再び赤煉瓦の塀が今度は右手に見えてきた。中国人墓地の塀である。

道路を挟んで、向かいがロシア人墓地になっていた。白く塗られた鉄柵の向こうの、雨に濡れた芝生には、洋風の大きな墓石がある。

中国人墓地の隣りは、プロテスタント墓地。芝生の上に点在する白い十字架が、外人墓地特有の物悲しさを誘う。

その昔、函館に入港したアメリカのペリー艦隊の乗組員が死亡したとき、葬られたのがはじまりだという。

その後、異国に倒れた船員や医師、カトリックやプロテスタントなどのさまざまな宗派の伝道者たちが葬られるようになった。

トレンチコートの女が写した写真のなかには、三枚ほど、こうした墓地のスナップがあった。

「これはどこから写したものでしょうか」

飯塚ひろみが言った。

手前に大きな松の木があり、その向こうに港が見える風景だ。

「おそらく、中国人墓地のなかに入って写したものだろう」

貴島は記憶を頼りに言った。黒甍《くろいらか》の屋根を戴《いただ》く中華ふうの門をくぐると、階段がある。その階段をおりると、海側に、白塗りの鉄柵で囲まれた遊歩道が作られていた。

「行ってみようか」

貴島は先にたって墓地の門をくぐった。両側を赤煉瓦で囲まれた石の階段をおりると、プンと潮の香りが顔に吹き付けてきた。

すべての墓地は背後を紅葉のはじまった函館山に見守られ、眼下に函館湾を見下ろす丘の上に立っていた。

灰色の海には、鳴き交わすかもめの群れ、行き来する漁船や遊覧船、その遥か彼方には、なだらかな江差《えさし》の山並みが見える。

貴島はしばし仕事で来たことも忘れて、そんな風景に見入っていた。子供の頃に見た風景と、それは違っているようにも見えたし、全く変わっていないような気もした。父が描いた絵のなかに、こんな風景が何枚もあったような記憶がある。

「貴島さん」

飯塚ひろみに呼ばれてはっと我にかえった。

「この道、下のほうに続いているみたいですけど」

遊歩道はそのまま足場の悪い階段状になっていて、降りていくと、港に出られる。しかし、トレンチコートの女はそのコースは取らなかったにちがいない。

墓地の写真の次には、坂の上から見た港の風景が続き、これは、弥生町《やよいちょう》あたりの坂から写したものに見える。女は遊歩道を降りずに、墓地を出て、さっきのバス停まで戻ったということになる。そうしなければ、こんな写真は撮れないからだ。

貴島たちもそのコースを行くことにした。

墓地を出て、来た道を戻ってくると、観光幌馬車《ほろばしゃ》と出くわした。こうべを垂れた栗毛の馬は、伏せたまつげを小雨に濡らしてポクポクと通り過ぎていった。

飯塚ひろみは、振り返って、墓地のほうへ向かう馬車を見送っていた。

4

函館は坂の街である。

弥生町あたりには、船見《ふなみ》坂とか幸《さいわい》坂とか趣きのある名前をもつ坂がいくつも平行して並んでいる。

そんな坂のひとつ、姿見《すがたみ》坂というのは、昔、坂の途中に遊郭があり、坂の上から遊女たちのあですがたを見ることができたので、こんな風流な名前が付いたのだという。

どの坂からも、ゆるやかなスロープの下に、函館港が望まれる。かもめが低く飛び交い、玩具のような船が行き来するのが見えた。

「なんだか時が止まってしまったみたいな街ですね」

飯塚が歩きながらポツンと言った。

たしかに時の流れに取り残されたような昔ながらの街並みがそこにあった。

観光名所のひしめく元町界隈に比べると、ずっとさびれた感じで、道端に咲くコスモスの薄紅《うすくれない》もどこかさびしげである。

上げ下げ窓の付いた古びた洋館の面影を二階に残した長屋ふうの家々や、二階が洋風、一階が黒ずんだタテ格子を持つ純和風という、珍妙な、そのくせ不思議にバランスの取れた和洋折衷の古い家々は、安政の頃に、諸外国に開港し、逸速《いちはや》く欧米文化を取り入れた、この街の歴史を無言のうちに物語り、一種独特な異国情緒を醸し出していた。

しかし、元町あたりまで来ると、街の景観もぐっと垢抜けて、観光客の数も目に見えて多くなり、洒落たレストランやペンションふうの建物も目立つようになる。

鮮やかな赤い実をつけた街路樹が両脇に植えられた石畳を歩いていくと、右手に、青と黄色で塗り分けられた木造二階建ての壮麗な洋館が聳《そび》えていた。

旧函館区公会堂である。

スナップのなかには、この洋館の二階のバルコニーから撮ったと思われる港の風景が混じっていたことから、貴島たちも、入館料を払ってなかに入った。案内標識に従って一階の大食堂から二階の大広間までをざっと見て回り、バルコニーに出た。スナップ写真にあるような港の風景が一望のもとに見渡せる。それを確認すると、階段をおり、一階の部屋に設けられた土産物売場で、アンチックなガラス工芸品やオルゴールに魅せられたように立ち止まる飯塚ひろみを促して、貴島はそそくさと館を出た。

左手に元町公園の赤煉瓦の倉庫を見ながら、さらに東に向かうと、樹木の陰から、十月の雨に洗われたような美しい緑と白の色彩が目に飛び込んできた。

函館の「顔」といえるハリストス正教会であった。

白しっくいの壁に、ライトグリーンのねぎ坊主の屋根をもつ、ロマンチックなビザンチン様式の教会である。

この教会と、隣りあった聖ヨハネ寺院を見てから、函館山と山麓《さんろく》を結ぶロープウェイ乗り場の近くまで来ると、貴島は腕時計を見た。午後一時を少し回ったところだった。

「ここまでおよそ二時間か」

「つまり、千里がここまで来た頃には、もう午後三時をとっくにすぎていたということになりますね」

　飯塚も自分の腕時計を見た。

「しかも、このあたりで喫茶店に入ったはずだ」

　貴島は持参してきたマッチの住所を見ながら言った。

「あ、あれじゃないですか」

　きょろきょろしていた飯塚が赤煉瓦の洒落た建物を目ざとく見つけて指さした。

　なかに入ると、レジのところにいた若い女性に身分を知らせ、千里の写真を取り出して見せた。

「昨日、この女性が来ませんでしたか。アイボリーのトレンチコートを着た背の高い、髪の長い女性ですが」

　そう言うと、じっと写真を見ていた店の女の子はああと思い出したような顔になった。

「この人かどうかは分かりませんけど、トレンチコートを着た背の高い女性ならたしかにいらっしゃいました」

「何時頃？」

「えーと、午後三時半頃だったかしら。もう少し遅かったかもしれませんが」

「その女性の顔を見ましたか」

「いいえ。それが、大きなファッショングラスとマスクをしていたので」

「でも何か注文したでしょう？」

「ええ。コーヒーとチーズケーキを」

「食べたり飲んだりするときにマスクをはずしたはずですが？」

「それが、あの隅の席に向こう側を向いて座っていたものですから、こちらからは背中しか見えなかったんです」

店の女性は今は若いカップルが座っている席のほうを見た。

「向こう側を向いて座ったんですか」

貴島は念を押した。飯塚が意味ありげな目付きで貴島を見上げた。

「ええ」

「それで、その女性はどのくらい店にいました？」

「コーヒーとケーキを食べ終わると、すぐに席をたちましたから、十五分くらいだったかしら」

「その女性について、何か他に気が付いたことはありませんか」

「さあ――」

と首をかしげた。

その顔からはこれ以上の収穫はありそうもないと判断して、礼を言って店を出るとすぐ

に、

「やっぱり、函館に来たのは千里の替え玉だったんですね。カウンターに背中を向けて座ったのも、店の者にマスクをはずしたときの顔を見られないようにするためですよ」

飯塚が鬼の首でも取ったような鼻息で言った。

「とにかく函館公園まで行ってみよう」

貴島は歩き出した。

「はい」

二人は、石川啄木《いしかわたくぼく》が、「函館の青柳町《あおやぎちょう》こそ悲しけれ　友の恋歌　矢ぐるまの花」と歌った青柳町を抜け、函館公園にたどりついた。

最後のスナップはここから撮ったのだろうと思われる、石碑と噴水の見える屋根付きのベンチに座ると、貴島柊志は腕時計を見た。時刻は午後一時二十分になろうとしている。さっきの喫茶店を出たのが午後一時五分くらいだったから、ここまで来るのに、およそ十五分。

千里の場合は、喫茶店で休憩していた時間も加算されるから、函館公園にたどりついたのは、どう早く見積もっても、午後四時にはなってしまう。

「これで決まりですね。どう考えても、この写真を撮ったのは奥沢千里じゃありませんね」

飯塚ひろみも自分の腕時計を見ながら言った。

「そうだろうな」

貴島は背広の内ポケットから煙草を取り出すと、それに火をつけながら言った。

このとき既に、千里の解剖結果や宿泊カードの筆跡鑑定を待つまでもなく、函館に来たのは彼女本人ではないという確信を持っていた。

千里が東京で殺されたとなれば、やはり夫の奥沢峻介が、人を使って殺させたという可能性がきわめて高い。そして、その実行犯は、十中八九、あの上山幹男であるということも。上山のワイシャツに付いていた飛沫状の血が千里のものであるという結果が、血液鑑定から出れば、少なくとも、千里殺しに関しては解決したことになる。しかし、問題はそのあとなのだ……。

「さてと。十字街《じゅうじがい》に戻って、昼飯でも食べようか」

貴島はベンチに備えつけられた灰皿で煙草を揉み消すと立ち上がった。

飯塚ひろみは待ってましたとばかりに嬉しそうな顔で言った。

「五島軒《ごとうけん》で本格フランス料理のフルコースなんてどうですか――」

五島軒といえば、函館でも有数の老舗《しにせ》レストランである。刑事が職務中に立ち寄るようなところではない。呆れて無視すると、

「なーんて、言うだけ無駄でしたね」

と、飯塚はがっくりきたような顔をした。

「五島軒とまではいかないが、いい店を知ってるよ」

「ほんとですか」

ひろみの目が輝いた。

「中華でいいか」

「ええ、もう何でもっ。中華のフルコースてのもいいですね」

フルコースにこだわる娘である。

函館公園内をぐるりと回って出ると、東に少し行ったところに、谷地頭《やちがしら》の市電乗り場があった。ちょうど、向こうから十字街経由の電車がやって来るのが見えた。

電車は停まり、待っていた人々が傘をすぼめて乗り込む。飯塚ひろみが電車に乗り込もうと、ステップに足をかけたとき、背後にいた貴島がふいに言った。

「悪い。ちょっと寄るところを思い出した。一人で食べてくれないか。五時にさっきのホテルのロビーで落ち合おう」

自分の腕時計を指さして、それだけ言うと、さっさと乗り場を離れた。

「えっ」

ひろみはステップに足をかけたままポカンとした表情で振り向いた。

5

住吉町《すみよしちょう》の小さな花屋に立ち寄って、白菊の一束を買い求めて出てくると、外で飯塚ひろみが口を尖《とが》らせて待っていた。

「ひどいっ」

「あれ。乗らなかったのか」

「乗らなかったのかはないでしょう。何ですか、いきなり。刑事が相棒まくなんて話聞いたことありません」

傘をくるくる回しながら怒っている。

「まいたわけじゃないよ。ヤボ用を思い出したんだ」

貴島は苦笑して歩き出した。

「なんですか、ヤボ用って」

「プライベートな用だよ」

答えにならない答えをすると、飯塚は膨《ふく》れっ面《つら》をしたままついてくる。

「どこへ行くんですか。花なんか持って」

黙って歩調を速めた。それでも、飯塚は小走りになってついてくる。

「ついて来なくてもいい。六時の飛行機が取ってあるから、五時までフリータイムにしよう。せっかくここまで来たんだ。きみもどこか好きなところ見てくるといいよ」

早く追っ払いたかったので、立ち止まって、猫撫で声でそう言うと、

「観光に来たんじゃありません」

とにべもない返事が戻ってきた。

「それじゃ今から観光タイムにしよう」

「中華のフルコースの話はどうなったんですか」

「フルコースなんて言ったおぼえはない」

「一人じゃ、店がどこにあるのか分からないわ」

「どうせ女の子が喜ぶような洒落た店じゃないよ。ただの汚ないラーメン屋だ。ガイドブックに載ってるような店に行けばいいじゃないか」

「ただの汚ないラーメン屋が好きなんです」

　飯塚ひろみは徒競走でもしているような顔で言う。ムキになっている。どこまでもついてくる気らしい。

　貴島は根負けして歩調をゆるめた。それに合わせて、ひろみの足取りもほっとしたようにゆるんだ。

「きみ、刑事に向いてるよ」

「そうですか？」

「そのスッポンみたいなしつこさはいずれ役に立つだろうな。犯人を追うときに」

「……」

　雨はいつのまにか止《や》んでいた。『高層ホテル建設反対』のプラカードがやたらと目につく閑静な住宅街を抜けると、からすの鳴き声が耳につきはじめ、黒々とした墓石群が道の両脇に見えはじめた。

だけである。

墓地といっても、ここには外人墓地のような観光ムードはない。ただ陰鬱で薄気味悪い

右手にはすでに紅葉のはじまった函館山。その函館山から降りてくるマッチ箱みたいなロープウェイのゴンドラ。献花の色だけが鮮やかな墓地の左手には、灰色の津軽海峡が広がり、彼方に、霧に煙る住吉《すみよし》漁港が横たわっている。

「お墓参り、ですか」

ひろみは、あたりを見回し、連れの手にある白菊の花束を見ながら、はっとしたように言った。

「まあね」

「どなたの？」

「父」

「そうだったんですか」

ついてきて悪かったかなとでもいうような表情が、飯塚ひろみの顔に浮かんだ。

しかし、そんな表情も、貴島が「墓参り」と言いながら、墓地には立ち寄らず、そのまどんどん歩いていくので、そのうち、「あれ？」という顔つきに変わった。

「あの、お墓参りじゃ――？」

怪訝《けげん》そうに訊くと、

「墓はあそこだ」

と言って、貴島は持っていた花束で前方を指した。

函館山の東端が断崖《だんがい》となって海に落ち込み、白く泡立つ波が巌《いわお》に激しく打ち寄せている。立待岬である。

「え？」

飯塚は合点のいかない顔で岬を見た。鉄柵に囲まれた岬には、何台かの車が停まり、観光客らしい姿がまばらに見える。

「墓はないんだ。だから、父の遺骨はあそこから海にばらまいた。津軽の海が父の墓なんだよ」

それだけ言うと、唖然としている連れに傘を預け、貴島は、与謝野寛《よさのひろし》・晶子《あきこ》夫妻の歌碑の立ったところから下の岩場に続く石段を降りていった。

ごつごつした黒い岩場には、どこから流れついたのか、脚の取れた椅子が打ち上げられており、大きな岩のてっぺんに鷗《かもめ》が一羽、置物のように止まって羽を休めている。

雨に濡れた石段を降りきると、貴島は持っていた花束を無造作に灰色の海に向かって投げた。

白い菊の花束は吸い込まれるように海に落ち、波にもまれて揺れている。

その海に向かって合掌する痩せた長身のシルエットが、灰色の空と海を背景に、しばらく彫像のように動かなかった。

ようやく顔をあげたと思ったとき、鉛色《なまりいろ》の空に細い裂け目が走り、雲間から日の光が差し込んでいた。

飯塚ひろみは、こうした一連のパントマイムを上のほうから声もなく見守っていた。貴島は再び足場の悪い石段を上って戻ってくると、そんな飯塚から傘を取り返し、「行こうか」と少し照れたような顔で言った。

そのまま振り返りもせずに来た道を引き返そうとする。

「あ、ちょっと待って——」

連れの背中と、前方の岬を素早く見比べていた飯塚は、咄嗟に傘を小わきにはさむと、何がなんだか分からないままに、手を合わせた。

目を開けて下を見る。さっき貴島が投げた白菊の束がほどけて、バラバラになった花が波間に漂っていた。

きびすを返すと、坂道の途中で、立ち止まって自分を待っている連れの姿が見えた。

6

手洗いにたっていた飯塚ひろみが戻ってきた。花柄のハンカチで手を拭きながら、

「凄いわ。ここ、トイレが水洗じゃなくて、落とし蓋《ぶた》みたいな木の蓋がついているんですよ。開けると中がバッチリ見えるんです」

と、カウンターのほうを気にしながら、目を丸くして小声で報告した。

「だから、そんな洒落た店じゃないって言っただろう」

テーブルに肘《ひじ》をついて煙草をふかしていた貴島も小声で言う。

「でも、あたし、けっこう気にいりました。ちょっと不思議な造りになってますね、この店」

煤《すす》けたのれんをくぐると、店内は間のびした感じに妙に広く、古ぼけた革ばりの赤いソファが並んでいる。

「昔はミルクホールだったらしい。その当時は流行の先端を行く店がまえだったのかもしれないね、これでも」

「ミルクホールって何ですか」

「カフェバーみたいなものかな。何だろう」

貴島もやや心もとない調子で答えた。この店が作られた頃はミルクホールだったというのは、昔、父とラーメンを食べにきて、父と店主がそんなやりとりをするのを傍《かたわ》らで聞いて覚えていたのだ。

「へえ。よく分からないけど、なんだかのどかでほっとする店ですね」

「大都会にはこういう店はないな。かといって、田舎にもない」

「そうですね。垢抜けてはいないけど、けっして田舎じみてはいませんね。昔は栄えていたけれど今はさびれてしまったっていう古い街特有の鄙《ひな》びた感じがあります。終わっちゃった街の雰囲気というか。あ、こんなこと言ったら地元の人に怒られますね」

ひろみはそう言ってペロッと舌を出した。

たしかにこの店には、昭和初期あたりで時が止まってしまったような鄙びた雰囲気がある。

メニューのなかには、リボンシトロンなどという懐かしい名前もあって、開店以来、メニューを書き替えてないんじゃないかと思わせるような品目が並んでいた。

より目新しいもの珍しいものを取り入れて、少しでも観光客の注意を引こうと必死の店がまえの多いなかで、この店は、そういう生存競争から早々と弾き出されてしまったのか、あるいは店主が何らかの信念の持ち主なのか、時の流れを無視しているようなところがある。

客もチラホラいたが、いずれも観光客には見えない。地元の人ばかりのようだ。

ようやくカウンターに人影が見えて、人のよさそうな笑顔のおばさんが、塩ラーメンを二つと、飯塚が珍しがって注文した、クロヨンという黒豚を使った酢豚の皿を持ってきた。

運ばれてきた塩ラーメンは、やれカニだエビだじゃがいもだと、これでもかと盛りだくさんのラーメンに比べると、文字どおり塩しか入ってないんじゃないかと思わず不安を覚えるほどシンプルなラーメンだった。しかし、一口啜《すす》って、飯塚は、「おいしい」と言った。

「きみ――」

貴島は割箸《わりばし》を割りながら言った。

「はい？」

飯塚は眼鏡を曇らせたまま、ラーメンの丼から顔をあげる。

「なぜ刑事になったんだ？」

どう見ても普通の女の子にしか見えない。どこかの会社のＯＬを三年ほどやって、適齢期がきたら、さっさと結婚して家庭に入る。外見を見る限り、そんな人生コースをたどりがちな女の子の一人にしか見えなかった。

「何でもよかったんです。刑事じゃなくても」

飯塚は曇った眼鏡を外しながら言った。眼鏡を取ると、化粧っけがなく、丸顔で童顔の彼女は、高校生と間違われそうだった。

「とにかく、男がなるのが当たり前と思われている職業だったら何でも」

「……………」

「たまたま父が道場やってた関係で、警察の人に知り合いが多くて、こうなりましたけど」

「でも――」

「あたし、男になりたかったんです」

飯塚ひろみはきっぱりと言った。

「なぜ？」

「だって、男だと人間扱いされますから」

貴島は呆れて吹き出しそうになった。

「女だと人間扱いされないのか?」

飯塚は笑わなかった。

「されませんでした。うちでは」

「……」

「うちの父は、典型的な男尊女卑主義者とでもいうのかしら、そういう人なんです。いえ、そういう人でした。もう亡くなりましたから。祖父の代から剣道の道場なんかやってたせいか、茶の間には、父が亡くなるまで、歴代の天皇の写真が飾ってあるようなうちだったんです。信じられます?」

貴島は笑って答えなかった。ま、そういう家もあるだろう。

「あたしには兄と弟がいるんですけど、もの心ついた頃から、父の差別には悩まされました。女を人間として見ないんです。たとえそれが自分の娘でも。兄は年上だからまだ我慢できましたけど、弟よりも下に扱われたときには、本当に悔しくて泣きました。学校の成績だって何だって、あたしのほうがずっとよかったのに、ただ女だっていうだけで、なんでこんな扱い受けなくちゃならないんだろうって。それが悔しくて、あたしも男並みの稽古をつけてもらうことにしたんです。父に認めてもらいたくて。あたしだって兄や弟と同じ人間だってことを認めさせたくて。あたしの言うこと、大袈裟《おおげさ》に聞こえます?」

「まあ、少しね」

「でも、これ、大袈裟でもなんでもないんですよ。ありのままに言ってるんです。今時、珍しいと思うかもしれませんけど。あたしも学校を出るまでは、うちは特別なんだって思ってました。他の家庭はこんなんじゃないだろうって。うちだけが変わってるんだろうって。でも、そうじゃなかったんです。たしかにうちは極端ではありましたけど、ある意味では、うちのような家は、昔の、いいえ今だってたいして変わってはいません。社会の縮図だっていうことがよく分かったんです。父のような人がまだ驚くほど沢山いるってことが。たとえ父のようにハッキリ言動には出さなくても、内心では根強くそう思ってる人が、男性だけじゃなくて、女性のなかにもいるってことが。

こういう人たちに認めてもらうには、女は男にならないと駄目なんです。だから、あたしは男になろうと思いました。女としての甘えとか弱さとか、そういうものを全部捨てて、社会に出ても男性と同格に扱われるようにって頑張ってきたんです――」

飯塚はそこまで言って溜息をついた。

「でも、正直いうと、最近分からなくなっちゃったんです。これでよかったのかなって。今までの信念みたいなものがぐらつきはじめました。たとえ、あたしが男並みになれたとしても、それが一体どれほどのことなんだろうって思えてきて。楽々とこうなれたのならともかく、あたしはこうなるまでにずいぶん無理をしてきました。

子供の頃から、お洒落や、アイドル歌手やボーイフレンドの話しかしない同級の女の子たちをずっと軽蔑《けいべつ》してきましたけど、それじゃ、自分が本当にそういうものに興味がなかったのかといえば、そうじゃなかったような気がするんです。やっぱり興味も関心もあったんです。でも、そういう浮《うわ》ついたものに——これ、父の口ぐせです——興味を示す、もう一人の自分を無理やり押え付けてきたような気がします。そうやって、心にも体にも重たすぎる鎧《よろい》を着てきたんじゃないかって」

カウンターからはラジオの音だけが聞こえてくる。工員ふうの青年が勘定《かんじょう》をして出ていった。

「最近、女性パワーがどうとか、女性の社会進出がめざましいとか騒いでいるけど、表面で騒いでいるほど、社会の仕組みや人間の意識そのものは変わってないって思うんです。たまたま実力とパワーのある女性が、頑張って自分を男性化することで評価されているにすぎないって、そんな気がしてならないんです。女が男と同等になるというのは、結局、女のほうが無理を重ねて男性に近付くのが半ば常識になってるんですね。企業なんかにとっては、そのほうが、即戦力になって都合がいいからでしょうか。

まあ、なかには、それが楽々とできる人もいるんでしょうけど、少なくともあたしの場合は違いました。無我夢中でやってきたうちはまだよかったんですが、ちょっと疲れて、足を止めてみたら、周りの景色が凄く殺伐《さつばつ》としてあじけないものになっているのに気が付いたんです。こんな景色を見るために、あたしは頑張ってきたのかなあって思ったら、なんだか空しくなってしまいました。

こんな風に考えるようになったのも、昨年、父が心不全で亡くなったこととかかわりがあるのかもしれません。あたしはもの心ついたときから、ずっと父の背中を見てきたんです。父はいつも背中しか見せてくれませんでした。ちゃんと前を向いて手を差し延べてくれたことは一度もありませんでした。あたしはそんな父に反発しながら、それでも目標にしてきたんです。やはりどこかで尊敬していましたから。この人に認めてもらいたいって思って。

ところが、それが目の前からふいになくなってしまって、重《おも》しがとれて、楽になった反面、なんだか自分の基盤そのものがなくなってしまったような不安に襲われるようになったんです。今までお手本にしてきたものが急になくなって、ひとりぼっちで道の真ん中にほうり出されてしまったような情けない感じです。しかも、そのお手本が、あたしが思っていたほどいいお手本ではなかったらしいってことも分かってしまって、よけい途方に暮れてしまったんです」

「いいお手本じゃなかったって？」

「あたしはずっと父が強い人だと思っていたんです。道場にいるときの父はとても強く見えたし、家でもいつも威厳がありましたから。でも、お通夜のとき、母がぽつんと言ったんです。『お父さんはとても弱い人だった』って。しみじみと、何もかも分かっているみたいな顔で。あたしはそれを聞いてショックを受けました。いつも父の陰に隠れて、下女なみにあしらわれていた母の口からそんな言葉を聞くなんて夢にも思っていなかったから。母も父を恐れているとばかり思ってたから。でも、そうじゃなかったんです。母の一言には、負け惜しみとはとても思えないような真実味がありました。

実際、父の死に顔は生前の父が見せたこともないような、疲れ切った弱々しい老人の顔でした。最期に自分の本当の姿をさらけ出したとでもいうような。それを見ていたら、父もまた、弱い心に無理やり強そうな鎧を着込んでくたびれ切ってしまった人だったんじゃないかって思えてきて、そんな父の真似を一生懸命しようと頑張ってきた自分は何なのだろうって考えちゃったんです。こういうこと考えはじめたら、もう何もかもがガタガタです。今の職場には、父のような人がいっぱいいるし、あたしなんか、あの人たちから見ると、暇潰しのオモチャみたいなものですけど、彼らも気が付いてないんですよね。背伸びして頑張ってるこっけいな姿のあたしが、本当はあの人たち自身の姿を鏡に映しているにすぎないってことが。こけたりつまずいたりすると、表面は余裕のあるおどけた振りをしながら、内心ではテリトリーを荒らされた犬みたいにおどおどしていたくせに、途端に、ほっとしたような傲慢《ごうまん》な目になって、『やっぱり女には無理かなあ』なんてニヤニヤしているあの人たちの」

「つまり、きみも転職を考えているくちか」

そう呟くと、

「きみも？」

と飯塚は不審そうな顔をした。

「前の事件で組んだ若い刑事も転職志望だったから、そういうタイプに縁があるのかと思ってさ」

貴島は、三鷹署の西山浩介《こうすけ》のことを思い出しながら言った。

「その人、それで転職したんですか」

「した。花屋になったよ」

「花屋……」

飯塚は呆然としたように繰り返した。

「それはまたずいぶん思い切った方向転換ですね」

「彼の場合はちょっと別の理由もあったんだけどね」

「正直いって、あたしも迷ってます」

「二十六だっけ？」

「そうです。どう思います？」

「しっぽ巻いて逃げるには早すぎるような気もするし、今が潮時《しおどき》って気もするな」

「そんなのちっともアドバイスになりません」

「アドバイスなんかする気ないよ。自分のことは自分で決めればいい」

「冷たいんですね」

「変なこと言って、あとで責任取ってくれなんて言われても困るからな」

「そんなこと言いません。あ、そうだ」

飯塚は何か思い付いた顔になった。

「あたし、貴島さんの仕事ぶり見て決めようかな」

「なにを？」

「これからの自分の身の振り方」

「どういう意味だ？」

貴島はぎょっとしたように声をあげた。

「さっき言ったでしょ。父というお手本がなくなって途方に暮れてしまったって。こんな状態から立ち直るには、新しいお手本が必要なんです。新しいお手本さえ見付かれば、またそれを目指してやっていけますから」

「おい、ちょっと待てよ。冗談じゃない」

「冗談じゃないです。もう決めました」

「手本になんかなれないよ」

「自惚《うぬぼ》れないでください。まだするって決めたわけじゃありません。それはこれから決めるんです。仕事ぶり見て、あ、この人も駄目だって分かったら、勿論《もちろん》しませんよ」

「……」

言うべき言葉を失っていると、飯塚ひろみは急に元気が出たように言った。

「うん。これは我ながらなかなかいい考えだ。今度の事件が見事に解決できたら、これからはあなたをお手本にして、もう少し頑張ってみます。そうと決まったら、お腹すいてきちゃったな。もっと腹ごしらえしとこうかな。おばさん」

と、カウンターのほうに振り向くと、飯塚は、聞いてるほうが気恥ずかしくなるような大声でカツカレーを追加注文した。

7

その頃。東京では、丸茂順三が、ちょうど舗装道路を挟んで、奥沢邸の真向かいにある、「向井啓子・克夫」と表札の出た二階家の玄関のインターホンを鳴らしていた。

丸茂の隣りでは、若い刑事が、「お向かいが向井さんか」としゃれともつかぬことを呟いていた。

女の名前のほうがメインになっているところを見ると、この家は母子家庭か何かかなと丸茂は表札を見ながら一瞬思った。

すぐに男の声で応答があった。

「警察の者です。向かいの奥沢さんの件で少し伺いたいことがあるのですが」

と、インターホン越しに言うと、

「あ、ちょっと待ってください」

と答えたかと思うと、まもなくドアの錠のはずれる音がして、色の生白い、ハムスターみたいな顔をした三十代の男がおそるおそるという感じでドアを開けた。

丸茂たちが面くらったことに、その男は、胸にいちごのアップリケの付いた、ピンクのエプロンをしていた。手にはおたまを握り締めている。

開けたドアの隙間《すきま》から、シチューでも煮込んでいるようないい匂いがした。昼食のしたくでもしていたのだろうか。

「奥沢さんちで殺人事件があったって本当ですか」

男はおたまを握り締めたままたずねてきた。

「朝、生ゴミ出しに行ったら近所の人たちが寄り集まって、その話でもちきりでしたよ」

「実はそのことでちょっと」

この男は一体この家の何にあたるのかなと丸茂は考えながら言った。

「どうぞ。なかに入ってください」

男はいそいそと刑事たちをリビングルームに通すと、

「あ、ちょっと待っててください。ガス止めてきますから。今シチュー作っていたもんで」

そう言っておたまとともに台所に消えたかと思うと、すぐに男だけが戻ってきた。

「さ、何でも聞いてください」

ソファに座ると、エプロンの皺《しわ》を伸ばしながら言った。

「あの、失礼ですが、あなたは？」

丸茂が訊くと、

「ぼくは向井克夫といいます」

「この家のご主人ですか」

「いや、シュジンというより、シュフかな」

向井は頭を掻《か》きながらそんなことを言った。

「シェフ？」

「いえ、シュフ。主人の主に夫と書いて主夫」

「は？」

「ですから、うちは女房が働いてるんです。保険のセールスレディなんです。で、ぼくが専業主夫」

「あ、なるほど」

納得したとはとても思えない顔で丸茂はとりあえず頷《うなず》いた。

「さっそくですが、昨夜の午後十一時半頃、おたくにおられましたか」

丸茂は気を取り直してたずねた。

「ぼく、ですか」

向井は目をパチパチとさせた。

「そうです」

「なんでそんなこと訊くんですか」

「なんでって、実は――」

「わかった。アリバイですね。ぼくのアリバイを知りたいんでしょう？」

向井は腕を組んで唸《うな》るように言った。

「いや、そういうわけじゃないんですが」

丸茂は起きあがろうともがいた。向井家のソファはやけにフワフワで、うっかり腰をおろしたら、ひっくりかえった亀の子状態になってしまったのである。

「警察はみんなそう言うんですよ。ほんの形式だってね。ぼくは容疑者の一人なんでしょうか」

「別にあなたのアリバイが聞きたいんじゃなくて、あなたが昨夜の午後十一時半頃、おたくにいたかどうか知りたいだけです」

「それなら、いましたよ」

向井はあっさり答えた。

「この家から向かいの奥沢さん宅が見えますよね」

「見えます。二階に上がれば」

「午後十一時半頃、不審な人物が向かいの家から出てくるのを見ませんでしたか」

「見ましたよ」

向井はまたあっさり答えた。

「本当ですか」

丸茂は身を乗り出した。

「午後十一時半頃といったら、ぼくは二階の書斎で小説を書いてましたから」

「小説？　あなたは作家ですか」

「いや、作家というか、作家になりかけている途中でして」

「……？」

「懸賞に応募するために小説を書いてたんですよ。締切りがもうすぐだもんで」

「ああ、なるほど」

「これでもF賞の最終候補までいったことがあるんですよ」

「ああそうですか。それで、その不審な人物ですが——」

「でも不審な人物ってわけじゃなかったなあ」

「え？」

「タクシーの運転手みたいでしたよ。だって、前の道路にタクシーが停まってましたから」

「いや、その、私が聞きたいのは、そのタクシー運転手じゃなくて、そのタクシー運転手が奥沢さんの家に入って出てくるまでの間のことなんです。その間に誰か不審な人物が出てこなかったかと」

　杉田の話だと、リビングで遺体を発見して、そこの電話で一一〇番したあと、家のなかにいるのが気味悪いので、外に出てタクシーのなかでパトカーが来るのを待っていたということだった。彼の言うには、だから、奥沢邸のなかにいたのは、ほんの五分かそこらだったらしい。

しかも、警察が来たとき、奥沢邸の窓という窓には内鍵がかかっており、裏口にもなかから錠が差してあった。ということは、奥沢を襲った犯人は、杉田が奥沢邸に入って出てくるまでの、ほんの五分かそこらの間をぬって、玄関から逃走したとしか考えられないわけである。

おそらく、奥沢を襲ったあと、トイレか洗面所に隠れていて、杉田がリビングに入ったあとで、こっそり玄関から抜け出したというのが丸茂たちの見解だった。

それならば、近隣の家の人間がその人物の姿を見ている可能性もあるだろうと考え、さっそく事情聴取に来たわけだったが——。

「あ、なんだ。それなら、誰も出てきませんでしたよ」

「え？」

丸茂はキョトンとした。

「誰も出てこなかった？」

「ええ」

「そんなはずありませんよ。あんた、ずっと見てたんですか」

若いほうの刑事が疑わしいという顔で向井を眺めた。

「見てましたよ。ずっと、パトカーが来るまで」

向井はむっとしたように言い返した。

「しかし、よりにもよって、なぜ奥沢さんの家を二階から見ていたんです？　小説を書いている最中だったんでしょう？」

「クラクションが鳴ったからですよ」

向井は言った。

「午後十一時半近くでしたか、何回か車のクラクションが鳴ったんですよ、前の道路で。うるさいなと思って、カーテンを開けて見てみたら、奥沢さんちの前にタクシーが停まっていたんです」

そうか。クラクションの音で注意をひかれたのか。丸茂は納得した。たしか杉田の話では、奥沢が家へ入ったあと、なかなか出てこないので、催促《さいそく》のつもりでクラクションを数回鳴らしたと言っていた。それを、この向井が二階で聞き付けたというわけだった。話としては筋が通っている。向井がでたらめを言っているとは思えなかった。

「それで、タクシー運転手がなかに入って出てくるまでずっと見ていたわけですか」

丸茂はたずねた。

「ええそうです。何かトラブルでもあったのかなと思ったもんですから。しばらく見てたんです。そうしたら、五、六分して、さっき入っていったタクシードライバーがなんかこけつまろびつって感じで出てきて、そのまま帰るのかと思ったら、タクシーは停まったままで、そのうちパトカーのサイレンが聞こえてきて――」

「つまり、タクシー運転手がなかに入って出てくるまで、誰も出てこなかった。そういうわけですね」

もう一度丸茂は念を押した。

「そうです。猫の子一匹、あの家からは出てきませんでした」

向井はきっぱりと答えた。

第三章　死体が殺した

1

「どういうことなんだ、これは」

　誰かが呟《つぶや》いた。

　十月二十九日。上北沢署で行なわれていた捜査会議は奇妙な雰囲気に包まれていた。雁《がん》首《くび》を並べた捜査員の顔には一様に狐につままれたような表情が浮かんでいる。

「まず――」

　気を取り直すように、丸茂順三が言った。

「奥沢千里殺しに関しては問題はないと思う。血液鑑定の結果、上山のワイシャツに付着していたのは、奥沢千里の血に間違いないことが分かったし、しかも、血痕が飛沫状《ひまつじょう》であることから見て、上山が千里を刺したときに付いた返り血であると考えられる。凶器の果物ナイフに関しては、安物のありふれた品なので、入手先はまだ特定できていないが

――」

鑑識の報告書を見ながら言う。これまでに鑑識からいくつか報告が入っていた。

まず三人の被害者の解剖結果。

奥沢千里の死亡推定時刻は二十七日の午後二時から午後三時の間。妹の真里が言っていたように、妊娠三カ月だったことも判明した。

一方、上山幹男のほうは、死亡推定時刻は同日の午後六時前後。これも所見と変わらない。死因は後頭部を強く打ったことによる脳挫傷《のうざしょう》。あと頸骨《けいこつ》と肋骨《ろっこつ》が数本折れていたという。解剖医の見解として、骨折などの状態から見て、比較的面積のある平たい鈍器などで頭、首、胸などを数回殴られた可能性が一番高いということだった。

奥沢峻介のほうは、直接の死因は心臓麻痺《しんぞうまひ》だったが、やはり後頭部に打撲傷《だぼくしょう》が見られ、頸骨が折れていた。上山と奥沢を襲った凶器が同一のものかは断定できないが、同一のものである可能性は否定できない、というのが解剖医の意見だった。

そして、今のところ、この凶器については特定されていなかった。

「奥沢邸のリビングルームからも、わずかですが千里の血痕が発見されていますから、千里が刺されたのは自宅のリビングだったと考えていいでしょう」

坂口《さかぐち》という若い刑事が言った。

「動機に関してだが、これは状況から見て、奥沢峻介が受取人になっていた、総額一億六千万に及ぶ千里の生命保険金を狙《ねら》ったというのが今のところ、最も有力だ。奥沢が上山と共同で経営していた不動産会社が多額の負債を抱えて倒産寸前だったことは調べがついているし、千里が殺害された二十七日の午後二時から三時にかけて、夫の峻介がよりにもよって大阪にいたというのもアリバイ工作臭い」

丸茂は続けた。

奥沢のアリバイについてはすでに証明されていた。あの日、奥沢に応対したという受付の女性は、奥沢の写真を見せられると、「営業二課の瀬尾に会いたい」と言って、二十七日の午後二時頃に訪《たず》ねてきたのは、この人物に間違いないと証言した。瀬尾が外出していると告げると、奥沢はあとでまた来ると言っていったん帰ったという。

奥沢のコートのポケットには映画の半券が入っていたことから、どこかの映画館で時間を潰したらしい。午後六時すぎに「瀬尾は帰ったか」と電話をかけてきたが、受付の女性が「今日は戻らないそうだ」と告げると、それっきり電話は切れたという。

奥沢がこのあと午後七時九分新大阪発のひかり278号で帰ってきたらしいことは、その後、ひょんなことから判明していた。列車の座席の隙間に男ものの財布が落ちていたのを係員が発見し、そのなかに入っていた名刺からそれが奥沢のものであることが分かったのである。

これは、東京駅で乗せた客が財布をなくしたと言っていたという、タクシー運転手の杉田の証言とも一致することだった。

「奥沢の大阪行きはアリバイ工作に間違いありませんよ。この瀬尾という友人をあたってみましたが、奥沢とは出身大学が同じというだけで、以前同窓会で会って、名刺を交換したそうですが、友人といえるほどのつきあいは後にも先にも全くなかったそうです。借金の申し込みをしに行くには適当な相手ではありません。おそらく、奥沢は手持ちの名刺からアトランダムに瀬尾を選び出し、自分のアリバイの証人にするつもりだったんです」

奥沢のアリバイを調べに大阪まで行った刑事が言った。

「それに、上山幹男の行きつけの、『道草《みちくさ》』というスナックの店員の話では、二十六日の夜、上山と奥沢が連れ立って店にやって来て、奥沢が冗談めかして、『いっそ女房が死んでくれたら助かるのだが』などと言ったのを聞いたということです」

と別の刑事。

「たぶん、二十七日の朝、上山は空港で千里を待ち受けていて、何らかの手段を使って、マイカーで千里を空港から連れ出し、奥沢邸に連れ帰ったと思われる。そして、そこで千里を殺害し、和室の床下に埋めた。ここまでは奥沢とたてた計画どおりだったんだろう」

と丸茂。

鑑識からの報告では、千里の全身についていた泥は、奥沢邸の和室の床下から掘り返された泥と、成分が完全に一致し、しかも、それは、上山の両手の爪からも検出されていた。

「とすると、函館に現われた女は奥沢千里ではなかったということになりますね」

「その点は間違いありません」

貴島が口をはさんだ。

貴島が函館から持ち帰ったホテルの宿泊カードの筆跡は、鑑定の結果、奥沢千里の手に似せて書いてはいるが、細かい部分で明らかに違いが見られ、おそらく別人の手によるものだろうという報告を得ていた。

さらに、千里の胃の内容物に、チーズケーキの痕跡は全くなかった。函館に現われたのが千里だとしたら、元町の喫茶店に立ち寄ってチーズケーキを食べていたはずである。

「こんな替え玉を使って、奥沢が何をするつもりだったのかは分かりませんが、たぶん、千里が函館で殺されたように見せ掛けたかったのではないかと思います。ただ、千里の左手から薬指を切断したのが、上山だとしたら、なぜそんなことをしたのか——」

「千里の件はそのくらいでいいじゃないか」

河田《かわだ》という、顎に刃物傷のある目付きの悪い中年刑事が、イライラした顔つきで貴島を遮《さえぎ》った。

「問題は、千里を殺した上山と奥沢を一体誰が殺したかということじゃないですかね。そして、その犯人はどうやって現場から逃げたのか。不可解なのはここなんだよ。我々が駆け付けたとき、奥沢邸の窓という窓や裏口は全部なかから施錠されていたことを確認している。犯人は玄関から逃げる以外に方法はなかったはずだ。タクシー運転手の話では、奥沢が金を取りに家のなかに入ってから、三十分近く、家の前にタクシーを停めて待ってたっていうんだから、その間に奥沢を襲った犯人が逃げたら目につかないはずはない。犯人が逃げるチャンスといえば、このタクシー運転手が奥沢邸のリビングに入って、なかの死体に気を取られていたときしかなかったわけだが、二階の窓から様子を見ていたという、向かいの家の住人の話では、タクシー運転手がなかに入って出てくるまでの間、玄関からは猫の子一匹出てこなかったという。これはどういうことなんだ。タクシーの運転手が嘘をついているのか、それとも、向かいの家のやつがでたらめを言ったのか」

「あるいは、上山と奥沢を殺した犯人は現場から逃げなかったのか」

俯《うつむ》いて手のなかのボールペンを弄《もてあそ》んでいた貴島が呟くように言った。

「なに？」

河田が三白眼《さんぱくがん》をギロリと剝《む》いた。

「犯人はその場に残っていたんですよ」

「どういう意味だよ？」

「簡単な算術です。三引く二は一」

「ますます意味が分からないな」

「それじゃ、こう言えば分かりやすいですか。上山と奥沢を殺したのは奥沢千里だった」

「あんたねえ――」

河田は気は確かかとでもいうように貴島を見た。

「動機は怨恨《えんこん》。自分を殺した犯人ですから恨むのは当然でしょう。しかも千里は妊娠していた。待望の子供ができて、人生もこれからというときに謀殺されてしまったのだから、彼女としては死んでも死に切れない。千里が上山を殴り殺したとしても、動機の点では納得がいきます」

「おおいに納得できるよ。だけど、一つ、重要なことを忘れちゃいませんか。奥沢千里は、上山が殺された時刻には、とっくに死体になって、自宅の床下に埋められていたんだよ。これはもう解剖の結果、動かしがたい事実なんだよ。つかぬことを伺いますが、人間はふつう死体になると動けなくなるんじゃないですか」

「しかし、千里は生き返った。もっとも生き返ったといっても、息を吹き返したというわけではない。死体のまま生き返ったという意味ですが。土を掻き分けて、畳をはねあげて出てくると、まず上山の頭と首の骨をへし折って殺し、髪の毛をつかんであちこち引きずり回した」

「モグラみたいに土掻き分けて出てきたのかよ……」

河田は呆然としたように呟いた。

「それを証拠づけるように、千里の爪には泥がつまっていました。しかも、千里は上山を殺したあとで、おそらく、首謀者である夫をも殺害するつもりで待っていた。そして、深夜、何も知らずに帰宅した奥沢に襲いかかった――」

「ほう。それじゃあ、このあとはこうかい。奥沢の息の根をとめた千里の死体は二階の寝室へ上がっていって、ベッドに横になると、布団をひっかぶり、復讐《ふくしゅう》を果たした会心《かいしん》の微笑――あれを微笑と呼ぶのはちと抵抗を感じるが――を浮かべて、永遠の眠りについた」

河田が言った。

「まあそんなところです」

「なるほどねえ。こいつは凄い。凡人にはとうてい思いつけないメイ推理だ」

所轄署の二階に設けられた会議室はしんと静まりかえってしまった。笑う気にもなれないというように俯いて、耳の掃除をはじめる者。腕組みをして天井を見上げる者。「こいつ、正気か」とでも言いたげな目付きで貴島のほうを眺める者。針が落ちても聞こえるくらいの沈黙があり、やがて、誰かがその沈黙を破るように、わざとらしい咳ばらいをした。

2

「あんなこと、本気で言ったんじゃないんでしょう?」

翌日。車を運転しながら飯塚ひろみがふいに言った。

奥沢千里のショルダーバッグのなかにあったコンパクトカメラの持ち主を確認するために、支倉真里に会いに行く途中だった。

「あんなことって?」

ボンヤリと外を眺めていた貴島は運転席のほうに視線を向けた。

「昨夜の会議のことです。犯人が千里のゾンビだなんて」

「ああ、あれか」

「みんな、白けてましたよ。河田さんなんか、本庁から来たっていうからどんな切れ者かと思ったら、ありゃただのアホじゃねえかなんて言ってました」

貴島は苦笑した。

河田という刑事は人相も悪いが口も悪い。おまけに相性も悪いらしくてもう目の敵《かたき》にされていた。

「あんなこと言われて悔しくないんですか。あたし、もう、悔しくって」

「なんできみが悔しがるんだ？」

「……」

飯塚はちょっと黙り、

「それで、本当のところ、どうなんですか」

「どうって？」

「とぼけないでください。ゾンビが犯人だなんて爪の先ほども思ってないくせに」

「いっそゾンビが犯人だったらよかったのにとは思ってるよ」

貴島は溜息をついた。

「え？」

「千里を殺したのが上山と奥沢で、その上山と奥沢を殺したのが千里の死体だったとなれば、事件はめでたく一件落着。これ以上犯人をあげる手間がはぶけるじゃないか」

「案外怠《なま》けものなんですね」

飯塚は、ハンドルを右に切りながら、侮蔑《ぶべっ》的《てき》な視線を投げ掛けてきた。

「そうだよ。だから間違っても手本になんかしないほうがいい」

「でも、現実にゾンビなんていやしないし、千里の死体が生き返って上山や奥沢を殺したなんてありえないことですよ」

飯塚は話題を元に戻した。

「そう面と向かって反論されると何て答えていいのか分からないな」

「誰かが、上山を殺して千里の死体を掘り起こし、まるでゾンビが犯人だったみたいな、あんな奇怪な演出をしたとしか思えません。そして、その誰かが奥沢をも襲ったんです。一体誰が何のためにそんなことをしたって言うんですか」

「犯人に聞いてくれよ。それに、上山を殺した人間が必ずしも千里の死体を掘り起こしたとは限らない」

「えっ。でも——」

「おい、ちゃんと前見て運転してくれ」

貴島は慌《あわ》てて注意した。対向車ともう少しで接触するところだった。

「でも奇怪な事件ですが、手がかりはバッチリありますね。函館に現われた千里の替え玉です。あの女がからんでいることは間違いありません。だって、函館の写真をおさめたカメラが千里のバッグのなかにあったってことは、千里の替え玉をつとめた女が函館から戻って、奥沢邸に来たって証拠ですもん。もしかしたら、その女が——」

と言いかけ、

「あ、そんなはずないか。千里の替え玉は奥沢たちの共犯のはずだから、あの二人を殺すわけはありませんよね」

「それに、替え玉の女には、奥沢はともかく、上山を殺すのは物理的に無理だ。函館公園を写真におさめた頃には、すでに午後四時をすぎていたはずだから、そこから函館空港に向かったとしても、早めに見積もっても、一時間はかかるだろう。東京行きには、午後六時発の便しか間に合わない。これだと羽田着は午後七時二十分。どうやったって、この女に上山を殺すことは不可能だ」

「そうですね……」

「ただ、この女は奥沢たちの共犯である限り、奥沢が何をするつもりでいたか知っていたにちがいない。千里の死体から左手の薬指を切り取ったのはなぜなのか。それをどうしたのか」

「その指のことなんですが、あたし、ひとつひらめいたんです」

　飯塚が目を輝かせて言った。

「ほう、ひらめいたって？」

「奥沢たちが千里の替え玉を使ったということは、千里が函館で殺されたように見せたかったということですよね？」

「そうだろうね」

「最初は死体移動のトリックでも考えていたのかなと思ったんですが、千里の死体を自宅の床下に埋めようとしたところを見ると、そうではなかったんじゃないかと思いついたんです。あとで死体をどこかに運ぶつもりだったら、なにもわざわざ床下に埋める必要はないわけですから。奥沢は千里の死体を人目に触れないように完全に隠してしまうつもりだったんだと思うんです」

「しかし、そうすると——」

「ええそうなんです。もし、奥沢たちの狙いが千里の保険金にあるとしたら、これでは肝《かん》心《じん》の保険金が手に入らないんですよね。死体が見付からなければ、ただ行方不明ということになってしまいますから。千里の死が確認されてはじめて保険金はおりるんです。だから、奥沢としては、千里が死んだということを確認させる何かを警察や保険会社に見せつける必要があったんです」

「それが、あの指ってわけか」

貴島がはっとしたように言った。

「そうなんです。左手の薬指を切断したというのも、そう考えると納得がいくんです。左手の薬指には結婚指輪がはまっています。まずこの指輪から、指の主《ぬし》が誰であるか分かります。それに、その指が生前に切断されたものか、死んでから切断されたものかも容易に分かりますし、血液型とか指紋なんかも検出できます。つまり、わざわざ死体をまるごと見せなくても、薬指一本で、その指の主が誰で、生きているか死んでいるかが分かるというわけです」

「なるほどね」

貴島は感心したように相棒を見た。

「指を切り取った理由はそんなところだったかもしれないが、その指をどう利用するつもりだったんだろう？」

「さあ、そこまでは分かりません。たぶん、あとで函館のどこかに持っていって、そこで発見されるようにしようとしたんじゃないかと思うんですが。死体を運ぶよりはこのほうがずっと楽です。指一本ならポケットにだって入りますから」

「すると、千里の指を持ち去ったのは——」

「奥沢でも上山でもないとしたら、もう一人の共犯者である替え玉女だったのかもしれませんね」

「それと、鍵もな」

貴島が付け加えるように言った。

「鍵？」

「なくなったのは千里の指だけじゃない。鍵もなくなっている。奥沢夫妻が出掛けるとき、それぞれが家の鍵を持って出たはずなんだ。別行動だったんだから、そうしないと不便だっただろう。奥沢のほうはコートのポケットにちゃんと持っていた。ところが、千里のほうはバッグのなかにもコートのポケットにも鍵はなかった」

「あ、そういえばそうでした」

「もし千里が自分用の鍵を持って出たとしたら、それが現場から消えているということは、奥沢が帰ってくるまでに、誰かが持ち去ったということになる」

「最初から持っていかなかったとは考えられませんか？」

「それはないだろう。千里が鍵を持っていなかったら、あとで上山はどうやって千里を家に連れ込めたんだ？　上山は奥沢邸の鍵を持っていなかったんだから」

「あ、そうか」

「千里は鍵を持っていたはずなんだよ。それを持ち去ったのは、上山を殺した犯人だったのか、それとも、替え玉の女だったのか。どちらにしても、何のために持ち去ったんだと思う？」

「そりゃ使うためじゃないですか。外からドアをロックするために決まってます」

飯塚は当然という顔で答えた。

「それと、もう一つ。函館に現われた女だが、どうやって、その日の千里の服装を知ったのだろう？　千里がアイボリーのトレンチコートを着て、グレーの靴とショルダーバッグを持ち、ブルーのファッショングラスをかけていたということを」

「前もって奥沢から聞き出していたんじゃないですか」

「たしかに、ある程度は峻介からの情報で前もって用意しておくことはできる。しかし、靴やバッグの種類まで知ることができるだろうか。コートやマスクをつけていくのを勧めたのは、峻介だったらしいから、それは用意できたかもしれない。だが、靴やバッグまで、着せ替え人形じゃあるまいし、夫の指示どおりのものを千里が身につけていったと思えるかい」

「ということは？」

「峻介にも、千里がどんな服装で出掛けるか、細かいことまでは、当日になるまでは分からなかったはずだということさ。にもかかわらず、函館に現われた女は千里と同じ恰好をしていた」

「つまり、空港で、千里から靴やバッグを奪ったということですか」

「そういうことになるな……」

貴島は何か考えこみながら呟いた。

3

「ええ。たしかにこれはわたしのカメラです。あの日、姉に貸したものに間違いありません」

そう言って、支倉真里はくりっとした大きな目をいっぱいに見張って答えた。

支倉邸の応接間である。

「ところで、二、三伺いたいことがあるのですが」

貴島はそう切り出した。むろんカメラのことだけで訪ねたわけではない。

「千里さんは函館に行くときの服装を前から決めていたようですか。たとえば一週間くらい前に」

「いいえ。そんなふうには見えませんでした。お友達の披露宴に出るドレスは前から用意していたみたいですけど、その日に着ていくのは前の晩に決めたようです。バッグと靴なんか、どれにするか、出がけまで迷っていて、それで朝出るのが遅れたくらいなんですから」

「それじゃ、あのグレーのショルダーバッグは出掛ける直前にお姉さんが自分で選んだものなんですね？」

貴島が念を押すように言う。

「そうです」

これでは替え玉の女が前もって同じようなバッグや靴を用意しておくのは不可能だったことになる。

「それともう一つ。朝出るとき、千里さんは自分用の鍵を持って出ましたか」

「ええ、もちろん。最後に家を出て、玄関の戸締まりをしたのは姉でしたから。あ、そういえば——」

真里が何か思い出したような顔になり、

「その鍵なんですが、車のなかで、姉は妙なことを言ってました」

「どんなことです？」

「鍵をかけ忘れたような気がするって」

「かけ忘れた？」

「ええ。あの朝、姉がなかなか出てこないもんですから、何度かクラクションを鳴らしてせかせたんです。さっきも言ったように持っていくバッグのことで出がけまであれこれ迷っていたらしくて。それで、ようやく出てきて、車を出してしばらくしたら、ドアに鍵をかけ忘れたような気がするなんて言い出したんです」

「それで？」

「今から引き返していては間に合わないし、心配ならあたしがあとで見てくるからって言ったんです。もしかけ忘れてあったら、リビングの棚の引出しにもう一つ合鍵が保管してあるのを知ってましたから、それで施錠しておくからと言うと、姉はバッグのなかを見て、鍵があるのを確認してから、しばらく思い出すように考えていましたが、気のせいだった、やっぱり鍵はちゃんとかけたわと言ったのでそれっきりになってしまったんですが」

「すると、リビングの棚にもう一つ合鍵があったのですね？」

　貴島はたずねた。

「ええ」

「鍵はそれだけですか」

「だったと思います」

「千里さんはバッグのなかを見て鍵があるのを確認したわけですね？」

「ええそうです」

真里は迷うそぶりなく頷いたが、すぐに不安そうな顔になり、

「あの、姉を殺したのは本当に義兄《あに》と上山さんなんでしょうか」

「それはまだなんとも」

千里殺しに関しては、上山と奥沢の共謀説が最有力だったが、まだ上山幹男の犯行当日の行動の裏付けが取れていなかった。というのも、上山が独身で家族がいないうえ、マンション住まいということもあって、近隣の者からの証言を得るのが難しかったせいもある。

「ところで、あなたの目から見て、お姉さんとお義兄《にい》さんの仲はどうでした？　よさそうに見えましたか」

「あたしの目にはそう見えました。義兄は姉に対していつもとても優しかったわ。姉が妊娠したことをすぐに義兄に打ち明けなかったのも、前にも言いましたけれど、義兄が姉の体を心配して函館行きをやめるように言うと思ったからなんです。姉がそう思うほど、義兄がふだんから姉に優しかったって証拠じゃありませんか。姉のほうだって同じです。今が一番大事なときだと知りながら旅行に出たのは、ひとえに義兄のためです。少しでも義兄の助けになることがしたかったからです。誰がなんと言おうと、二人は愛し合っていたんだと思います。父は義兄が金めあてに姉に近付いたように思い込んでいますが、あたしは違うと思います。あたしには義兄が姉を保険金めあてに殺すなんてとても信じられませ

ん」

「少々訊《き》きづらいことですが——」

貴島はそう前を振ってから、思い切って訊いた。

「お義兄さんが他の女性とつきあっているというような話をお姉さんから聞いたことはありませんか」

義兄贔屓《びいき》らしいから、猛然と否定するかと思ったら、意外にも、真里は困ったような表情で俯いてしまった。

「姉から聞いたのではありませんが」

と、言いにくそうに口ごもった。

「義兄にそういう女性がいたらしいってことは気が付いていました。だって、あたし、偶然、見ちゃったんです」

「その女性を、ですか」

「ええ。いつだったか友達と銀座を歩いていて、たまたま義兄が女性と連れ立って宝石店に入るのを見たんです。遠目でも義兄だというのはすぐに分かりました。ちらと、こちらを向いた顔を見て。ただ連れの女性のほうはうしろ姿しか見えなかったんですけど、髪が長くて背の高い人だというのは分かりました。背恰好が姉に似ていたので、てっきり姉かと思ってしまったんです。それで、その夜、さっそく姉のところに電話して、そのことを言ったら、姉の答えがトンチンカンで、どうも昼間見た女性は姉ではなかったらしいってことに気が付いて、すごく気まずい思いをしたんです」

「お姉さんに背恰好のよく似た女性だったんですね」

貴島は身を乗り出してたずねた。飯塚の顔にも収穫ありという表情が浮かんでいた。

「ええ。でも、宝石店に一緒に入ったからって、別に特別親しいってわけじゃなかったのかもしれません。義兄は割りと気軽に、周りの女性に宝石のプレゼントなんかする人でしたから。あたしだって大学に合格したときに、誕生石のペンダントをもらったことがあります。だから、あの女性ももしかしたら――」

真里は慌てて付け足したが、貴島はすぐに言った。

「それはいつ頃のことです？」

「先月です。ちょうど一月《ひとつき》前くらいだったかしら」

「宝石店の名前は？」

「えーと、あれはたしか……」

宝石店の名前と所在地を手帳に書き留めると、礼を言って、そそくさと立ち上がった。

4

「案外早く、替え玉女の正体が割れそうですね」

支倉邸を出ると、車を発進させながら、飯塚ひろみが張り切った声で言った。

「共犯をつとめる限りは、奥沢か上山の身近にいる女だとは思ってましたが、奥沢と一緒のところを義妹に見られていたとはね。宝石店の店員がその女を覚えていてくれるとありがたいですね。替え玉女をふんづかまえて吐かせれば何もかも明らかになります」

乱暴なことを言う。

「そう事がうまく運ぶといいんだが」

貴島は浮かない表情で呟いた。なんとなく、そうは問屋が卸《おろ》さないような悪い予感がしていた。今までの経験からすると、悪い予感に限ってよく当たる。

「どうしたんですか、冴《さ》えない顔して。たとえ、これから行く宝石店で収穫がなかったとしても、替え玉の女にたどりつくのは時間の問題じゃないですか。だって、手掛かりはありますもの。まず奥沢か上山とつきあいのある女で、千里に年恰好が似ていて、十月二十七日のアリバイが朝からない者を探せばいいんです。それでこの条件にあてはまる女の筆跡を調べれば、函館に現われた女はすぐに絞り切れると思います」

「理屈はそうだが」

貴島の返事は今ひとつ歯切れが悪い。

「どうも、さっき支倉真里が言っていたことが気にかかる……」

「なんですか」

「二十七日の朝、千里が玄関の鍵をかけ忘れたような気がするって言ったことだよ」

「それがどうかしたんですか。結局、千里の思い違いだったわけでしょ？」

「もしそうではないとしたら？」

「本当に鍵がかかってなかったらってことですか。でも、たとえそうだったとしても、そのことが何か事件に関係あるんですか」

「いや、そういうわけじゃないんだが……」

貴島は曖昧に呟いた。なんとなく奥歯に物がはさまっているような、スッキリしない気分だった。

5

「奥沢様なら、お得意様ですからよく存じあげております」

垢抜《あかぬ》けた物腰の中年の店長は、貴島が見せた奥沢峻介の写真を見るなり、慇懃《いんぎん》な口調で答えた。

「一月前くらいに、三十年配の髪の長い背の高い女性と連れ立って見えたそうですが」

「はい。たしかにお見えになりました」

店長は思い出す目になった。

「そのときに一緒にいた女性ですが――」

「ああ、麻生《あさお》様ですね」

店長はこともなげに言った。

「え？」

あまりの反応の早さに拍子抜《ひょうしぬ》けして聞き返すと、

「あの、ご一緒に見えたのは、麻生様でしたが、それが何か？」

と店長のほうが怪訝そうな顔になった。

「ご存じなのですか、その連れの女性を」

「はい。麻生様もお得意様ですから」

「名前は、麻生なんというのですか」

まさかこんなにアッサリと連れの女の名前まで分かるとは予想していなかったので、貴島は背広の内ポケットからいささか慌て気味に手帳を引っ張り出した。

「麻生雅美様」

「職業は？」

「たしか銀座のクラブにお勤めの方とか」

「住所は分かりますか」

「少々お待ちください」

そう言うなり、店長は奥に引っ込んだ。やや間があって、顧客名簿のようなものを持って現われると、すらすらと住所を伝える。青山のマンションのようだ。貴島はそれを手帳に書き留めた。

「ラッキー。もう替え玉女の正体が割れちゃったじゃないですか。クラブ勤めのホステスなら、今時分《いまじぶん》はまだ自宅にいますよ。すぐに行きましょう。なんか怖いくらいにトントン拍子に運びますね。このぶんだと、明日あたり、事件は解決して祝杯あげてたりして」

飯塚は宝石店を出るなり、はしゃいだ声を出した。

「……がよすぎる」

貴島はシートベルトを着けながら何か言った。

「はい？」

「調子がよすぎるって言ったんだ」

貴島の顔はいよいよ浮かないものになっている。胸のあたりで渦巻く悪い予感は事がスムーズに運ぶのに反比例するように強まっていた。

「調子がよすぎてはいけないんですか」

飯塚は呆れたように聞いた。

「自動販売機でものを買うみたいに、即座に答えが出てくるのが気にいらない」

「まさか、刑事は靴底擦り減らして歩き回るのが基本だなんて言うんじゃないでしょうね。うちの署の年より連中みたいに」

「調子よくきて、後でドカンと落とし穴に落ちそうな気がする」

「苦労性ですねえ。考えすぎですよ」

飯塚は上を向いて笑いとばすと、愛車のエンジンをかけた。

6

「ＡＳＡＯ」と横文字の表札の出た扉の前でインターホンを続けて鳴らすと、少し間があって、寝起きを思わせる女の不機嫌そうな声が応えた。

ややハスキーで低い声である。

警察の者だが、奥沢峻介のことで聞きたいことがあると伝えると、しばらく沈黙があった後、「早かったわね」という意味不明のつぶやきがインターホン越しに聞こえてきた。

「今開けますから、ちょっと待って」

そんな声がしたかと思うと、玄関に人の気配がして、施錠を解く音。ドアが開いて、チエーン錠を付けたままの隙間から、栗色に染めた前髪にカーラーを巻き付けた女の顔が覗いた。

女は三十くらいで素顔だった。化粧焼けか、膚《はだ》はいささかくたびれたような土色をして、目の下には薄黒い隈《くま》が出ていたが、顔が小さいわりには目鼻立ちはハッキリとしていて、化粧さえすれば見違えるほど美しくなりそうだった。

「麻生雅美さんですね」

手帳を提示しながら訊く。

女は頷いた。

「どうぞ」

警察手帳をものうげな目付きでちらと見てから、女はチェーン錠をはずして、扉を大きく開いた。

白絹のパジャマの上にガウンを羽織った恰好。すらりとした痩せがたで背が高い。

玄関の三和土《たたき》には、薄汚れた男もののスニーカーが脱ぎ捨ててあった。

「起きたばかりで散らかってますけど」

貴島たちを十二畳はありそうなフローリングのリビングに通すと、大きく伸びをした。

「あああ、朝っぱらから刑事と面《つら》突き合わさなくちゃならないなんて、今日はついてるわ」

朝っぱらといっても、時刻は昼を過ぎている。

散らかっているというのは、謙遜《けんそん》でもなんでもなく、リビングにつながるダイニングのテーブルの上には、昨夜食べたらしい寿司折りがそのままになっていた。二人前あるところを見ると、誰かいるらしい。男、しかも若い男であることは、玄関に脱ぎ捨ててあった、スニーカーで見当がつく。

「あたしのこと店で聞いてきたの？」

雅美はリビングテーブルの上の、煙草の吸い殻がてんこ盛りになったガラスの灰皿を台所の流しに運びながら言った。

「いや――」

さっき寄ってきた宝石店のことを手短かに話すと、

「ああ、あっちのルートからか。道理で早く嗅ぎ付けてきたはずだ。奥沢のことは店では隠していたのにさ、誰に聞いたんだろうと思った」

空になった灰皿を持って戻ってくると、それを放り出すように元のテーブルに置き、ソファにどさりと座った。そして、貴島たちにも「座れ」というようなジェスチャーをする。

「事件についてはご存じですね」

貴島はソファに腰を下ろしながら聞いた。

「新聞くらい読みますから」

雅美は傍らのティッシュを取って鼻をかんでから答えた。

「奥沢さんとはいつから？」

貴島は戸が開けっ放しになった奥のベッドルームのほうを気にしながら声を低めた。窓にブラインドが下りてなかは薄暗かったが、ベッドには人が寝ているような盛り上がりができている。おそらく、スニーカーの持ち主がまだ寝ているのだろう。

雅美は悪びれもせず、ベッドルームの戸を閉めようともしなかった。

「四年になるかしら。彼が店に来たのがきっかけよ」

テーブルの上の煙草に手を伸ばし、なかが空なのに気付くと、舌うちして、丸めてくずかごに放り投げた。

どういう関係かなどとは訊くだけ野暮《やぼ》というものだ。そこで単刀直入に用件に入ることにした。

「十月二十七日の行動を伺いたいのですが」

「誰の？」

「あなたの」

「なにそれ？　アリバイ？」

雅美は薄笑いを浮かべた。

「ま、そんなものです」

「疑われてるのかしら。それとも、とりあえず関係者は洗えってことかしら」

独り言のように言った。

「で、知りたいのは、二十七日の何時頃から？」

「できれば、朝から」

「困ったね。あなたがたの言う朝ってのは、あたしにとっては睡眠タイムでね、ここで寝てたとしか言いようがないわね。もちろん一人で」

「起きてからでいいですよ」

「そうねえ、起きたのは今頃で、四時頃に行きつけの美容院に行って、店に出たのは六時頃だったかしら。で、部屋に戻ったのは、深夜すぎ。こんなものね。代わり映えのしない日常ってやつよ。でも、たしか、上山さんが殺されたのが午後六時頃で、奥沢が襲われたのは零時少し前くらいだっていうんでしょ。少なくとも、この二人を殺したのはあたしじゃないわね。その頃は店にいたもの」

美容院と店の名前を聞き出したあとで、

「上山さんをご存じでしたか」

「そりゃ知ってるわよ。奥沢とよくつるんでたもの。店にも何度か来たし」

麻生雅美は、気のない様子を見せていたが、被害者たちの死亡推定時刻を正確に知っているところをみると、あの事件に対して見掛けほど無関心ではないことは明らかだった。

「それにしても、あたしのアリバイなんか訊きに来るようじゃ、あまり捜査のほうは進展してないようね。でも、せっかくここまで来たご褒美《ほうび》に、いいこと教えてあげましょうか」

雅美は脚を組み直して、意味ありげな顔をした。

「千里さんを殺したのは奥沢よ。それは間違いないわ」

「どうしてそう思うんですか」

貴島がたずねた。

「女の直感ってやつかしら」

そううそぶいたが、それだけではなさそうな顔つきだ。

「でも奥沢にはアリバイがあります」

飯塚ひろみが口を入れた。

「アリバイがあっても奥沢なのよ、犯人は。というか、アリバイがあるからこそ、犯人は奥沢なのよ」

「なぜそう言い切れるんです？」

貴島が追及すると、

「千里さんの左手の薬指が切断されていたんでしょう？」

雅美は言った。

「なんで指を切断したか分かる？　アリバイ工作のためなのよ、あれ」

「というと？」

「前に奥沢から持ち掛けられたことがあるのよ。妻殺しの片棒かつがないかって」

雅美は自分の手の爪を見ながら言った。

「それはいつのことですか？」

「九月の半ばくらいだったかしら。そうそう。ちょうど、あなたがたが寄ってきたっていう宝石店に二人で行った日の前の晩だわ。もう調べて分かってるでしょうけど、彼の会社だめになりかけてて、金欲しがってたのよ。千里さんには多額の保険がかけてあったから、てっとり早くそれを狙ったってわけ」

「片棒をかつぐとはどういうことです？」

「あたしが千里さんに背恰好が似ているのを利用して、彼女の替え玉にしたてようとしたのよ。千里さんをどこか旅行に出して、その旅先で殺されたように見せ掛けようとしたわけ。それで……」

麻生雅美の話したことは、ほぼ貴島たちの推理どおりと言ってよかった。やはり奥沢は千里が函館に行ったように見せ掛けて、実際は自宅で殺害し、死体から左手の薬指を切り取って床下に埋めてしまうつもりでいたらしい。

「それで、切り取った薬指をどう使うつもりだったんです？」

「それがなかなかうまいやり方なの」

雅美は膝をたたいておもしろがった。

「こうやるわけ。まず、替え玉の女は千里さんの振りをして写真なんか撮ってから、カメラの入ったバッグをどこかに落としておく。まるでそこで誰かに連れ去られたみたいにね。それから、変装を解いて、旅先から東京の奥沢あてに郵便物を出すのよ」

「郵便物？」

「そう。郵便物といっても、ごく普通の定形封筒に、白紙の便箋《びんせん》と人間の指くらいの大きさの物を入れて、ポストに放りこむだけ。これなら郵便局に行く必要もないわ。それが二、三日して奥沢のところに届く。奥沢はその封書の封を切って、切断しておいた千里さんの指と自分で書いたワープロ文の脅迫状を入れて、こんなものが届いたと警察に届ける。こうすれば、まるで、奥沢に恨みを持つ者が、旅先で千里さんを誘拐して殺害し、指を切断して奥沢のもとに送り付けてきたように見えるじゃない。封筒にはそこの消印があるわけだしさ」

そうか。そういうことだったのか。これなら、わざわざ切断した指を函館まで捨てに行く必要もないわけだ。しかも郵便を利用することで、千里の殺害された時間帯を限定させることもできる。

指一本ではそこから死亡推定時刻を正確に割り出すのは難しいが、この指が何日の何時頃に郵便で発送されたかということが消印から分かれば、当然、殺害されたのはその前ということになって、犯行の推定時間がある程度限定され、奥沢にとっては、それだけアリバイが証明しやすくなるわけだ。せっかく苦労してアリバイ工作をしても、肝心の死亡推定時間に幅がありすぎては、何の役にも立たないわけだから。

感心している場合ではないが、なかなかうまい方法を考えたものだと思わずにはいられなかった。

「それで、まさか、あなたは？」

そうたずねてみたものの、すでに麻生雅美への疑惑は薄れていた。雅美がもしその替え玉女だったとしたら、こんなことまで喋《しゃべ》るはずがないからである。

「もちろん断わったわよ。キッパリとね。別に千里さんに恨みはないし、人殺しの片棒かつぐほど馬鹿じゃないって。そうしたら、彼、慌てて今のは冗談だってごまかしたわ。でも、あれは冗談を言ってるような顔じゃなかった。だから、あの事件のこと、ニュースで知ったとき、とうとうやったな、って思った。奥沢はあのあと片棒かついでくれる馬鹿な女を見付けたってわけよ」

「その女に心あたりはありませんか」

「さあねえ……」

雅美はものうげにソファの背もたれにもたれて、考えるような顔をしていたが、ベッドルームからようやく起き出してきた青年のほうに視線を投げ掛けた。

「何か食べる？」

「いい。まだ胸ムカムカするから」

パジャマのズボンだけをつけた、二十四、五の痩せぎすの青年は、寝乱れた頭を掻きながらそう答えると、貴島たちを無視して、バスルームのほうに消えた。

「テレビでチョイ役がついたくらいで舞い上がって、あんまり飲むからよ」

雅美は大声で言った。

青年は役者の卵か何からしい。

「弟なの」

雅美は右手の親指をたてて、バスルームのほうを示したが、

「ま、そう言って信じる人はいないけどね」

と笑った。

しかし、弟だというのは嘘ではないなと貴島は思った。目鼻立ちのハッキリした青白い美貌《びぼう》は雅美とよく似ていた。

「それにしても、気の毒なのは千里さんだわ。奥沢は最初から金めあてで近付いたのよ。ところが、父親が二人の結婚に猛反対して、彼女は半ば勘当《かんどう》されたような形で家を出てし

まったの。これは奥沢にはとんだ計算違い。彼にとって、彼女は目的じゃなくて手段にすぎなかったんだからね。将《しょう》を射《い》るつもりが、手に入ったのは馬だけだったってわけよ。それでも彼は待った。そのうち子供でもできれば、孫かわいさに、あの父親が折れてくるか、それとも、いっそ死んで娘に遺産の一部でも遺すか。そのどちらかをね。でも、結局、どちらも起こらなかった。十五年たっても父親はピンピンしていて、しかもいっこうに娘婿を受け入れる様子はなし。で、とうとう痺《しび》れきらしちまったってわけよ」

「千里さんは妊娠していたそうです」

飯塚が言った。

「うそ？」

雅美は一瞬驚いたような顔になった。

「何カ月だったの」

「三カ月だったそうです」

「奥沢は知ってたの」

「いいえ。千里さんがまだ話してなかったそうです」

雅美は複雑な表情でつぶやいた。

「なんとも皮肉な話ね。奥沢に早く話していたら、殺されなかったかもしれないのに」

さきほどの青年がバスルームから出てくると、そのへんに脱ぎ散らかしていた衣服を着はじめた。

「帰るの？」

「うん」

「だったら、これ持ってきなさい」

雅美は、立ち上がると、サイドボードを開けて、高級ウイスキーの箱を取り出した。

「くれるの？」

「自分で飲むんじゃないわよ。ちゃんと、姉からですって言って、篠原《しのはら》先生に渡すのよ。あんたが役取れたのだって、先生のおかげなんだからね」

「分かってる。でも、あの先生、ブランデー党だぜ。どっちかっていえば」

「あら、そうだったの」

「まあいいや。それよりさ」

青年は指を一本たてた。

「貸してよ」

甘えるように言う。

「なによ。タクシー代？」

「一桁違う」

「十万？」

「いずれ返すから」

「あんたの辞書に返すって言葉はあったっけ」

「出世払いだよ、出世払い」

「なにが出世払いよ。ようやく付いた役が一言セリフを言っただけで殺されちゃうオカマの役だっていうのに。あんたの出世なんか待ってたら、こっちは婆さんになっちまうよ」

雅美はぶつくさ言いながら、それでも財布を取り出すと、札を無造作《むぞうさ》につかみ出して弟に渡した。

「メルシ」

青年ははじめてにっこりすると、ソファの背もたれにかけてあった革ジャンを羽織り、ウイスキーの箱を小わきに抱え、「さようなら」とも言わずに出ていった。

「まったく、フラリと帰ってきたかと思ったら、あれなんだから」

雅美はドアが閉まるのを聞いてから、腹立たしげに舌打ちすると、

「とにかく、あたしは事件には関係ないわ」

幾分《いくぶん》八つ当たりぎみに貴島たちのほうに向き直ってそう言った。

「奥沢の共犯は別にいるのよ。あたしじゃないわ。こんなとこでウロウロしてる暇があったら、そいつを探し出すことね」

そして、もう帰れといわんばかりに、あちこちを片付けはじめた。

「どう思います？　彼女」

マンションを出るとすぐに、飯塚ひろみが顔色を窺《うかが》うように貴島を見上げた。

う。

「そうですね。あたしも、彼女はシロって印象を受けました」

さきほどの元気はどこへやら、青菜に塩を振ったようにシュンとして、溜息混じりに言

「でも麻生雅美が言ったような計画を奥沢たちが考えていたとしたら、どうしてこんなことになってしまったんでしょうか。これじゃ、計画とまるっきり逆じゃありませんか。隠すはずだった死体のほうはのっけから見付かって、肝心の指のほうが消えてしまうなんて……」

飯塚は表に停めておいた車に乗り込んで頭を振った。

「とりあえず、美容院に回ってみるか」

貴島はそう答えただけだった。

その後、麻生雅美の行きつけの美容院、店と回ってみた結果、雅美のアリバイはアッサリと裏付けられてしまった。

十月二十七日、雅美は午後四時に行き付けの美容院に顔を出している。美容院に一時間くらいいたことは、そこの従業員の証言によって確認された。函館のホテルに現われたのが彼女だとしたら、函館公園までカメラにおさめたあとで、すぐに飛行機で東京まで戻ってきたとしても、午後四時に美容院に現われるのは、時間的には絶対に不可能だった。

しかも、午後六時には出勤していたことが、店のママや他のホステスたちの証言で明らかになった。そして、勤めを終えたのが翌日の午前二時だったというのだから、上山幹男や奥沢峻介が襲われた時間帯には、ちゃんと店にいたことになる。麻生雅美が替え玉の女ではありえないということだった。

第四章　もう一人の死者

1

「ちょっと飯塚君」

翌日。奥沢邸の庭に出ていた貴島が、うちのなかにいた飯塚ひろみを呼んだ。

「はい、何ですか」

飯塚がすぐにテラスから顔を出した。

「ここの小窓だけど、最初から開いていた?」

貴島はリビングのガラス戸の脇にある換気用の小窓——ジャロジーサッシといって、なかに等間隔に嵌《は》め込まれた三枚のガラス板を回転窓のようにはねあげることで換気ができるようになっている——の上にかがみこんでたずねた。

「ええ。たしか開いていたと思いますけど」

飯塚はそう答えた。

「ちょっとドライバー探してきてくれないか」

貴島は下を向いたまま言った。

「ドライバー、ですか」

「ああ。物入れか何かの道具箱に入っていると思うんだが」

「あ、はい」

飯塚はすぐになかに入っていった。

現場百回の精神に則《のっと》って、貴島と飯塚は再び奥沢邸を訪れていたのである。

貴島は立ち上がると、芝生の植えられている庭をぶらぶら歩いて、ブロック塀越しに外を見た。奥沢邸の裏手は車一台がようやく通れるような狭い道路になっていた。――もし犯人がこの裏手のブロック塀を乗り越えて逃げたとすれば、表の道路に停まっていたというタクシー運転手や、その道路を挟んで向かいに建っている家の住人の目に触れずに、逃走することは可能のように見えた。

ただし、裏手から逃げるには、玄関のドア以外のところから出なければ、表に停まっていたタクシーから丸見えになってしまう。ということは、犯人は玄関以外のどこかから出たはずなのだ。しかし、玄関ドア以外の窓やドアは所轄署の連中が駆け付けたときには、すべてなかから施錠してあったのだという。

タクシー運転手の杉田や、向かいの家の自称作家の証言を信じるとすれば、どこかに捜査側の見落としがあったとしか考えられなかった。

ちなみに、奥沢邸の一階の間取りはこうである。

西向きの玄関を入って、右手に十五、六畳はありそうなリビング・ダイニングルーム。ここは庭に面して南向きに二つのガラス戸がある。両方ともクレセント錠が付いていた。

このリビング・ダイニングルームに隣室する八畳の和室。畳があげられ、床下が掘られていた部屋である。ここには、南と東向きに窓が一つずつ。どちらもやはりクレセント錠。

さらに、北側——物置と車庫がある側——に設けられた風呂場とトイレと洗面所。風呂場とトイレの窓は外から鉄格子が嵌められている。

洗面所に設けられた勝手口のドアはツマミを回転させて施錠する方式の錠が付いている。あとはホールの窓だが、これは小さい上に回転式で、人の出入りはまず不可能だった。

貴島は家の周りをぐるりと回って、もう一度これらの窓やドアを調べてみた。

「貴島さん」

庭のほうから飯塚の声がした。

貴島は庭に戻った。

「ドライバーありましたよ」

リビングのガラス戸のところで、飯塚がドライバーを手にしていた。

「何、するんですか」

貴島はドライバーを受け取ると、さきほどのジャロジーサッシの上にかがみこんだ。

「このガラス板だが、ドライバー一本で外から簡単にはずせるようになっている」

そう言いながら、ものの五分もたたないうちに、三枚のガラス板をはずしてしまった。

「あれ、ホント。簡単なんですね」

飯塚が目を丸くした。

「ここから出るというのは不可能かな」

貴島は、ガラス板がなくなった小窓を見ながら言った。

「えー？　ここからはちょっと無理じゃないですか」

と飯塚。

小窓はガラス板をはずすと、タテヨコ三十五センチ程度のほぼ正方形の穴になった。

「まさか、犯人がここから逃げたなんて思ってるんじゃないでしょうね？」

「無理かな……」

貴島は首をひねった。少なくとも貴島には無理のように思えた。

「ここから出入りできるのは、小さな子供くらいのものですよ。まさか子供が犯人なんてことはありえないでしょう」

飯塚は吹き出さんばかりの顔をした。

「しかし、大人でも頭くらいは入るだろう？」

「頭くらいなら入るかもしれませんが、頭だけ入ってもしようがないじゃないですか」

「頭さえ入れば、体の柔らかな人間ならどんな狭い隙間からでも出入りするのは可能だと聞いたことがあるんだが」

「そうですねえ、大人でも女性だったら、もしかしたらなんとかなるかもしれませんね」

飯塚もちょっと考えるように首をかしげた。

「はじめから、このガラス板をはずしておいて、奥沢を襲ったあと、ここから出て外からドライバーでガラス板を元に戻してしまう。ものの五分もあればできる作業だから、物理的には不可能じゃないな。あとは庭を通って、裏のブロック塀を乗り越えて外に出る。この方法なら、表にいたタクシー運転手や向かいの家からも目につかないかもしれない」

「そうですねえ……。もしそうだとすると、犯人は女性か、凄く体の柔らかい華奢《きゃしゃ》な男ということになりますね」

「そうだな」

貴島はドライバーで小窓を元どおりにすると、自分で自分の思い付きに半信半疑という顔つきで、靴を脱いでリビングのガラス戸からなかにはいった。

「あたしは犯人はやっぱり玄関から出たと思うんですよ。タクシーの運転手がここで一一〇番している間に」

飯塚は言った。

「しかし、それだと向かいの家の住人が」

貴島が言いかけると、

「ええ。でも、向かいの人の話、そんなに信用できるでしょうか。もしかしたら、ずっと見ていたつもりでも、ちょっと目を離したのかもしれないじゃないですか」

「まあな。故意に嘘をついたわけではなくても、自分で勝手にそう思い込むということはあるからね」

貴島は部屋のなかを見回しながら言った。

広すぎるというほどではないが、夫婦が二人で住むには十分な間取りである。広さよりもむしろ内装に金をかけたようで、調度品も外国製や高級品が目立つ。おそらく奥沢の会社が順調だった頃に建てたものだろう。もっとも、調べによれば、この家も既に借金の抵当に入っているようだった。

「それにしても、犯人は、なんで千里の死体を床下から掘り起こしたんでしょうか。まさか死体が生き返ったように見せ掛けたかったなんてことはありませんよね」

「どうだろうな……」

「ゾンビが犯人だなんて、私たちに思わせようとしたのかしら。だとしたら幼稚すぎます。それとも、そんな馬鹿げたことをして楽しむ異常者なのかしら」

「犯人が幼稚でも異常者でもないとしたら、一種の演出効果を狙ったとも考えられるな」

「演出効果?」

と飯塚。

「千里の死体が生き返ったように見せ掛けたのは、千里には上山と奥沢を殺す動機がある、つまり、彼女を殺したのは、あの二人だということを我々に知らせるためだったのかもしれない」

「それにしても、千里の遺体は、奥沢が帰ってくる前から二階の寝室にあったのかな」

「はあ、なるほど」

貴島が独り言のように言った。

「そうじゃないですか。あたしたちが来たとき、二階の寝室の照明がもうついていましたもの。タクシー運転手の話だと、奥沢を乗せてきたとき、二階の照明はついていなかったそうですから。照明をつけたのは奥沢自身じゃなかったのかしら――あれ、どこへ行くんですか。もうそろそろ葬儀のはじまる時間ですよ」

貴島がリビングを出てホールの階段を上っていったので、飯塚はちらと腕時計を眺めて、口をとがらせた。

奥沢峻介と千里の葬儀が、千里の父親を喪主にして、支倉家ゆかりの寺で午後三時から行なわれることになっていた。

「ちょっと二階を見てくる」

貴島はそう言って、階段を上った。

二階は、千里の遺体が発見された寝室と、あと二部屋あった。ともに、洋室で六畳ほどの広さだった。調度品から察するに、夫婦のプライベートルームに使われていたようだ。

南に面したバルコニーに出られる洋室のほうは、峻介の書斎に使われていたらしく、机と本棚しか置いてなかった。

本棚に近付いてみた。両開きの戸の付いた、かなり高級な造りになっている。しかし、これだけの広さをもつ家のなかで、本棚はこの一棹《ひとさお》だけだった。これだけ見ても、この家の主人がいわゆる読書家タイプではなかったことが窺える。

戸を開いてみると、やや時代を感じさせる、重厚な装丁《そうてい》の全集がずらりと並んでいた。マルクスの「資本論」全巻。レーニン全集。あとは、チェーホフ、シェイクスピア、テネシー・ウイリアムズといった戯曲《ぎきょく》の全集。そして、不動産関係の書物に、かなり手ずれのした六法全書。

不動産関係の書物は仕事上のものとして当然だが、社会主義関係と、戯曲というのがなんとなく腑《ふ》に落ちなかった。

貴島は「資本論」の一巻を取り出して、なかをペラペラとめくってみた。

最初の数ページはたしかに読んだような書き込みや線が引いてあった。が、めくるうちにページは奇麗になっていき、後のほうになると、ページを繰った形跡すら見られなかった。

四十五という奥沢の年齢から推《お》しはかると、ちょうど、学園紛争などのいわゆる激動の時代に青春を送ったはずである。たしか、奥沢は東京の私立大学の法科だか経済を中退していたはずだ。卒業していないのも、このあたりに理由があるのかもしれない。熱病のように社会主義にかぶれ、しかし、「資本論」を読み通す間もなく、熱が冷めてしまった、この当時の学生の、ある意味では典型的な姿を垣間見《かいまみ》る気がした。

貴島は「資本論」を元の位置に戻すと、今度は、チェーホフの全集を取り出した。こちらもペラペラとめくった限りでは、あまり読み込まれた形跡がない。「資本論」のほうは、半ば当時の流行みたいなものだったようだから、かぶれたのは分かるとしても、戯曲ばかり、たいして読書家とも思えない奥沢が集めていたというのは、なんとなく、奥沢のこれまでの人生を知るうえで興味を引かれるものがあった。

戯曲の全集も、「資本論」と同じくらい装丁が古びているところを見ると、若い頃に購入したものらしいことが分かる。

しかし、この本棚を見た限りでは、奥沢が最後まで愛読していたのは六法全書だけだったようだ。

チェーホフを元に戻すと、隣りに並んでいたテネシー・ウイリアムズを取り出した。これは何かを調べるというより、半ば機械的にやったことだった。こちらもあまり読んだ痕跡は残っていない。しかし、ペラペラとめくっているうちに、途中で、おやと思って手を止めた。一枚の写真が挟まっているのを発見したのだ。

ややセピア色になった古い写真だった。二十代前半と思われる若い女性の上半身だけを撮ったものである。写っているのは、事務員が着るような質素な白のブラウスを着た、痩せた女性だった。風になびく髪を押えるように右手を挙げている。

美人というほどではなかったが、白鳥を思わせるすんなりとしたうなじは、清楚《せいそ》という言葉がピッタリとあてはまる。白い歯を見せて笑っている顔だったが、その笑顔には、何か見る者の心を搦《から》め捕《と》るような魅力があった。

被写体の名前か撮影年月日でも書いてあるかと思って、写真の裏を返してみたが、何も書き記してはいなかった。

奥沢が若い頃につきあっていた女だろうか。

千里ではない。

そのとき、みしみしと足音がして、飯塚ひろみの顔がドアから覗いた。

「あの――」

「わかった。今行く」

貴島は半ば反射的に、手に持っていた写真を背広の内ポケットにしまった。

支倉家の者か、峻介の実家の者に聞けば、この女の素性《すじょう》が分かるかもしれない。とっさにそう思ったのである。

このときは、写真の女が今度の事件にかかわっているという直感が働いたわけではなかった。

ただ、なんとなく、写真の女の表情に心引かれるものがあって、この女性のことをもっと知りたいという個人的な衝動に駆られただけだった。

2

飯塚ひろみの運転する車で葬儀会場に着くと、通り掛かった黒いワンピース姿の支倉真里をつかまえ、貴島は内ポケットに秘めた写真を取り出してたずねてみた。

「さあ、あたしは知りません」

真里は写真を見て、すぐに首をかしげた。古い写真のようだから、彼女が知らないのも無理はなかった。

「事件に関係してる人ですか」

真里は写真を手にしたまま、ぱっちりとした目をあげて聞いた。

「ええ、まあ」

この段階では、事件に関係があるとは思っていなかったが、まさか個人的な興味だとも言えないので、曖昧にお茶を濁《にご》した。

「母か父に聞いてみましょうか」

真里はそう言って、写真を持って駆け出しそうになった。

「いや、それより——」

貴島は慌てて引き留めた。

「お義兄《にい》さんの親族に聞いたほうが早いかもしれない」

写真の古さから考えると、峻介が結婚する前につきあっていた女性である可能性のほうが高い。事件に関係しているとの確信があればともかく、その確信もないままに、峻介の古い女性関係をほのめかして、千里の両親の神経を逆撫《さかな》ですることもあるまいと思ったのである。

「それが」

真里の顔が曇った。

「来てないんです」

「来てないって？」

貴島は思わず聞き返した。

「誰も来てないんです。義兄《あに》の親族は。そのことで、父が昨夜から凄く怒ってて」

「どういうこと？」

「義兄の兄にあたる人が、峻介はとっくの昔に勘当して奥沢の家とはもう縁の切れた人間だから、生きようが死のうが知ったことではない、なんて言ってきたんです」

「勘当したって？」

「うちの者はみんな寝耳に水って感じです。今まで奥沢家の人たちとは親戚づきあいしてなかったんで、そんなことちっとも知らなかったんです。結婚式でもあげていたら、そのときに気付いていたと思うんですけど。父なんか凄く怒って、ついでだから葬式だけは出してやるが、娘を殺した男の骨をうちの墓に入れる気はないって。まだ義兄が姉を殺したって決まったわけでもないのに、なんだか義兄が可哀そうで」

真里は半ベソをかいたような顔で訴えたが、これが本当だとしたら、文倉省吾の怒るのも道理だという気がする。

しかし、奥沢が実家から勘当処分を受けていたという事実には引っ掛かるものを感じた。

これは一度奥沢家に足を運んで確かめたほうがいいかもしれない。

そう思いかけたとき、そばにいた飯塚ひろみがついと貴島の袖を引いた。

「今の人、篠原剛《たけし》じゃありません？」

興奮を圧《お》し殺《ころ》したような声でささやく。

「え？」

「今、通り過ぎていった人です」

そういえば、真里と話しているときに、ブラウン系のサングラスをかけ、黒のダブルを隙なく着こなした、妙に存在感のある中年男性が落ち着き払った足取りで通り過ぎるのを、貴島は視界の隅で捕えていた。

一瞬、鼻孔《びこう》をくすぐるようないい香りがしたのは、その男のつけているヘアトニックかオーデコロンだったのだろうか。

「誰？」

「え。知らないんですか。俳優の篠原剛ですよ」

飯塚は呆れたように貴島を見上げる。

俳優か。どうりで存在感があるはずだ。

「有名な人？」

「あまりテレビなんかには出ないんですが、有名な方ですよ。ほら、みんな見てるじゃないですか。やっぱり篠原剛だわ」

飯塚の視線につられて見ると、上品そうな中年の女性に挨拶されて、サングラスをはずしている男の横顔が目に入った。美男というほどではないが、鞣《なめ》した革のような皮膚に、高い鼻梁《びりょう》。小びんに白いものが見える。歳は四十半ばから五十の間というところか。さほど背は高くないが、ダブルの背広を着こなしている体つきに、あたりを払うような、どっしりとした量感があり、精悍《せいかん》さと貫禄《かんろく》とがその体から滲《にじ》み出ている。

白い紙に墨汁を一滴たらしたように人目を引く存在だった。篠原剛の周辺だけ、明らかに空気の色が違って見える。

飯塚の言うとおり、あたりには、静かなる騒然とでも言うべきざわめきの波が広がりつつあった。何人もの人間が、視線を彼のほうに向けながらひそひそやりはじめている。

「でも、どうして、篠原剛がここに来たのかしら」

飯塚がつぶやいた。

「そういえば、義兄は昔、小さな劇団に所属していたことがあって、そのときの仲間に篠原剛がいたって話、姉から聞いたことがあります」

真里が思い出したように言った。

「奥沢さんが劇団に？」

そうか。奥沢の書斎にあった戯曲の全集の謎がこれで解けた。若い頃に芝居に関係していたのだ。もしかしたら、あの写真の女性はその頃につきあっていた女性かもしれない。

そんなひらめきが貴島の脳裏に走った。

喪章を着けた若い男性が真里のところに小走りにやってくると何か耳うちした。

「あの、そろそろはじまりますので、あたしはこれで」

真里はそう言って、軽く礼をすると、貴島たちから離れていった。

「そうか」

突然、飯塚ひろみが手を打った。

「あれは篠原剛のことだったんだわ」

何か発見したらしく、一人で頷いている。

「なにが？」

「ほら、おぼえてませんか？　麻生雅美を訪ねたとき、麻生が弟に『篠原先生』云々って言ってたこと？」

そう言われてみれば、あのときは聞き流していたが、高級ウイスキーか何かの箱を弟に渡しながら、麻生はたしかにそんなことを言っていた。

「あれは篠原剛だったんですよ。あの青年、役者の卵みたいだったし、篠原は、俳優だけじゃなくて演出家も兼ねていて、数年前から若手養成の塾を開いているんです。たぶん、あの青年はそこの塾生か何かだったんですよ」

「ああそうか。それにしても、詳しいんだね」

そう言って、飯塚のほうを見ると、飯塚ひろみは、この瞬間だけ、うら若き乙女の顔に戻って、胸のあたりで両手を組み合わせ、

「あたし、ファンなんです」

と答えた。

3

「ああ、これはたしか――」

篠原剛は運ばれてきたコーヒーを前に、しばらく記憶をたどるように、貴島が差し出した写真を見詰めていたが、ようやく思い出したという顔になって言った。

「サガワキリコですよ」

焼香をすませてそのまま帰ろうとしていた篠原剛を呼びとめて、奥沢峻介のことで少し聞きたいことがあると言うと、篠原は快く応じてくれ、立ち話もなんだからと目についた喫茶店に入ったのである。

「サガワキリコ？」

「佐川。桐子は植物の桐」

篠原は「佐川桐子」と空《くう》に指で文字を書いてみせた。

「どういう女性ですか」

「もう二十年も昔の話になりますが、私が中心になって仲間と小さな劇団を作ったことがあります。佐川桐子はそこの団員の一人でした」

「奥沢さんもその劇団に所属していたとか？」

「ええ。短い間でしたけどね」

篠原は写真をテーブルの上に置くと、落ち着いた手付きで、コーヒーを口元まで運んだ。

「この佐川さんという女性は、奥沢さんとは親しかったんですか」

「さあ。よくは知りませんが、そういえば、奥沢君とつきあっているという噂は聞いたことがありますね」

「今、この女性は？」

「彼女のことが事件に関係あるんですか」

篠原は聞き返してきた。

声帯を鍛《きた》えた俳優特有の、響きのよい、物柔らかな声だが、切り込むような鋭さが感じられた。

「いえ、そういうわけではないのですが」

「佐川君は亡くなったと聞いてますよ」

「亡くなった？　いつ頃ですか？」

貴島はなぜかがっかりしながら言った。

「さあ。詳しいことは私にも。風の噂というやつで耳にしたにすぎませんから。もう十五年以上も前のことですよ。私はそれほど二人と親しかったわけじゃないんです。奥沢君が劇団にいたのは、一年かそこらでしたし、奥沢君がやめてすぐに佐川君も追い掛けるようにしてやめてしまいましたからね、その後の二人についてはよく知らないんです。てっきり一緒になったのかなと思ってたんですが」

「それじゃ、奥沢さんとはそれ以来？」

「ええ。会ってもいないんですよ。今日こうして来たのも、たまたまテレビの仕事で東京に滞在しているものですから、ついでといっては何ですが、まあ、なんとなく足が向いたという程度でしてね。あの事件は派手に報道されてますからね、多少の興味もあって」

篠原はそう言って、微笑すると、脚を組み替えた。さりげない動作のひとつひとつが、さすがに様《さま》になっている。自然に振る舞っているように見えても、他人の視線を常に意識しているような、ピリピリした緊張感が、言葉のはしばし、身のこなしに感じられた。

――これが俳優というものか。

「話は変わりますが、塾を開いておられるそうですね。若手養成のための？」

貴島は言った。

「ええ、まあ。養成というほどのものではありませんが」

「塾生のなかに、麻生という青年がいませんか。麻生は麻糸の麻に生きると書いて――」

篠原の顔にかすかだが動揺が見られたような気がした。もっとも、それはそんな気がしたというだけのささいなものにすぎなかったが。

「麻生裕也《ゆうや》のことですか」

篠原は言った。

「二十四、五の美青年で、最近、テレビで役がついたとか聞きましたが」

「裕也です。彼ならうちの塾生ですよ。あ、そうそう。それで思い出しましたが、実は、その麻生裕也という青年を私に紹介してきたのが奥沢君だったんですよ。なんでも裕也の身内と知り合いだったとかで」

篠原はさりげない声で言った。しかし、貴島の耳には、どことなく取ってつけたように聞こえた。

「それはいつ頃のことですか」

やはりそうかと思いながら貴島はたずねた。

奥沢の愛人だったらしい麻生雅美の弟が篠原剛の弟子で、その篠原が奥沢の昔の知り合いだったというのは、ただの偶然とは思えなかったからだ。

「三年くらい前でしたか。奥沢君から突然自宅に電話がかかってきて、役者志望の若者がいるんだが、一度会ってやってくれないかと言ってきたんです。私が若い人を集めて塾のようなものをやっていることをどこからか聞き込んだのでしょう。そのあと、裕也が訪ねてきました。奥沢君とはさっきも言ったように親しいというほどの間がらではないので、彼の紹介だから特別目をかけるというわけではなかったのですが、会ってみると、やる気のありそうな好青年だったので、引き受けたんです。しかし、それが何か？」

「いや、別に」

「裕也が事件にかかわっているとでも？」

「そういうわけではないんですが」

「おやおや」

篠原はちょっと笑った。

「刑事さんが警察手帳をちらつかせて話があるといえば、当然、事件に関することだとばかり思ってましたよ。しかし、こうしてみると日本の警察も案外暇なんですね。無駄話をして時間を潰すのも仕事のうちとは知りませんでした」

相変わらず微笑を含んだ物柔らかな口調だが、かなりの皮肉がこめられていた。

何が無駄で何が無駄でないかは、後になってみないと分からない。そう言い返したい気もしたが、例の写真の女性のことは、捜査上というより、たぶんに自分の興味から出たことなので、貴島としては黙るしかなかった。

「他に話がなければ、そろそろ」

篠原剛は腕時計を眺める仕草をすると、組んでいた脚をほどいた。

「こちらはあいにく無駄話につきあうほど暇ではないんでね」

「あの――」

それまで穴があくほどじっと目の前の俳優の顔を見詰めていた飯塚ひろみが思い詰めたような声で言った。

「まだなにか?」

篠原は中腰になったまま、わずかに眉をひそめる。

「いえ、その、大変不躾《ぶしつ》けなお願いだとは分かっているんですが」

飯塚は何のつもりか、右手をスラックスの膝にこすりつけながらもじもじした。

「何ですか？」

篠原は中腰のまま二度ほどまばたきした。

「あたし、篠原さんのファンなんです。あ、握手してくださいっ」

飯塚は右手を差し出しながら思いきったように言った。

これには、貴島も驚いたが、篠原もあっけに取られたような顔になった。しばらく、開いた口がふさがらないという顔をしていたが、疑わしそうな口調でたずねた。

「あなたがたは本当に刑事なんですか」

4

「その写真の女性、事件に関係あると思うんですか」

車窓から外を眺めていた飯塚ひろみが、向き合って座っていた貴島のほうに、ふいに顔を振り向けて、そうたずねた。

十一月一日。松本行きL特急の車中である。

山梨県勝沼町にある奥沢峻介の実家を訪ねる途中だった。

新宿を出て、およそ四十分。会話も途切れがちになり、手持ち無沙汰になって、つい、背広の内ポケットに入れておいた手帳を出そうとして、一緒に取り出してしまった例の写真をなんとなく眺めていると、飯塚が再び会話の糸口を見付けたような顔でそうたずねてきたのだ。

写真の女が事件に関係あるのか。

この質問はこれで三度めである。

「そういうわけじゃないんだが」

貴島は口のなかでつぶやいた。

「それにしては、こだわってるように見えますけど。一体、そんな写真、どこで見付けたんですか」

「奥沢邸の書斎の本の間に挟まっていたんだ」

「ちょっと見せてください」

飯塚はトランプでもつまみ取るような手付きで、ひょいと、貴島の手から写真を奪った。

「美人ってほどじゃないけれど、なにかこう、人をひきつけるような魅力的な笑顔をしていますね」

写真に視線を落とし、女性が同性を品定めするときによく見せる、少しシビアな目付きでそう言った。あまり女臭さを感じさせない飯塚だが、こんなときの表情には、ちらと彼女のなかのオンナが覗いた。

「そうだね」

それはこの写真をはじめて見た瞬間に、貴島も感じたことだった。そう感じるのは自分だけではないらしい。この笑顔は異性だけでなく、同性をもひきつけるようだ。

佐川桐子の笑顔は、若い女特有の、あの、ぱっと若さが弾けるような華やかな笑顔ではなかった。二十代前半——ひょっとするともう少し上なのかもしれないが——そのくらいの年齢の女性がこういうふうに笑うのは珍しい。子供を産んだばかりの若い母親なら、子供に向かってこんなふうに笑いかけるのではないかと思いたくなるような、そんな母性的な感じのする笑顔だった。

彼女は誰に向かって笑いかけているのだろう。この写真を撮ったのは、奥沢だったのだろうかとふと思った。

「この人、もし女優になっていたら、けっこう大成してたかもしれませんね」

飯塚が写真から目を上げて言った。

「なぜ？」

「なんとなくそんな気がします。笑顔と目がすてきですから。いい俳優というか、スターになる俳優の条件は、美貌や演技力がどうこういう前に、男女を問わず、まず笑顔と目がいいことだって、篠原剛が週刊誌だか雑誌だかの対談で言ってました。どんなに顔だちがよくても、演技が達者でも、笑顔と目元に華がないと主役クラスにはなかなかなれないって」

「へえ」

さすがに篠原のファンだというだけあってよく知ってる。

「そういえば、この人、谷村深雪《たにむらみゆき》に少し似てると思いません？」

「谷村深雪？」

「知らないんですか。最近めきめきと頭角を現わしてきた若手女優ですよ。彼女も篠原の塾生の一人です」

「その女優に似てる？」

「ええ。谷村深雪が髪を切れば、こんな感じかなってくらいに。そういえば、あそこの女優って、みんなこういうタイプですね。どちらかといえば痩せぎすで、目元が涼しげで、背は高め、日本的で柳腰《やなぎごし》ってタイプ。あんまりグラマラスな人や派手派手はいません。樋口《ひぐち》まいもこういうタイプだし。もしかしたら、こういう女性が篠原剛の好みなのかもしれませんね。あ、そうか」

飯塚は何を思いついたのか、独り合点するように頷いた。

「たぶん原型は霞令子《かすみれいこ》ですよ」

「霞令子って？　それも女優？」

貴島がつい聞き返すと、

「えーっ。霞令子も知らないんですか」

と呆れたような声をあげた。

首を振ると、

「戦前の映画スターですよ。本名は篠原令子」

「ということは――」

「篠原剛の母親です」

「篠原の母親も俳優だったのか」

「ええ。戦前は凄い人気があったそうです。ブロマイドなんか一日で売り切れちゃうほどに。でも横浜の資産家と結婚してすぐに引退しちゃったそうです。もう八十近くなると思うんですが、今も健在で、横浜の豪邸に息子と二人っきりで暮らしているんです」

「二人って、篠原は独身?」

「大崎弥生《おおさきやよい》という同じ劇団にいた女優の卵と結婚したことがあるらしいんですが、三年足らずで離婚して、今は独身みたいです。そのせいか、あのセンセイ、かなりのマザコンじゃないかって噂もあるんですよね。美しすぎる母親を持った男の悲劇。霞令子は若い頃、こういうタイプだったんです。痩せぎすで清楚な感じ。こう、田舎の学校に転任してきた、東京の若い女先生なんて役がバッチリ似合いそうな――」

「『二十四の瞳』か」

「つまり、篠原剛は、若い頃の母親のイメージを、自分の女弟子たちに追い求めているんじゃないかしら」

「それにしても、よく知ってるね」

「高校のとき、邦画研究会ってのに入ってたことありますから。けっこうオタクなんです。

エヘン」

飯塚は得意げに低めの鼻をうごめかした。

「もっとも部員はあたしを含めて三人という情けない同好会で、すぐに潰れましたけど。ま、邦画自体が斜陽だから仕方ないですけどね」

「でも、妙だな」

貴島がつぶやいた。

「妙って？」

飯塚がきょとんとする。

「もし、きみの言うとおりだとすると、篠原は、写真を見るなり、佐川桐子のことを思い出しそうなものじゃないか。好みのタイプだったら、それだけ記憶にも残っているはずだし。でもそんな感じじゃなかった。あれは、ようやく思い出したって顔だった――」

「そういえばそうですね……」

飯塚もつられたように小首をかしげた。

5

奥沢峻介の実家は、勝沼駅前からバスで二十分ほど行ったところにあった。このあたりで手広くぶどう園を経営しているらしい。たわわに実をつけたぶどう棚を抜けて、「奥沢一雄《かずお》」と書かれた表札を掲げた玄関の前に立つと、貴島は呼び鈴を鳴らした。

表札にある、一雄というのは、奥沢の兄にちがいない。奥沢は三人きょうだいの末っ子で、もう一人姉がいるはずだった。

呼び鈴を鳴らし続けていると、奥から女性の声がして、姉《あね》さんかぶりをした四十代後半と思われる中年女性が現われた。

年齢から察して、奥沢一雄の妻かと思ったが、顔立ちがどことなく、写真で見た奥沢峻介に似ている。姉かもしれない。そう思いながら、警察手帳を見せた。

奥沢峻介のことで聞きたいことがあると言うと、中年女性の顔がさっと強張った。

「あの、わたし、峻介の姉の君恵《きみえ》です」

女性は慌てて、姉さんかぶりを毟《むし》り取るようにして取ると、そう挨拶した。

そして、少しためらったあとで、「奥へどうぞ」と、貴島たちを応接間らしい広い和室に通した。

「実は――」

そう言いかけると、

「うちの者はみんな出払っていて、わたしと母しかいないもんで」

君恵は気弱な目で、申し訳なさそうに言う。二階建てのかなり広そうな家は、なるほど、しんと静まりかえっている。

「今、お茶でも」

と立ち去りかけたのを、「けっこうです」と断わって、すぐに用件に入った。

「昨日が峻介さんのお葬式だったことはご存じですか」

「はあ」

君恵は渋々《しぶしぶ》という感じで座り、貴島たちに、やけにフカフカの座布団をすすめた。

「しかし、ご実家からはどなたも列席されなかったようですね」

「はあ」

君恵はうなだれた。

「わたしだけでも出ようと思っていたんですが、兄に絶対行ってはいけないと申し渡されていたもんですから」

テーブルの上に組んだ両手を見詰めながら、せつなそうに答えた。君恵の、骨張って日に焼けた左手の薬指に、指輪の跡らしき白い線が残っているのに貴島は気が付いた。年頃から考えて未婚とは思えなかったが、やはり、いったんは嫁いだものの、何か理由があって実家に戻ってきたらしいと推測した。もし未亡人なら、ふつう指輪はそのまま嵌《は》めている場合が多いからである。

「それはなぜです？」

「それが、あのう」

奥沢君恵は言いにくそうに口ごもった。

「峻介さんが勘当されていたというのは本当ですか」

しかたなく、こちらから誘い水をかけた。

「え、ええ」

「いつからです？」

「もう、十五年以上も前から」

「なぜ勘当されたんです？」

「あの、千里さんを殺したのは、やっぱり峻介なんでしょうか」

貴島の質問には答えず、君恵は訴えるような目で問い掛けた。

「いや、それはまだ捜査中でして」

「兄は、峻介がやったに決まってると申しております。あいつならやりかねないと」

「なぜそう思われるんです？」

「でもわたしには信じられないんです。あんな優しい子が——そりゃ、昔、物置にあった農薬を均《ひとし》ちゃんに渡したのは峻介です。わたしがこの目で見たんだから間違いありません。でも、殺す気はなかったんです。きっとそうです。ただ父をちょっと苦しめてやろうと思っただけなんです。だから、今度だってきっと何かわけがあって——」

「ちょ、ちょっと待ってください」

貴島はいささか慌てて口をはさんだ。口の重そうな女だったが、話しはじめると、脈絡なく話をすすめるタイプらしい。孤独で口下手な人にしばしば見られる傾向だ。自分の世界に浸り切って、人に話すというより、頭に浮かぶことをそのまま独り言のようにえんえんとしゃべり続けたりする。相手が理解しようがしまいがおかまいなくという感じで。

「農薬とはなんのことです？」

「え？」

奥沢君恵は夢から覚めたような顔をした。

「ああ、あの、昔の話です。まだ峻介が中学生だった頃、父と進学のことで対立して、よほど腹に据えかねたのでしょう、父に農薬を飲ませようとしたんです」

君恵はたいしたことじゃないとでもいうような無感動な声で言った。

「もう少し詳しく話してくれませんか」

「あれはたしか、峻介が中学三年のときだったと思います。夏です。そうです。夏でした。父と進学の話をして、ああ、進学といっても高校のことではありません、高校を出たあとのことです。峻介は地元の高校を出たら東京の大学へ行きたいと言っていました。あの子は田舎が嫌いでずっと都会に憧れていましたから。でも、父は、それを許しませんでした。高校を出たら、兄と一緒にうちのぶどう園を継げと言ったんです。東京の大学になんか行く必要はないって。それを聞いて、峻介はあんなことをしたんです。均ちゃんに農薬を渡して、それを父の酒びんの中に入れろってそそのかして。均ちゃんはまだ小学生であれが毒だということも知らずに言われたままに——」

「その均ちゃんというのは？」

「近所の子供です。峻介になついていて、よくうちに遊びに来ていました。その子をそそのかして父に農薬を飲ませようとしたんです。でも、さいわい、父は吐き出してしまって大事にはいたらなかったんですが。誰がこんなことをしたと大騒ぎになって。峻介は均ちゃんがふざけてやったんだと言いました。でも、わたしは見ていたんです。物置から出てきた峻介が均ちゃんに農薬を渡しているのを。告げ口をするつもりではなかったのですが、そのことを父に言うと、父は凄く怒って——」

「それが勘当の理由ですか」

「い、いいえ、違います。そのときは、母が父をなだめすかして、なんとかうちうちですましたんです。こんなことが世間様に知れたら、困るのは父だと言って。

兄は、峻介は恐ろしい子供だ、父が死んで母だけになれば何でも自分の思いどおりになると思って、父を殺そうとしたんだと言いましたが、わたしはそうは思いません。そりゃ、兄の言うとおり、母は末っ子の峻介を溺愛《できあい》しておりました。生まれたときから心臓に欠陥があって、体が弱かったこともあって、もう嘗《な》めるようにかわいがっていたことは本当です。だから、もし父が亡くなれば、進学だって何だって、母は峻介の思いどおりになったかもしれません。

でも、だからと言って、自分の父親を計画的に殺そうとしたなんて。そんな恐ろしいこと。ただ、進学のことで意見が対立して、それで発作的に父を恨んでしたんです。殺す気なんかなかったに決まってます。父が病気にでもなればいいくらいに思ったんです。——だって、あの子は、あの頃飼っていた柴犬のジロウが病気になったとき、自分の布団のなかにこっそり入れて一緒に寝てやったほど優しい子なんです。そんな優しい子がこともあろうに、自分の父親を殺そうとするなんて――」

残虐な殺人犯が日頃、花や動物を異常なほど愛する人間だったという例を幾《いく》つも知っていたが、むろん、貴島は黙っていた。

「しかし、それが勘当の原因ではなかったのですね」

「ええ。父が峻介を勘当したのはもっとあとのことです。結局、そのあと、高校を終えると、母の説得に負けて、父は峻介を東京に出しました。下手に自分のそばに置いたりしたら、また何をされるかしれたもんではないと怖かったのかもしれません。でも、せっかく東京の大学へ入っても二年かそこらで中退してしまいました。学生運動のまねごとみたいなことをしばらくやっていましたが、その関係で、うちへ警察の人が調べに来たこともありました。そのあとも、お金や女性のことで何かとトラブルを起こしては、そのたびに、いつも父が尻拭《しりぬぐ》いをしていました。それで、あの事件のことでまた警察ざたになったとき、とうとう父の堪忍袋《かんにんぶくろ》の緒が切れたというか、兄がそうするようにそそのかしたというのもありますが、もう二度とうちの敷居はまたぐなと峻介に言い渡したんです。

でも、あの事件だって、その後、警察の調べで峻介の疑いは晴れたはずなんです。あの子は、たしかに、あの質屋の未亡人を殺した犯人の女とつきあっていたようですが、ただそれだけで、事件とは関係なかったんです。峻介とあの女が共犯だったというのは警察の早とちりだったんです。それが分かったのに、父も兄も、もうこれ以上もめごとに巻き込まれるのはご免だと言って」

「ちょっと待ってください。その事件というのは？」

奥沢君恵の話がまた飛躍したようなので、貴島は遮るようにして聞いた。

6

「あれは、今から十五年前のことです。東京の巣鴨で、質屋をしていた初老の未亡人が殺されるという事件があったんです。犯人はすぐに分かりました。その未亡人の養女で、二十五になるスナックの店員でした。動機は金めあてでした。養母が溜め込んでいた金を狙ったんです。

その女は、養母が芝居見物に出掛けて留守の間に、手提《てさ》げ金庫を開けて、そのなかに入っていた貴金属や現金を盗み出したのです。そして、空き巣の仕業《しわざ》に見せ掛けるために、部屋のなかを荒らしていた最中に、芝居見物に行ったはずの養母が、途中で具合が悪くなったとかで帰ってきてしまったのです。二人は言い争いになり、養女は未亡人を包丁で刺して逃げました。その女は奪った貴金属や現金を持ったまま、逃亡していましたが、逃げ切れないと思ったのか、数日後、福井の東尋坊《とうじんぼう》で投身自殺をしました。崖《がけ》の上に、ハンドバッグや靴が残されていて、泊まった旅館には遺書も残っていたそうです。

ところが、警察が調べていくと、女が泊まっていた旅館に、何度か男の声で電話がかかってきて、女はその男と外で会ったあとで自殺したのではないかという疑いが出てきたんです。もしかしたら、女には共犯者がいたんじゃないかと――」

「その男というのが、峻介さんだったというわけですか」

「そうなんです。その女と峻介はしばらくつきあいがあったからです。しかも、その女は近所やアルバイト先のスナックではいたって評判がよく、養母を殺して有り金を奪うなんてことを、その女が一人で思いつくわけがない。きっと、誰か、たぶんつきあっていた男に入れ知恵をされたのではないかと警察では考えたようでした。というか、女はむしろ手先に使われただけで、黒幕はその男のほうではないかと。

たまたま峻介がその女とつきあいがあったというだけで、警察がうちにまで調べに来たのです。それに、その女の死に方ですが、自殺にも見えるが、共犯の男に殺されたのではないかという見方もあったようで、その女が自殺した日のアリバイを調べに来たんです。でも、しばらくたって、峻介はその事件とは何のかかわりもなかったことが分かりました。峻介にはちゃんとアリバイがあったのです。それに、峻介の話だと、その女には他にもつきあっている男がいたようで、もし強盗殺人をそそのかされたとしたら、そのもう一人の男のほうにちがいない、自分は、悪い女に引っ掛かって、あらぬ疑いをかけられただけだと、わたしには涙ながらに話してくれました。わたしは今でも弟の言ったことを信じています。だから、今度の件だってきっと何かの間違いだと思うんです」

「その自殺したという女ですが、名前を覚えていますか」

貴島は言った。

「たしか、サカイとか、そんな名字だったと思いますが――」

君恵はよく思い出せないというように、こめかみに指をあてた。

サカイ？

貴島の頭にふとひらめくものがあった。

「サカイではなく、サガワではありませんか」

そう言うと、君恵の目がぱっと明るくなった。

「そうです。佐川です。サのつく名字でした。たしか、佐川――桐子、そう、佐川桐子という名前でした」

それまで黙って聞いていた飯塚ひろみがはっとしたようなまなざしで貴島のほうを見た。

「峻介さんは、その佐川桐子と、劇団を通じて知りあったのではありませんか」

「そういえば――」

奥沢君恵は頷いた。

「そうです。そんな話を聞いたことがあります。一度だけですが、わたしは、佐川という女に会ったことがあるんです」

「どこで？」

「峻介の下宿でです。いつだったか、母の頼みで、父には内緒で、いくばくかのお金を弟に届けに行ったことがあるんです。そのとき、弟は留守で、アパートには、若い女性がいました。それが佐川桐子だったんです。そのとき、少し話をしたら、昼間は演劇の勉強をして、夜はスナックで働いていると言っていました。できれば、将来は舞台女優になりたいと。あのときの佐川桐子の印象は、とても養母を殺して金を奪うような女には見えなかったのに」

「この写真を見てもらいたいのですが」

貴島は念のため、内ポケットから佐川桐子の写真を取り出した。

それを奥沢君恵に見せようとしたとき、廊下のほうからペタペタという、子供が素足で歩くような足音がしたかと思うと、戸がいきなり開いて、灰色の髪を振り乱した、痩せこけた小柄な老女が立っていた。

「お、お母さん」

ぎょっとしたように振り向いた君恵はそう言って、立ちひざになった。

「峻介。おまえ、帰ってきたんだね。とうとう帰ってきたんだね」

老女は、目脂《めやに》の溜まったうつろな目を貴島のほうに据えたまま、そう言いながらふらふらと入ってきた。

「お母さん。この人は峻介じゃありませんよ。よその人です。警察の人ですよ」

君恵は慌てて老女を抱きとめた。

「峻介だ。峻介だよ。峻介が帰ってきたんだよ」

老女は娘に抱きとめられたまま、貴島のところへたどりつこうと、必死で泳ぐような身振りをした。

「すいません。母は少しボケはじめているんです。若い男性を見ると、みんな峻介に見えるらしくて。こうなると手におえません。申し訳ありませんが、もう帰ってください」

君恵は母を抱きとめたまま、貴島に訴えるような目でそう言った。

貴島は頷くと慌てて立ち上がった。飯塚も面くらった表情のまま立ち上がる。

「峻介。おまえ、どこへ行ってたんだえ。お父さんがなくなったんだよ。もう大丈夫だよ。うちへ帰ってきても、誰も何も言わないからね。おまえの好きなようにしていいんだよ。もうどこへも行かないんだろう。ずっとうちにいるんだろう」

和室を出るとき、老女のそばを擦り抜けようとして、貴島は凄い力で上着の裾を老女につかまれた。うろたえて、老女の手をはずそうとしたが、老女とは思えないような力で、指が生地に食い込んでいた。

「お母さん。手を離しなさい。この人は峻介じゃないんですよ。どうして分からないんですか」

君恵も叱《しか》りつけるように言って、母の手をはずそうとしたが、老女は死んでも離すもんかというように、指に力を入れて、いやいやをした。

「いやだ。峻介だ」

「お母さんってば」

老いた母と娘の間で小競《こぜ》り合《あ》いが続いた。

「お母さん。ぼくは久し振りに帰ってきて、おなかがすいているんですよ。何か作ってくれませんか」

力ずくではだめだ。咄嗟《とっさ》にそう判断して、貴島はそう言ってみた。

「おお、そうかい」

老女の手から嘘のように力がぬけた。目が子供のように輝いている。

「おなかがすいてるのかい。そうかい。おなかがすいてるのか。それじゃ、おまえの好きな五目ご飯を作ってあげる。ここで待ってるんだよ」

老女は、あっけに取られたような顔で手をゆるめた娘をつきとばすようにして、曲がった、こぶのような背中を見せて、よろよろと廊下の向こうに歩いていった。

老女の姿が廊下の奥に消えるのを見届けると、貴島は飯塚を促して、そそくさと靴をはいた。

7

バスに乗り込むと、貴島は反射的にうしろを振り返った。さっきの老女が白髪《はくはつ》を振り乱して追い掛けてくるような気がしたのだ。しかし、走り出したバスの後ろには、老女の姿はなく、ただ砂埃《すなぼこり》をたてた白く乾いた道が続いているだけだった。

あのあと、老いた母の狂乱をなだめるのに、奥沢君恵はさぞ苦労しただろうと思うと、少し胸が痛んだ。

しかし、奥沢の実家を訪ねたことは、予想外の収穫をもたらしてくれた。奥沢が実家から勘当された原因が、書斎から見付けたあの写真の女に関係したことだったとは、夢想だにしていなかったからだ。

写真の女の件は、単に貴島の個人的な興味から調べていたことだったが、ここにいたってようやく、ひょっとすると、自分は全く偶然の導きによって大きな手掛かりをつかんだのかもしれないと感じはじめていた。

「あの写真の女にこだわった甲斐《かい》がありましたね」

そんな貴島の心を読んだように、飯塚ひろみが言った。

「もしかしたら、佐川桐子は、今度の事件にもなんらかの関係があるんじゃないでしょうか。あたしも、なんだか、そんな気がしてきました」

「うん。まだなんとも言えないが、十五年前に、佐川という女が養母を殺害した果てに自殺していたとなると、何か引っ掛かるものを感じるな」

「でもさすがですね。最初からそんな勘が働いていたんですか。この女は今度の事件に何かかかわりがあるって。それで、彼女の写真を持ち歩いていたんですね」

飯塚は感心したように、眼鏡を指で押し上げて、貴島のほうを見た。

そうではない。そんな勘など働くものか。

貴島はそう言いたかったが、黙っていた。佐川桐子の写真を持ち歩いていたのは、もっと別の、ごく個人的な理由からだ。いや、正確にいうと理由すらない。なんとなく、奥沢の書斎の本の間から発見した、一人の女の写真をそのまま本の間に戻す気になれなくて、背広の内ポケットに収めていたにすぎない。写真の女に心ひかれるものがあったからとしか言いようがなかった。最初に自分を動かしたのは、理屈でも勘でもない。仕事を離れた、得体の知れない感情とでもいうべきものだった。

「でも妙ですね」

飯塚がはっとした顔で言った。

「佐川桐子が養母を殺して自殺していたなら、どうして、篠原剛は写真を見せられたとき、そのことを言わなかったんでしょうか」

そうだ。飯塚の言うとおりだった。それは貴島自身も不思議に思っていたことだった。

「そうだな。篠原の話だと、佐川はすぐに劇団を辞めてしまったので、そのあとのことは知らないということだったが、強盗殺人事件の果てに自殺となれば、新聞にも載ったはずだし、噂にもなったはずだ。篠原がそれを知らなかったはずがない。それほど親しくなかったとしても、佐川のことはかなり記憶に残ったはずだ。写真を見たときにもっと早く思い出してもよさそうだ」

「あたしもそう思います。もし、佐川が病気とか事故とかで死んだのなら、まあ、十五年もたてば、忘れていても仕方がないような気もしますが、殺人の果てに自殺ですものねえ、そうおいそれとは忘れないいんじゃないでしょうか。佐川の写真を見たときの篠原剛の態度は、今考えると、ちょっと腑に落ちない感じがします」

「もしかしたら、篠原はあのとき演技をしていたのかもしれないな。なんせ役者だから」

「しかも名優です」

「彼は写真を見て、すぐに佐川桐子も、あの事件のことも思い出した。だが、なぜか、我々にそのことを知らせようとはしなかった。咄嗟にすぐには思い出せないような振りをした——」

「なぜでしょうか」

「わからない」

行きの列車のなかで飯塚から聞いた話だと、佐川桐子は、篠原剛が育てている若手の女優にタイプが似ているという。しかも、その原型は元映画女優だった篠原の母親らしい。誰それに似ているとか似ていないとかは、飯塚の主観にすぎないから、この話をそのまま鵜《う》呑《の》みにはできないにしても、篠原剛が、若い頃の母親のイメージを追い求めているという心理は、何もフロイトを持ち出さなくても、十分ありそうな話ではある。

しかし、だとしたら、よけいおかしなことになる。どちらかといえば好みのタイプで、しかも養母を殺害した果てに自殺するという、かなり過激な生き方をした佐川桐子という女をすぐに思い出さなかったというのは、どう考えてもおかしい……。

このときはじめて、貴島は、篠原という俳優に漠然とした疑惑のようなものを感じはじめている自分に気が付いた。

「とりあえず、佐川桐子の事件についてもう少し詳しく調べてみようか。巣鴨署か本庁に行けば当時の資料が残っているはずだ」

「そうですね」

飯塚ひろみは鼻の穴を膨《ふく》らませてそう答えた。

貴島は背広の内ポケットのあたりをそっと手で押えた。このポケットのなかに手帳と一緒に収まっている、一人の女が、奥沢夫妻と上山幹男を殺した真犯人まで導いてくれるかもしれない。そんな予感がしていた。

8

「義父《ちち》ですか。義父なら、すぐそこにある公園で孫を遊ばせてるはずですけど」

玄関に出てきた、狐顔《きつねがお》の三十年配の主婦はそっけない声でそう言った。

山梨県勝沼にある奥沢峻介の実家から帰ってきた貴島柊志と飯塚ひろみは、その足で、巣鴨署を訪ねた。佐川桐子の事件についての資料は、その後、本庁のほうに移っていたが、初老の署員は、あの事件なら、下手な調書を読むより、生き字引ならぬ、生き調書のような人がいるから、その人を訪ねて、直接当時のことを聞いてみたらどうだと言われたのである。

その人とは、当時巣鴨署に勤務していた、稲垣《いながき》伍一《ごいち》という老刑事で、定年退職するまで、あの事件にかかわっていたらしい。今は、所沢に家を建てた長男夫婦と暮らしているという。退職後は、デパートかどこかの夜警の仕事をしていたらしいが、最近はそれも辞めて、孫のお守《も》りをする楽隠居《らくいんきょ》の毎日らしい。どうせ暇をもてあましているだろうから、訪ねていけば、喜んで何でも話してくれるだろうというのである。

貴島たちはいったん警視庁の資料室で、当時の資料に当たってから、翌日、この稲垣という元刑事を訪ねて所沢まで足を延ばしてきたわけだった。

稲垣伍一の嫁らしい主婦から、教えられたとおりの道を少し行くと、砂場や滑《すべ》り台《だい》を設けた小さな公園があって、幼児を遊ばせている若い母親らしきグループから、一人だけポツンと離れたところで、粗末な木のベンチに座っている老人の姿があった。

近付いていくと、その老人は、年齢の割りには姿勢のいい、妙に毅然《きぜん》とした様子で、ビニール袋から出したあんパンのようなものをかじっていた。

「失礼ですが、稲垣伍一さんですね」

貴島がそう呼び掛けると、老人は口を動かすのをやめて、染《し》みの浮き出た面長《おもなが》な顔を振り向けた。

「そうですが？」

不審そうな目付きで貴島たちを見る。

貴島は手帳を見せて氏名を名乗った。こんな場合、警察手帳を見せると、殆《ほとん》ど例外なく、身構えるような表情をする人たちが多いなかで、さすがに稲垣伍一は、一瞬目をしばたたかせただけで、むしろ懐かしいとでもいうような顔をした。

「少し伺いたいことがあるのですが、お時間をいただけませんか」

丁重《ていちょう》にそう言うと、稲垣老人は明らかに入れ歯と分かる、人工的に白い歯を見せて笑った。

「いいよ。時間なら売りたいほどある。いくらでも持っていくがいいさ」

貴島もつられてちょっと笑った。老人の言い草がおかしくて笑ったのではなく、すでに現役を退《しりぞ》き、孫を遊ばせながら、手持ち無沙汰な顔であんパンをかじっている、この元警部の心境をつい察してしまったのだ。

時間なら売りたいほどある。

サラリと言い流しているが、これはかなりせつない言葉である。

「稲垣さんは、以前巣鴨署に勤務しておられたそうですが」

貴島は老人の隣りに座りながら言った。

「そうだよ」

老人はまた口を動かしながら答える。貴島はそんな老人の姿に、草原でのんびりと草を食《は》む老いた牛を連想した。

「実は――」

佐川桐子の事件の話をした。警視庁の資料室に保管してあった資料から、かなり詳しいことは分かっていた。事件が起きたのは、正確には、今から十五年前、昭和五十二年の九月の末だった。被害者の名前は佐川ウメ。当時六十三歳。巣鴨で質屋を営んでいた。十数年ほど前に夫を亡くし、養女の桐子（当時二十五歳）と二人暮らしだった。

　ウメの遺体が自宅の寝室から発見されたのは、事件が起きた三日後。発見者は訪ねてきたなじみのクリーニング屋だった。死因は左胸を鋭利な刃物で刺されたことによる失血死。現場に残っていた凶器の出刃包丁の柄《え》から出た指紋や、近所の証言、また事件が起きたと思われる日から同居していた養女の姿が見えなくなったこと、その他もろもろの状況証拠から、この養女の犯行とほぼ断定され、その行方が追及されたが、巣鴨署に捜査本部が設置されて四日後に、福井のある旅館から連絡が入った。佐川桐子によく似た女が三日ほど前から泊まっていたのだが、遺書と所持品を残して行方不明になったというものだった。

　遺書には、投身自殺がほのめかされており、実際、近くの東尋坊の断崖《だんがい》の上から、桐子のものと思われるハンドバッグと靴が発見された。

「しかし、佐川桐子の遺体は結局発見されなかったそうですね」

「ああ。場所が場所だから」

　稲垣伍一は淡々とした声で答えた。

「ということは、もしかしたら佐川の偽装自殺とも考えられますね。投身自殺したように見せ掛けてどこかに逃走したとも？」

「それはどうかかな」

　稲垣はちらと貴島のほうを見て言った。

「たしかにその線も考えて、その後継続捜査になったのだが、捜査員たちはおおかた佐川は自殺したという意見に傾いていたな。それというのも、佐川が旅館に残していったボストンバッグのなかには、ウメの手提げ金庫から盗んできたと思われる現金も貴金属も銀行の預金通帳もみんな入っていたからだ。どこかに逃走するつもりなら、現金くらいは持っていくだろう」

「現金はどのくらいあったんです？」

「たしか百万だったかな」

「それが佐川ウメの手提げ金庫にあった全額だったのですか」

「いや、それは分からない。当のウメが死んでしまったから、金庫のなかにいくら入っていたかまでは分からなかった」

「それでは、必ずしも——」

「ああ、桐子が盗んだのは百万以上だったのかもしれない。ただ、その後、桐子の立ち寄りそうなところは虱潰《しらみつぶ》しにあたったが、桐子の消息は東尋坊でプッツリ途絶えたままだった。私はやはり桐子はあそこで死んだのだと思っている。ただ——」

「ただ、なんです？」

「自殺だとは思ってはいない」

稲垣伍一は穏やかだが、声の底に怒りを沈ませたような口調で言った。

「自殺じゃない？　ということはまさか？」

貴島が驚いて聞き返すと、稲垣は確信ありげに頷いた。

「あの事件の裏にはもう一人、いやもう二人の人間が絡んでいたはずだ。ウメを直接手にかけたのは桐子かもしれん。だが、あれは桐子一人で考え出したことではないはずだ。いくら金に困っても、桐子は養母の金を盗むなんてことを思いつく女ではない」

きっぱりとした言い方だった。

「稲垣さんは、佐川桐子という女を事件の前からよく知っていたのですか」

「よくというほどではないが、すこしは知っていた。あの頃、桐子がアルバイトをしていたスナックに何度か顔を出したことがある。気立てのいい優しい娘だった」

稲垣は懐かしむように遠くを見詰めた。

「小樽かどこか漁港で育った娘でね。身体《からだ》に潮風の匂いが染み込んでいる。そんな娘だったな。母親を早くに亡くして、漁師をしていた父親と二人暮らしだったんだが、その父親も、桐子が中学に入った年に海で死んだ。それで、父親の遠縁にあたる佐川ウメのもとに引き取られたのだ。

佐川ウメはけちで強欲で有名だった。亡夫の遺した質屋をやりながら、一方で溜め込んだ小金を知り合いに貸しては高利をむさぼるようなこともしていたらしい。評判が悪かったのは、むしろ被害者のほうだったんだよ。あの事件のあとでも、桐子を悪く言う者は一人もいなかった。だが、ウメを悪く言う者は多かったな。ウメが桐子を引き取ったのは、子供のいない寂しさからではなく、自分の老後の面倒を見させようという打算からだったんだと言う者もいた。だから、あまり桐子に愛情を注ぐようなことはしなかった。桐子があんな痩せっぽちでヒョロヒョロした娘に育ったのも、ろくなものを食べさせなかったせいだとね。

それに、桐子がウメを刺したのも、桐子のほうが包丁を持ち出したのではなかったんだ。逆上したウメのほうが先に台所に飛んでいって包丁を持ち出したんだよ。包丁の柄には、桐子の指紋の下にウメの指紋もついていたし、隣りの住人が、『育ててやった恩を仇《あだ》で返しやがって、おまえなんかこうしてやる』と口汚なく罵《ののし》る声を聞いていた。ウメの声だったそうだ。並はずれてけちだったから、桐子が自分の溜め込んだ金を奪おうとしているのを見て、かっとして前後を忘れてしまったんだろう」

「それでは、盗みの現場を見られた桐子のほうが、ウメを殺害したのではなく、かっとしたウメに殺されそうになった桐子が、いわば正当防衛のような形でウメを刺してしまったというわけですか」

「たぶんそんなところだろう。現場には、ウメの血だけではなく、桐子のと思われる血も落ちていたからね。最初に傷を負ったのは、桐子のほうだったんだ。たぶん、ウメの振り回す包丁を取り上げようとして、揉《も》み合いになり、誤って刺してしまったんじゃないだろうか。むろん、故意ではなかったといっても、養母を刺して、その金を持って逃げた桐子の罪は消えるわけではないが。だが、何もかもが桐子のせいだとはどうしても思えないんだ。いや、これは単にわたしだけの考えではなかった。桐子の裏に誰かいたんじゃないか、ウメの金を盗むようにそそのかしたやつがいたんじゃないかというのは、その後の捜査でも浮かんできたことだったんだ。その根拠の一つが、桐子が現金と一緒に盗み出した、借金の借用証書だった」

「借用証書？」

「ウメはさっき言ったように質屋を営みながら高利貸みたいなこともしていたからね。金庫のなかには借用証書も何枚か保管してあったのだ」

「佐川桐子はそれも盗んだんですか」

「そうだ。旅館に残してあったボストンにはそれも入っていた。妙だとは思わないか。もし桐子が金めあてなら、他人の借用証書など盗み出しても一文《いちもん》の得にもならない。それでも借用証書も盗み出した。そこで、もしかすると、桐子が盗み出したかったのは、金ではなく、この借用証書のほうだったのではないかと私は思ったのだ。金や預金通帳を盗んだのは、借用証書を盗み出すという本当の目的をカムフラージュするためだったのではないかとな。借用証書だけ盗んだなら、すぐに足がついてしまう。そこでただの強盗のように見せ掛けたわけだ」

「つまり、佐川桐子は、ウメに金を借りていた誰かにそそのかされたというわけですか」

「そういうことになる」

「それが奥沢峻介だと？」

　稲垣伍一は頷いた。

「借用証書に奥沢の名前はなかったが、桐子が処分してしまったとも考えられる。奥沢は佐川桐子とつきあっていた。桐子を通じて佐川ウメを知り、ウメから借金をしていたと考えても不思議はない。桐子は奥沢と結婚するつもりでいたらしい。

だが、この奥沢という男が優しげな外見とは似ても似つかないキナ臭いやつだった。大学を中退してから、仕事らしい仕事にもつかずブラブラしているようだった。この男が結婚を餌《えさ》に、桐子をそそのかしたような気がしてならなかった。しかも、これは気のせいというだけではなかった。桐子の裏に男がいたのは事実だった。桐子がいっとき身を隠していた福井の旅館に、二度ほど男の声で電話がかかってきたのを宿の女将《おかみ》が覚えていた。桐子がその旅館に潜伏していたことを知っていた男がいたということだ。そして、その男が桐子をうまく騙《だま》して偽の遺書を書かせ、東尋坊に誘い出して断崖から突き落とした——」

「それが奥沢だったと考えたのですね」

「だが、間違っていた。奥沢には動かしがたいアリバイがあったんだよ。桐子が宿を出て東尋坊に行ったと思われる日は、奥沢は朝方、当時住んでいた高円寺のアパートで心臓発作を起こして、救急車で病院にかつぎこまれ、そこで手当てを受けていたことが分かったんだ。その後も東京にいたことがはっきりしていた。桐子を東尋坊に誘い出し、断崖から突き落としたのは奥沢ではありえなかった。しかも、念のため、奥沢の声をテープにとって、福井の旅館の女将に聞いてもらった。電話をかけてきた男の声と似ているかどうか確かめたのだ。女将の返事は、『違うような気がする』というものだった」

「それで奥沢への疑いは晴れたのですか」

「まあね。しかも、奥沢はこちらの取調べに、たしかに佐川桐子とはつきあっていたが、佐川に新しい男ができたようなので、それが原因で別れ話が出ていた。もし桐子をそそのかしたとしたら、その男だろうって、しゃあしゃあと抜かしたよ。だが、わたしは奥沢を信じなかった。調べても、桐子の周辺からは、奥沢以外の男の影などまるで浮かんでこなかったからだ。どうしても桐子の裏で彼女を操っていた男の正体をつきとめたかった。そうでもしなければ、死んだ彼女も浮かばれんだろうと思ってさ。

だから、継続捜査になったあとも、それとなく奥沢の動静を見張っていた。どう考えても、あの男が無関係とは思えなかったからだ。そのうち、急に金遣いが荒くなったり、生活に変化が現われるんじゃないかとな。だが、そういうことはなかった。しかし、奥沢はあの事件から二カ月くらいたって、支倉千里という若い女と結婚した。なんでも大会社の社長の娘だとか聞いた。

それから一年くらいして、友人と共同経営で事業をはじめた。小規模のものだったが、会社を作って商売をはじめるには、それなりに元手がいるはずだ。仕事らしい仕事もしてこなかった奥沢にどうやってそんな金が工面できたのか。最初は、千里の実家からの援助があったのかと思った。だが、調べてみると、二人の結婚は、千里の父親が認めたものではなかったらしい。駆け落ち同然の形で一緒になったようだ。女房の実家からの援助とは考えられない。それを知って、私はひらめいた。事件から一年以上たって、ようやく奥沢は桐子から奪った金に手をつけはじめたんじゃないかとな。桐子がウメの金庫から盗み出した現金は百万以上あったのだろう。差額はそっくりそのまま奥沢の手に渡っていたにちがいない。奥沢は、桐子にすべての罪を着せて葬ってしまうために、現金の一部を残し、貴金属や預金通帳には手を出さなかったのだ。そうやって事件のほとぼりがさめるのを待っていたんだろう。そう考えれば、その共同経営者というのが、あのときの電話の男とも考えられる」

「その共同経営者というのが？」

「言うまでもない。上山幹男だよ」

稲垣はきっぱりと言った。

「上山は奥沢と同じ大学の出身だった。しかも同じ頃に中退している。上山のほうも、中退したあとは、職を転々としていたが、暮らしぶりは楽ではなかったようだ。二人は表だってはそれほど親しくはしていなかったようだが、桐子の事件の前後に、水面下でつながっていた可能性は十分ある。奥沢は桐子の事件が発覚すれば、彼女と関係があった自分も疑われることを最初から計算にいれて、アリバイを作ることを考えていたんだ。あの日、心臓発作で病院に担《かつ》ぎこまれたというのだって、芝居だったのかもしれない。奥沢には心臓の持病があるから、病院側もコロリと騙されたんだろう。

奥沢は自分のアリバイを確保したうえで、桐子を自殺に見せ掛けて殺害する役目は共犯の男に依頼した。その共犯の男が上山だ。わたしはそう確信した。しかし、いかんせん推理を裏付けるような証拠は何もつかめなかった。そうこうしているうちに、私は定年の年を迎えてしまった。そして今年の九月にとうとう時効が成立した。奥沢たちとしてはまんまとうまくやったつもりかもしれないが、天網恢々《てんもうかいかい》疎《そ》にして漏らさずとはよく言ったものだ。人間の目はごまかせても天の目はごまかせない。十五年たって、奥沢と上山は天の罰を受けたのだよ」

「それでは、今度の事件は――」

「一度あることは二度あるというじゃないか。奥沢と上山は十五年前と同じことをしようとしたのだよ。あの二人は、この十五年の間に、何度も商売を替え、いくつも会社を作っては潰してきた。そして、数年前にバブル景気に乗って作った不動産会社がようやく軌道に乗ったのもつかの間、この不景気で危なくなった。それで、切羽詰まったあげく、十五年前と同じ手口で危機を脱しようとしたに決まっている。奥沢千里にかけた保険金めあてに、上山が千里を殺し、奥沢がアリバイを作る。桐子のときと全く同じパターンじゃないか」

「しかし、奥沢千里を殺害したのは、奥沢と上山だったとしても、この二人を殺したのは誰だったというのです？」

「それは決まってるじゃないか。千里の死体だったんだろう？」

稲垣伍一は口を歪めて笑ってみせた。

「あるいは、佐川桐子の霊だったのかもしれないな」

「レイ？」

「そうだ。きっとそうだよ。浮かばれない桐子の霊が、自分と同じ運命をたどった千里の死体に乗り移って、死体をいっとき生き返らせ、奥沢と上山に復讐したのかもしれない。いわば二人の女の怨念《おんねん》が死体を生き返らせたんだよ。そうは考えられんかね？」

9

「ねえ、貴島さん。突拍子もないことを言うようですが」

稲垣伍一と別れて、西武新宿線の所沢駅に向かう途中、それまで何か思案するように黙りこくっていた飯塚ひろみが、ふいに話しかけてきた。

「佐川桐子は本当に死んだんでしょうか」

「死んでないと思うのか？」

「だって、桐子の遺体は結局発見されなかったわけでしょう？　死亡が確認されたわけじゃないんですよね。稲垣さんは佐川桐子の浮かばれない霊が自分と同じ運命をたどった千里の死体に乗り移って、死体を生き返らせたなんて言いましたが、そんなオカルトじみたことは到底信じられません。でも、霊ではなくて、生身《なまみ》の佐川桐子が事件にかかわっていたとしたらどうでしょう？　つまり、その、千里のトレンチコートを着て、函館に現われたのは佐川桐子だったのではないか……」

飯塚は自信なさそうに語尾をぼかした。

「もし佐川が生きていたとしたら、今四十のはずでしょう？　年齢的には、千里に近いはずですし、背丈までは分かりませんが、若い頃の写真を見る限りでは、痩せぎすで千里に似た体型の持ち主だったような気がします。髪を伸ばして、ファッショングラスとマスクをつければ、千里に似させることは可能じゃないでしょうか」

「十五年前の佐川の投身自殺はやはり偽装だったと言いたいわけか」

「そうです。佐川は自殺したと見せ掛けて、どこかに潜伏していた。当然、それを奥沢と上山は知っていた。それに、千里の替え玉の役は年恰好さえ似ていれば誰にでもつとまるってわけじゃありません。奥沢の殺人計画の肝心な点はあくまでも千里が函館で殺されたように思わせるところにありました。でも、替え玉女が警察へ行って奥沢のトリックのことをばらしてしまえば元も子もありませんよね。共犯者を使えば自分の手を汚さないですむ分、あとで裏切られるかもしれないという危険は必ずつきまといます。悪賢い奥沢がそのことを考えなかったはずはないと思います。だから、替え玉女が絶対に自分を裏切らないという確信が持てなければ、共犯に引き込んだりはしなかったと思うんです。それで、最初は愛人の麻生に持ち掛けたが、これははねつけられた。そこで、佐川桐子に目をつけたとしたらどうでしょう？　佐川桐子なら十五年前に死んだことになっています。どこでどう身を潜めていたか分かりませんが、むろん名前を変え、全く別の人間として生きているにちがいありません。もしかしたら整形手術でも受けて顔も変わっているかもしれません。たとえ時効が成立しているといっても、今の佐川にとって過去は知られてはならないもののはずです。だから、間違っても警察に駆け込むようなことはないでしょうから」

「佐川が生きていたとしたら、替え玉女の条件にはピッタリあてはまるわけか……」

貴島は言った。

「そうなんです」

「どちらにせよ、こうなったら乗り掛かった船だ。佐川のことをもう少し調べてみるか」

「ただ、これ以上、どうやったら佐川のことが調べられるでしょうか」

飯塚が柄《がら》にもなく弱音を吐くように言った。

「佐川の両親はとうに亡くなっているというし、唯一の親戚だったらしい佐川ウメも死んでいます。もし奥沢と上山が佐川の潜伏先を知っていたとしても、この二人も――」

「いや、佐川の消息を知っていそうな人物がもう一人いるじゃないか」

貴島が思い付いたように言った。

「え？　誰ですか」

キョトンとする飯塚。

「篠原だよ」

「篠原って、篠原剛ですか」

「佐川の写真を見せたときの篠原の反応は今から思えばどうも解《げ》せない。しかし、もし佐川が生きていて、それを篠原が知っていたとしたらどうだろう？」

「ああそうか。そう考えれば、篠原が佐川のことをすぐに思い出せない振りをした理由も分かります」

　飯塚は納得したように大きく頷いた。

「とにかく篠原にはもう一度会う必要があるかもしれないな」

　貴島は考えこみながら言った。

「そうですね」

「たしか、彼の自宅は——」

「横浜です」

　飯塚は打てば響くように答えた。

第五章　再び密室

1

篠原剛の自宅は横浜の山手にあった。山手は古くから高級住宅地として開けたところである。港や市街の展望がよく、フェリス女学院や雙葉《ふたば》学園など、ミッション系の学校や教会、新旧さまざまな様式の西洋館が静かな木立《こだ》ちのなかに立ち並んでいる。

十一月三日。

貴島柊志と飯塚ひろみは、ＪＲ根岸線石川町駅南口で降りると、裏手の郵便局手前の坂を登って、元町商店街背後の丘上に造られた石畳の散歩道に出た。山手本通りである。篠原邸はこの山手本通り沿いに、ゴシック風の尖塔《せんとう》を持つ山手カトリック教会を少し行ったところにあった。

建てられた時代を感じさせる赤煉瓦《あかれんが》の塀に、白いペンキ塗りの洒落た鉄の門。閉まった門の隙間から見えるのは、紅葉した蔦《つた》にびっしりと覆われた石造りの壁と、白塗りの枠のある縦長の上げ下げ窓。空に突き出す堂々たる灰色の煙突を持った西洋館である。

車寄せにはベンツとポルシェが停まっていた。

「凄い家だな」

貴島は門の前に立って、いささか圧倒されたように呟《つぶや》いた。その邸宅はたんに豪壮というだけでなく、古いものだけが持つ威厳のようなものを備えていた。

「篠原の祖父が貿易業で成功したとかで、亡くなった父親もレストランやホテルをいくつも経営する実業家だったそうです」

飯塚ひろみが言った。

門の脇のインターホンを鳴らすと、若い女性の声が応えた。

「警察の者だが、篠原さんに会いたい」と用件を告げると、涼しげなきびきびした声は、

「先生は今映画のロケで箱根に行っていて留守です」

と応えた。

お手伝いの女性かと思ったが、「先生」と呼ぶところを見ると、篠原の弟子の一人かもしれないと、貴島は思った。

篠原剛は、地方出の若い塾生たちを数人、自宅に寄宿させているらしいと飯塚から聞いていた。

「いつ頃戻られますか」

重ねてそうたずねると、

「さあ、それはなんとも――」

インターホンの向こうの声が曖昧になった。

無駄足だったかと思いながら、インターホンから身を起こそうとすると、

「あの、少々お待ちください」

若い声が幾分慌てたように言った。話し声がする。誰かがそばにいるようだ。

「警察の方ですって?」

応答の声がかわった。ややしゃがれた中年女性の声だった。

「警視庁捜査一課の貴島といいます」

「篠原にどんなご用かしら?」

「奥沢峻介さんの件で少し伺いたいことがあるのですが」

そう言うと、思案するように相手は黙っていたが、

「どうぞ、お入りになって」

という声がして、鉄の門が自動的に開いた。

貴島と飯塚は思わず顔を見合わせた。

今の中年女性は一体誰だったのか。もし篠原が独身だということを知らなければ、篠原の妻かと思うような応対の仕方だった。戦前は大スターだったという篠原の母親かとも一瞬思ったが、八十に近い人の声にしては若すぎる。

そんなことを考えながら、手入れの行き届いた前庭を通り抜けて、洋館の玄関まで行く

と、迎えるようにドアが開いて、白いニットのワンピースを着た、上背《うわぜい》のある若い女性が出てきた。

その顔を見て貴島ははっとした。耳を出したショートカットに、目元に華のあるすっきりとした顔立ちは、佐川桐子の若い頃の写真にどことなく似ていたからだ。

「あれは樋口まいです」

飯塚がこっそりささやいた。飯塚から与えられた予備知識によると、樋口まいは篠原の女弟子の一人で、最近、チョイ役でテレビや映画にも出はじめた、新人女優ということだった。

警察手帳を見せて身分を名乗ると、娘は先に立って洋館のなかに案内した。

篠原邸は純洋風の建物らしく、靴のままなかに入ると、そこはホテルを思わせる広いサロンになっていた。サロンの両脇に階段があり、二階は吹き抜けになっている。豪奢《ごうしゃ》なシャンデリアが高い天井から吊り下がっていた。

「そこにお座りになって」

ハイヒールを脱いでソファに座っていた中年女性が言った。

あたりにウイスキーの匂いがたちこめ、テーブルの上には半ば空になった高級スコッチのボトルが置かれている。

女は目の縁を赤く染めて、すでに出来上がっていた。

年の頃は四十五、六。ぎょっとするような真っ青なアイシャドウを塗りたくった瞼《まぶた》をとろんとさせた顔は、昔はさぞ美人だっただろうと思わせるものがあったが、今は中年太りで見る影もないといった有様だった。

浜辺にはい上がってきたトドのような恰好でソファに寝そべり、ウイスキーのグラスを豊満な胸に抱き締めている。

「ちょっとあんた。ボーと突っ立ってないで、刑事さんにお紅茶でもお出ししたら」

女は三重になった顎を突き出して、若い娘に命令した。娘はむっとしたような表情で、何か言いかけたが、あきらめたように黙って奥に入っていった。

「それで、篠原に何をお聞きになりたいの」

視線を訪問客に向けて猫撫で声でたずねた。

「失礼ですが、あなたは？」

貴島はソファに座りながら、この得体の知れない中年女は何者だろうと思いながら、とりあえず聞いてみた。

「あたし？　あたしはただの飲んだくれよ」

女はにたあと笑った。

「今はね。でも、これでも昔はちょっとしたものだったのよ。誰も、あたしを見て、あなたは誰ですかなんて、馬鹿なこと聞きはしなかったわ」

この女も女優か何かなのだろうか。それにしては……。

「いいもの見せてあげようか」

自称「飲んだくれ」は、何を思い付いたのか、ふふふと無気味な含み笑いをしながら、ソファに投げ出してあったシャネルのハンドバッグを引き寄せると、なかを乱暴に掻き回して、財布のようなものを取り出し、そのなかから写真を一枚取り出した。

「これ、誰だかわかる？」

覗きこんでみると、目も覚めるような若い美人が写っていた。ウエストを思いきり赤いベルトで締め上げたドレスを着て、豊かな胸を突き出し、自信たっぷりな目付きで艶然《えんぜん》とほほ笑んでいる。

どうやら、この写真の女は、今目の前にいる中年女と同一人物らしいということに、貴島は穴があくほど写真を見詰めたあげくにようやく気が付いた。

「あなた、ですか」

それでも半信半疑でそうたずねると、女は気を悪くしたような顔で、

「そんなにまじまじと見なければ分からないの？」

と毒づいた。

「あの、もしかして、大崎弥生さんでは」

横合いから、写真を覗きこんでいた飯塚ひろみが、信じられないという顔でたずねた。

「そのもしかしたらよ」

女はじろりと飯塚のほうを見た。

大崎弥生？　どこかで聞いたことがある名前だと貴島は思った。考えるまでもなかった。

奥沢の実家を訪ねる列車のなかで、飯塚が言っていたことを思い出した。篠原は若い頃に一度結婚したことがあるらしいが、その結婚生活は何年も続かずに破綻《はたん》した。その相手というのが、同じ劇団にいた大崎弥生という女優の卵だったと——。

篠原邸で我が物顔に振る舞う中年女の正体がようやく分かったような気がした。

「あなたは、篠原さんの？」

そう言いかけると、

「元妻よ」

と、大崎弥生は吐き捨てるように答えた。

もうかなり前に離婚したはずの「元妻」がなぜ別れた夫の邸宅で、昼日なかからウイスキーグラスを抱き締めてとぐろを巻いているのか分からなかったが、ここでこの女と会えたことは幸運だったかもしれないと、咄嗟に貴島は思った。

篠原剛はあいにく留守だったが、篠原の元妻で、しかも、若い頃から同じ劇団にいた大崎弥生なら、当時のことをよく知っているはずだと思ったからである。

奥沢峻介のことも、佐川桐子のことも、この女なら何か知っているにちがいない。

「たしか、あなたも篠原さんと同じ劇団にいたそうですね」

「ええ」

弥生の歯がグラスの縁にあたってカチカチと鳴った。見ると、グラスをつかんだ手が小刻みに震えている。女は明らかにアルコール依存症の症状を見せていた。

「それなら、佐川桐子という女性をご存じですね？」

とろんと眠たげだった、大崎弥生の瞼がひきつれるようにピクリと動いた。

「佐川桐子ならよく覚えているわ」

弥生は低い声で言った。篠原よりも早い反応だった。もっとも、佐川のその後の生き様《ざま》を考えれば、弥生の反応のほうが自然かもしれない。

「どういう女性でしたか」

「佐川桐子？」

「ええ」

「どうって、これといって取りえのない平凡な娘だったわ」

弥生は憎々しげな表情を見せて言い放った。

「痩せて背ばかりヒョロッと高くてさ、美人でもないし、色気もないし、不器用で演技力もたいしてなかった。あんな娘のどこがいいんだろうって不思議なくらいに」

主語は省略していたが、篠原のことを言っているのだろう。

「篠原さんは、佐川桐子が気にいっていたんですか」

「気にいっていたどころか、一時は佐川と結婚するつもりでいたのよ。ところが、もたもたしてたもんだから、奥沢に横からアブラゲさらわれちまった。結局、佐川は奥沢のほうに靡《なび》いて、劇団を辞めてしまった。しかもそのあとであんなことがあって」

弥生は当時を思い出すような目になった。

　これは予想外な情報だった。佐川桐子と篠原剛はただたんに同じ劇団にいたという間がらだけではなかったらしい。結婚まで考える仲だったというのだ。

「ねえ、なんで佐川桐子のことなんか聞くのよ。奥沢のことを聞きに来たんじゃないの」

　大崎は不審そうな目付きをした。

「いや、ちょっと」

　貴島が曖昧な答え方をすると、大崎弥生はじろじろと探るような目付きで見た。

「それに、佐川桐子ならもうとっくに死んでるわよ」

「えっ。そうなんですか」

　貴島は知らなかった振りをした。

「なんだ。刑事のくせに知らなかったの。佐川はね、十五年前に養母を殺して投身自殺したのよ。そんな大それたことするような女には見えなかったけどね。ま、しかし、人は見掛けによらないっていうから」

「佐川桐子の遺体はその後発見されたんですか」

「いいえ。発見されなかったわ」

「ということは、彼女の死はいまだに確認されていないというわけですね」

「どういう意味よ？」

　大崎はじっと貴島の目を覗きこむように見詰めた。どろんと濁った瞳に警戒するような色が浮かんでいた。

「つまり、佐川桐子はどこかで生きているかもしれない」

「まさか」

弥生は馬鹿馬鹿しいとでもいうように眉をつりあげた。

「ありえない話ではないでしょう？　自殺したように見せ掛けて、どこかに身を潜めていたとは考えられませんか」

「十五年も？」

「ええ」

「そんな馬鹿な」

弥生はあははと仰向《あおむ》いて笑った。しかし、どこか取って付けたようなわざとらしい笑い方だった。

「たとえ佐川がどこかで生きていたとしても、あの事件の時効は今年の九月で成立してるじゃない。今さら、そんなことほじくり返してどうするのよ」

高笑いをおさめて、大崎弥生は言った。

「もし佐川桐子が生きていたとしたら、今度の事件に何らかの形でかかわっているかもしれないんですよ」

「今度の事件って、例の奥沢の？」

大崎は一瞬刺すような鋭い目になった。

「それ、どういうことよ」

「いや、これ以上は」

「ふん。捜査上の秘密ってわけか」

そう呟くと、グラスを抱えたままよろよろと立ち上がった。裸足のまま、白いレースのカーテンを両脇に寄せた、縦長の上げ下げ式の窓までふらふら歩いていくと、外を眺めながら、グラスの中身を口に運んだ。

何か小唄のようなものを口ずさんでいる。少し調子っぱずれだったが、どうやら、「フライ・ミー・トゥ・ザ・ムーン」のようだった。ジャズの名曲を口ずさむ横顔には、早すぎるたそがれを迎えた中年女の孤独が滲《にじ》み出ているような気がした。

「桐子が生きているなんて信じられないけれど、その話、篠原が聞いたら喜ぶかもね」

外を見ながら言う。

「篠原は今でも桐子のことが忘れられないのよ。その証拠に、さっきの女の子、見た？樋口まいっていってね、今売り出し中の新人。佐川桐子の若い頃によく似てるわ。あの子だけじゃない。篠原が目をかける新人の娘はみんな、どこか佐川桐子に似ているのよ。ううん、新人だけじゃない。この家に雇う家政婦までどこか桐子に似ている女を選ぶんだから。もっとも、篠原は桐子の面影《おもかげ》を追い求めているというより——」

大崎弥生の声がかすかに震えた。何か感情を刺激されるものを外に発見したような様子だった。食い入るように外を見ている。

「あの人の手のなかから逃げられないって言ったほうが正しいかもね」

あの人？　貴島は立ち上がって窓辺に近寄った。

窓の外は奇麗に剪定《せんてい》されたつつじが植わった中庭になっていて、その向こうに、この洋館よりも新しい佇《たたず》まいの日本家屋が見えた。別館のようだ。

中庭を散歩する二人の男女の姿があった。男女といっても、一人はまだ二十代の青年、もう一人は六十はとっくに超えていると思われる老女だった。青年のほうが老女の乗った車椅子を押している。革ジャンを羽織った、髪の薄茶色の青年で、その顔に見覚えがあった。麻生雅美の弟、裕也である。

車椅子の老女は目をこすりたくなるような異様な風体《ふうてい》をしていた。黒いサングラスをかけ、鼠色《ねずみいろ》になった長い髪をおさげにしてピンクのリボンで結び、薄い両胸にたらしている。着ているのもフリルとリボンがふんだんについた十代の娘が着るようなピンクの服だった。目が不自由なのか、左手の手首にはめた、盲人用の腕時計の蓋《ふた》を開けて、右手で針に触っていた。

麻生裕也は何か話しかけながら、老女の膝掛けを直してやっている。老女の足元には一匹のドーベルマンが寝そべっていた。獰猛《どうもう》そうに見える犬だが、よく馴《な》れているらしくおとなしくしていた。

「あのばあさん、いくつだと思う？」

大崎がたるんだ顎で指し示しながら言った。

「さあ……」

貴島は首をかしげた。ただでさえ女の年など分かりにくいのに、窓の外にいる老女ときたら、もう年齢などというものを超越しているようにみえた。

「おんとし七十五だよ。それが見てよ、あの恰好。ピンクの服にピンクのリボン。まるで老いぼれたリカちゃん人形じゃないか」

「……」

「無気味としか言いようがないね」

無気味という点では隣りにいる女もけっして負けてはいないがと思いながら、貴島は、なぜか山梨の勝沼で会った奥沢峻介の老母を思い出した。

「あれが霞令子。名前くらいは聞いたことあるでしょ。本名、篠原令子。往年の美人スターの残骸《ざんがい》さね」

大崎弥生は唾《つば》でも吐きかねない口調で言った。

「今ではあんなふうになっちゃったけど、若い頃は清純可憐を絵にかいたような人だったんだって。さっきの樋口まいをもっと美人にしたような。篠原が佐川桐子のような何の取りえもない女に惹《ひ》かれたのは、佐川が母親の若い頃にどこか似ていたせいだと思うわ。でも結局、桐子はあのばあさんに嫌われて、結婚話はパア。ようするにマザコンなのよ、あの男は」

紅茶カップを盆に載せて樋口まいがサロンに入ってきた。

「あたしの分はないみたいね」

弥生が窓から目を離し、樋口のほうを見ながら、皮肉るように口を歪めた。

盆の上には二つの紅茶カップしかなかった。

「大崎さんは紅茶よりもお酒のほうがお好きかと思いまして」

樋口も皮肉を返した。

「邪魔者はとっとと帰れってか。はいはい。分かりました。もうおいとましますよ」

そう言って、窓辺から離れると、よろけながら脱ぎ捨ててあったハイヒールを履き、バッグの紐《ひも》を肩にかけた。

「篠原が帰ってきたら、よろしく言ってね。それから、今月分、どうもありがとうって。来月も頼むわ」

仏頂面《ぶっちょうづら》をしている樋口まいにそれだけ言うと、あぶなっかしい足取りで玄関まで歩いていった。

玄関のドアを開けながら、何を思ったのか、くるりと振り返ると、

「あんたさ、笑顔を忘れたらいい女優にはなれないわよ」

と、樋口まいのほうを見ながら捨てぜりふを残して、バタンと音をたててドアを閉めた。

2

「もうっ。ずうずうしいったらありゃしない」

盆をテーブルに置きながら、腹に据えかねたように、樋口まいは言った。

「十年以上も前に離婚したのに、まだ女房気取りでいるんだから」

「大崎さんはああしてよく来るんですか」

窓辺から離れて、ソファに戻ってくると、貴島は樋口にたずねた。

「ええ。二月《ふたつき》にいっぺんくらいの割合でフラリと。買い物に横浜まで来たとか、なんか口実をもうけては立ち寄っていくんです。どういう神経してるのかしら」

樋口はプンプンしながら言う。

「離婚の原因だって、一方的に向こうが悪いって話なんですよ。何度も浮気したとかで。無一文でたたき出されたって文句は言えない立場なのに、いまだに、先生はあの人の口座に毎月の生活費を振り込んでいるんです」

大崎弥生が言っていた「今月分」というのは、篠原が振り込んでいるという生活費のことらしい。

「彼女は今でも女優をしてるんですか」

貴島はたずねた。

「まーさか。ご覧になったでしょう？　あの人、完全にアルコール中毒ですよ。今日だって、来たときからお酒の臭いをさせていたんです。昔は少しは売れてた時期もあったらしいんですけど、お酒に溺《おぼ》れるようになってからは、仕事もうまくいかなくなって、今は誰からも相手にされません。しばらく病院に入ってたって噂も聞いたことあります。先生と別れてから男をとっかえひっかえ。でも長続きしないんです。数年前から息子みたいな若い男と暮らしていたらしいけれど、その男とも最近うまくいかなくなったとか。ああなったら、もうおしまいだわ」

樋口まいは若い女性らしい潔癖《けっぺき》さを剝《む》き出しにして、手厳しく大崎を責めた。

「篠原さんはなぜ今でも別れた奥さんの面倒を見ているんでしょうね」

貴島は疑問に思ってたずねた。妻の浮気が原因で別れたなら、二度と顔も見たくないというのがふつうではないだろうか。それなのに、ああして訪問を許し、それどころか月々の生活費まで与えているという。

篠原という男はよほど寛大な性格なのか、それとも何かそうせざるを得ない理由でもあるのか。

「さあ、詳しいことは知りませんが、先生が今でもあの人の面倒を見てやってるのは、あの人をあんな風にしてしまったのは、ご自分だと思いこんでいるせいかもしれません」

「というと?」

「先生には結婚する前に他に好きな人がいたらしいんです。でも、その人が何か事件を起こして自殺してしまったとかで」

「それは佐川桐子という女性ではありませんか」

「さあ。名前までは知りませんが。同じ劇団にいた人だったそうです。とにかく、先生はそのショックから逃れるために、弾みで手近にいたあの人と結婚してしまったらしいんです。最初から愛情なんかこれっぽっちもなかったんです。だから、すぐにうまくいかなくなって、おまけに、大先生があの人を毛嫌いして、それで、それまでは一滴も飲めなかった人がお酒に救いを求めるようになったんだそうです」

「大先生というのは――」

「先生のお母様のことです」

「中庭を散歩していた女性ですね」

「ええ。大先生はここではなくて、あちらの別館のほうに住んでいらっしゃるんです」

樋口はちらと中庭の見える窓のほうに視線を投げ掛けながら言った。

「目がご不自由のようですね」

樋口は頷いた。

「八年前に老人性の白内障を患《わずら》ったそうで、殆ど見えないそうです。お年のせいで足腰もめっきり弱くなられて、今では車椅子を使わないと外にも出られないようです。そのせいか、ひどい人嫌いになってしまわれて、あちらの別館に引きこもっておられるんです。こちらには、あたしを含めて、今は四人の塾生が寝泊まりしているんですけれど、あちらに出入りが許されているのは、裕也君だけです」

「さっき、車椅子を押していた青年？」

やはりあれは麻生裕也だったようだ。

「はい。なぜか、彼だけは大先生に気にいられていて、時々ああして散歩のお相手をしているんです」

「霞さんの面倒を見ているのは、あの青年なんですか」

「いいえ。六年ほど前から宮本春子《みやもとはるこ》さんという元看護婦をしていた人が別館に住み込んでお世話をしています。以前は、宮本さんがよく大先生の車椅子を押していたらしいんですが、三年前に裕也君が来てからは、大先生にすっかり気にいられて、散歩のお相手は彼の役になりました。さっきのドーベルマン、ご覧になりましたでしょう？　ジョンといって大先生の愛犬なんです。あれがボディガードをしているんですよ」

「ボディガード？」

「大先生の嫌いな人や外部の者が無断で別館に近付こうとすると、あれをけしかけるんです。あたしたちは大先生の人嫌いを知っているから近付きませんけど、知らない人が近付いたら大変です。去年、大先生の写真を撮《と》ろうとした写真週刊誌のカメラマンが敷地内に忍び込んだことがあったんです。こっそり別館に近付こうとしたら、ジョンが飛び出してきてもう大変。その記者さん、とうとう庭の木によじ登って、助けてくれえって」

　樋口は思い出したようにくすっと笑った。

「ジョンの名前は、大先生が好きだった俳優のジョン・ウェインから取ったんだそうです」

「それなら頼もしいはずだ」

　貴島は苦笑した。

樋口はそこまで話すと、ちらと腕時計を眺め、

「あの、もう用がなければ、あたし、ちょっと出掛けたいんですが」

と切り出した。

「ああ。これはどうも」

貴島は座りかけたソファから立ち上がった。

「それで、さっきの話だと、篠原さんはしばらくは戻られないということでしたが」

「ええ。箱根のロケは一日で終わると聞いていますが、そのあともしばらく東京での仕事があるので、あちらのマンションに滞在することになると思います」

「あちらのマンションというと？」

「麻布にマンションを借りているんです」

「そこの住所と電話番号は分かりますか」

貴島は手帳を出しながら言った。

「はい。少々お待ちください」

樋口はそう言って、サロンに備え付けた電話機のそばのアドレス帳を取り上げると、篠原が借りているというマンションの住所と電話番号を伝えた。

貴島はそれを手帳に書き留めると、飯塚を促して篠原邸をあとにした。

3

篠原邸の門を出て山手本通りに戻り、来た道を駅のほうに引き返そうとすると、飯塚ひろみがつと貴島の袖を引いた。

「あの――」

「なに？」

「せっかくここまで来たんですから、ちょっと港まで足延ばしてみませんか」

おもちゃをねだる子供のように袖をつかんだまま、もじもじしながら言う。

ここから十四、五分も歩けば、港の見える丘公園に出られる。そこからフランス橋を渡って山下公園に出て、中華街経由で戻ったとしても大した道草にはならない。

「そうだな。ハマの潮風にあたってから帰るか」

貴島は同意した。

二人は山手本通りを港の方向に歩き出した。

落ち葉が舞う石畳の散策路には、若者のグループや、寄り添って歩く若いカップルの姿が目についた。

港町に付き物の外人墓地を通り過ぎると、ゲーテ座跡の赤煉瓦の洋館が見えてきた。

港の見える丘公園はその向こうにあった。

真ん中に植込みの植わった通路を行くと、右手に薔薇園がある。すでに秋の花季は過ぎていたが、それでも白やサーモンピンクの薔薇がちらほらと咲いていて、午後の日ざしに輝いている。イーゼルを立てて絵を描いている人がいた。

薔薇園の彼方には、イギリス総領事館の灰色の建物。

公園の中心には、焦げ茶の屋根に白塗りの手擦りの付いた展望台があって、そこから、横浜港が一望のもとに見渡せる。

若者の姿が多い。

しかも殆どがカップルである。港の風景などそっちのけで、寄り添い、額を寄せてささやきあっている恋人たちでどのベンチも満員御礼状態だった。

「カップルが多いなあ」

貴島は目のやり場に困ったような顔でぼやいた。ベンチで抱き合っているカップルから思わず目をそらすと、そのそらした先で、また別のカップルが抱き合っているのだから始末におえない。見ないようにするには空でも仰ぐしかなかった。

「でしょう?」

飯塚が待ってましたとばかりに口を尖《とが》らせた。

「前からアッタマに来てたんです、あたし。だって、たまの非番に車ころがしてきたりすると、周りはカップルだらけなんですもん。それがもう競いあうようにベタベタイチャイチャ。目の毒もいいとこです。それでも、たまあに一人でベンチに座ってる女の子がいたりするんですよね。こう寂しげに肩なんか落として。あ、あの子も一人かしら、なんて思ってひそかに親近感を抱《いだ》きそうになると、なんのこたあない、トイレに立っていた彼氏がすぐに戻ってきたりして」

「たしかに、ここは一人で来るところじゃないな」

貴島が呆れたように言った。

人の恋路を邪魔するわけではないが、なにもいちゃつくためだけに、わざわざこんなところまでやって来ることもなかろうに、とつい思ってしまう。

「ホント。もうあてられっぱなしで、惨《みじ》めな気分になっちゃうんです。だから、一度、ここをこうして誰かと腕でも組んで一緒に歩いてみたいなあって思ってたんです」

そう言って、飯塚はチャッカリ腕を組んできた。

「お、おい」

「いいじゃないですか。腕くらい貸してくれても。減るもんじゃなし」

「………」

「こうしてると、まさか、あたしたちが刑事だなんて誰も思いませんよ。はたから見れば、もう立派なカップル」

立派なカップル？　破《わ》れ鍋に綴じ蓋がもう一つ増えただけじゃないか。

貴島は辟易《へきえき》しながらも、まんざら悪い気もせず、あえて腕を振り払おうとはしなかった。

プラタナスの枯れ葉が舞う、森林公園、フランス山を抜けて、フランス橋を渡ると、目の前にマリンタワーが聳《そび》えている。

橋を渡りきると、ちょうど山下公園の水の階段に出た。

港に面して長さおよそ一キロにわたって広がり、背後に銀杏《いちょう》並木とホテル群を控える、この臨海公園にも、やはり若者の姿が多かった。

ラジカセから流れるロックに合わせてパフォーマンスやら手品を見せる青年。それを取り巻いて眺める若者たち。

岸壁にはかつては北米航路の定期船として活躍した氷川丸が威容を見せて係留しており、彼方には西日を浴びた白い港内遊覧船が行き来していた。

港の北西の方向には、よこはまコスモワールドの巨大な観覧車と、帆船《はんせん》の帆をかたどったユニークな形のホテルの建物が聳えている。

中空では夥《おびただ》しい数のかもめが鳴き交わしていた。

「同じ港町でも違うものですね。横浜には今を感じます。ここへ来るとなんか元気が出ます」

飯塚は目を細めて港を見詰めながら言った。

おそらく函館の風景と比べているのだろう。たしかに、函館には、港町としては「過去」しかないが、横浜には、「今」と「未来」のエネルギーが感じられる。

「でも、函館という街のもってるノスタルジアも捨て難いです。ほっとしますもの」

「横浜は元気が出て、函館はほっとするか」

「ええ。だから、どっちもいいです。古くても新しくても港町って、あたし好きなんです。山に比べると、海は単調で変化に乏しくてつまらないって言う人もいるけど、そんなことないと思うけどな。なんてったって海は人類の故郷ですもの。母親みたいなものじゃないかしら。海の見えるところにくると元気が出たりほっとしたりするというのは当然かもしれませんね。あ、そうそう。母といえば、三好達治《みよしたつじ》の詩にこんなのがあります。『海よ、僕らの使ふ文字では、お前の中に母がゐる。そして母よ、仏蘭西《フランス》人の言葉では、あなたの中に海がある』」

飯塚はすらすらと口に出した。

「ナルホド。さすがに詩人はうまいこと言うね。海に母。ラ・メールにメールか」

「でも、この詩は単なる言葉遊びじゃありませんね。たしかに海には母親のイメージがあります。万物の源であると同時に万物の最後に帰りつく場所。はじめであると同時に終わりでもあるところ。怒れば破壊的な怖さをもつと同時に、どんなものでも受け入れてしまう懐《ふところ》の深さもあわせもつ——」

「人間の体液には、ちょうど海水と同じ濃度の塩分が含まれているというからね。誰でも自分のなかに海を持っていることになる。とりわけ母親はその海で胎児《たいじ》を育てるわけだから、そういう意味でも海は人類の源であるわけだ」

「そうですね。最後は海で死にたいと願う人が意外に多いのも、あれは本能的に自分の生まれたところに戻りたいと願うのかもしれませんね」

「佐川桐子もそうだったんだろうか」

貴島はふと呟いた。

「え?」

「死んでいたらの話だが。北の漁港で育った佐川は、死に場所に日本海を選んだ——」

そう言いながら、貴島ははっとした。奥沢峻介の書斎の本のなかから偶然に見付けた佐川桐子の写真にあれほど心惹かれたのは、あのとき、写真のなかの見知らぬ女に、幻の潮の匂いを嗅《か》いだせいかもしれない、と思いあたったからである。

元刑事の稲垣伍一も言っていた。佐川桐子は、「身体《からだ》に潮風の匂いが染み込んでいる。そんな娘だった」と。

佐川桐子の、若いのに母性的な感じのする笑顔には、あれはまさに海を間近に見たときに感じるような、懐かしさと安らぎがあった。

だから惹かれたのではないか。

「でも」

飯塚が言った。

「あたしは佐川は生きていると思います。大崎弥生の話を聞いていよいよそう思えてきました。だって、そうじゃありませんか。篠原と佐川は単に同じ劇団にいたことがあるってだけの仲じゃなかったっていうんですから。だとすると、どう考えても佐川の写真を見せられたときの篠原の反応はおかしいですよ。一度は結婚まで考えていた女を、しかも、その後であんな事件を起こした女をそうたやすく忘れるはずがありません。やっぱり篠原は何か知っています。知っていて隠しているんだと思います。隠す理由も分かります。篠原はまだ佐川に愛情を持っているからです」

「しかも、大崎の話だと、佐川桐子は背ばかりヒョロッと高い娘だったっていうからな」

「そうです。年齢だけじゃなくて、やはり背恰好も千里に似ていたってことです。佐川桐子は絶対生きてますよ。どこかに身を潜めて生きています。佐川を見付けることができれば今度の事件は解決したも同然です」

飯塚はそう言って目を輝かせた。

たとえ佐川桐子が函館に現われた女だったとしても、上山や奥沢を殺した犯人だとは限らない。とりわけ、上山幹男を殺すことは彼女には物理的に不可能だったはずだ、と貴島は思ったがあえて口には出さなかった。

函館に現われた女が今度の事件の鍵を握っている――奥沢千里の鍵を持ち去ったらしいという文字どおりの意味においても――ことは明らかであり、その女が佐川桐子だとしたら、その佐川を捜し出すことが事件解決への第一歩であることは間違いなかったからである。

4

「なんだ、きみたちか」

ドアを開けて、貴島たちを見るや否《いな》や、篠原剛は一瞬鼻白《はなじろ》んだような顔をした。

横浜から帰ったあと、樋口まいから聞き出した麻布のマンションに何度か電話を入れたが、篠原はなかなかつかまらず、ようやく、夜の九時すぎに受話器のはずれる気配がした。

樋口の話では、このマンションには篠原は一人で住んでいるということらしかったから、帰宅した篠原自身が受話器を取ったに相違ないと判断して、間違い電話の振りをして電話を切り、そのままマンションに直行してきたのである。

「今度はサインでももらいに来たんですか」

飯塚ひろみのほうをちらと見て、篠原は皮肉っぽい微笑を浮かべた。

「夜分に申し訳ありませんが、佐川桐子という女性の件で少し伺いたいことがあるのです」

貴島は単刀直入に言った。

「佐川君のことならこの前知っていることは全部話したよ」

篠原はそっけなく答えた。

「そうでしょうか。篠原さんなら、もう少し詳しいことをご存じのはずですが」

「どういう意味だ？　それに彼女は事件とは関係ないんだろう？　たしかこの前きみはそう言ったはずだが」

篠原の眉間《みけん》に不機嫌そうな皺《しわ》が刻まれた。

「それが、調べていくうちに、佐川桐子という女性が今回の事件に何らかの形でかかわっていたのではないかという疑いが出てきたんです。今度は無駄話をしに来たわけではありません」

「佐川桐子が今度の事件にかかわっている？」

篠原は豚が空を飛んだとでも聞かされたような顔をした。

「そんな馬鹿な。前にも言ったように彼女は――」

そう言いかけて篠原は口をつぐんだ。エレベーターからこの階の住人らしき女性がおりてきたのを見ると、「まあ、なかで伺いましょうか」と、貴島たちをなかに通した。

「彼女はもうすでに亡くなっているんだよ」

リビングに入ると、篠原は続けた。

「知ってます。それも事故や病死ではなく、強盗殺人の果てに投身自殺したそうですね」

貴島は言った。

「先日、喫茶店でお目にかかったときには、そこまでは話してくれませんでしたが、知らなかったんですか。それともお忘れでしたか」

篠原はリビングのソファに座ると、テーブルの上の煙草を探りながら少し笑った。

「実をいうと」

煙草をくわえながら言う。

「佐川桐子のことは写真を見せられたときにすぐに思い出したよ。もちろん、彼女がどんな死に方をしたかも覚えていた」

「それなのに話してくれなかったのはなぜですか」

「思い出したくなかったからさ。彼女のことを話せば、いやでも昔のことを思い出す。それが嫌だったんだ。それに、あのとき、佐川が事件に関係あるのかと聞いたら、きみはそういうわけではないと答えた。もし事件に関係していることだったら、私だって知っていることは全部話したさ。警察の捜査に協力するのは善良なる市民の義務だからね。しかし、きみが彼女のことを知りたがっているのは、どうも事件とは関係ないように見えた。だから黙っていたのだ。いくら善良なる市民でも、刑事が個人的な興味で調べていることにまで、協力する義務はないだろう？」

今夜の篠原は、以前、奥沢夫妻の葬儀場で会ったときよりも若々しく見えた。というのたった演劇青年のような感じだ。黒のタートルネックのセーターに黒のズボンという軽快ないでたちのせいかもしれない。前はがっしりして貫禄《かんろく》があるように見えた体格も、こうして見ると、むしろ華奢《きゃしゃ》に見える。役者というものは、衣服を変えるように簡単に、雰囲気やイメージまで変えてしまえるものなのかもしれない、と妙なことに感心しながら、貴島は言った。

「今なら協力してもらえますか。善良なる市民として」

「それはきみの答え次第だね。もう一度聞くが、すでに亡くなっている佐川桐子が例の事件に関係しているというのはどういうことなんだ？」

針のような光を湛《たた》えた鋭い目で篠原はちらと貴島のほうを見た。

「佐川桐子は死んではいないかもしれません」

「なんだって」

篠原は煙草の煙にむせたような顔をした。

「彼女が生きてるというのか」

「その可能性はあります」

「一体どこからそんな荒唐無稽《こうとうむけい》な考えを仕入れてきたんだ」

「そんなに荒唐無稽ですかね。巣鴨署の元刑事という人に会って、十五年前に彼女が引き起こした事件について詳しく聞いたのですが、東尋坊に身を投げたはずの佐川の遺体は結局発見されなかったというではありませんか」

貴島は言った。

「だけどさ、もし佐川が生きているとしたら、十五年もどこでどう身を潜めていたというのかね。当時の警察だって、すぐに彼女の自殺を信じたわけでもあるまい。当然、偽装自殺という線は疑ったわけだろう？　どこかに隠れ潜んでいたとしても、十五年も発見されずにいるもんですかね。それに万が一、彼女が生きていたとしても、そのことがどう世田谷で起きた事件と結びつくんだ」

「十五年前の強盗殺人の本当の首謀者は奥沢だったという人もいるのですが、あなたはその点についてはどう思われます？」

「同感だね。あんなことを佐川が一人で思い付くわけがない。狡猾《こうかつ》な奥沢にうまく利用されたとしか考えようがないね」

篠原は苦い顔で言い捨てた。

「あの事件には、もう一人、奥沢の友人だった上山幹男という男もかかわっていたということについては？」

「そこまでは知らないな」

「巣鴨署の元刑事が言うには、十五年前の事件は、奥沢と上山が共謀して、佐川桐子を操って起こした事件だというのですが？」

「刑事がそう言うならそうだったんだろう」

篠原は曖昧な口調で呟いた。

「もし十五年前の事件の裏にいたのが奥沢だとしたら、彼はまた同じことをしようとしたという考え方もできるわけです。妻の千里さんに掛けた保険金めあてに、上山と佐川を再び共犯に巻き込んだ――」

貴島は簡潔に奥沢峻介の殺人計画と、函館に現われた女のことを話した。

「それが佐川だったというのか」

篠原は驚いたような顔で聞いた。もっともほんとうに驚いたかどうかは分からない。

「もし東尋坊での身投げが偽装だとしたら、奥沢と上山も彼女の偽装自殺に一枚くわわっていたはずです。ということは、当然、その後の彼女の消息についても知っていたと思われます。佐川が当時の捜査の網をどうくぐり抜けたのかは分かりませんが、おそらく、名前も身のうえも偽ってどこかに身を潜めていたはずです。もしかすると整形でもして顔も変え、全くの別人となっている可能性もあります。もし彼女がどこかで全くの別人として暮らしていたとしたら、たとえ時効の成立した事件でも、自分の後ろ暗い過去は隠したがるはずです。その弱みにつけこんで、奥沢たちが今回の保険金殺人に彼女を巻き込んだとは考えられませんか」

「まるで小説か芝居の筋書《すじがき》でも聞いているような話だが、佐川桐子の遺体が発見されていない以上、そういう推理も成り立たないわけじゃないだろうな。私にはとても信じられないが、まあいい、百歩譲って、桐子がどこかで生きていたとしよう。そして、十五年たって、奥沢の計画した妻殺しの片棒をかつがされたとしよう。たとえそれが事実だったとしても、きみたちがそんな話をしになぜ私のところへ来たのかサッパリ分からないな」

　篠原はソファに深々と腰掛け、瞑想《めいそう》するようなまなざしで煙の行方を見詰めながら、一言一言嚙《か》みしめるように、ゆっくりとしゃべった。まるで覚えたばかりのセリフを言うように。

「率直に申し上げると、篠原さんも佐川桐子の消息を知っているのではないかと思ったからです」

正攻法すぎる気もしたが、とりあえず、そう言ってみた。

「私が？」

篠原は吹き出しかねない顔をした。

「もし、佐川のことで何かご存じのことがあったら、包み隠さず話していただきたいのですが」

「包み隠す気はないさ。協力したいのは山々なんだが、あいにく話すことは何もないんだよ。私もこの十五年というもの、佐川桐子は死んだとばかり思いこんでいたんだから。でも、もしどこかで生きていたとしたら、彼女のためにひそかに祝杯でもあげたい気分だね」

やはりこの男は一筋縄《ひとすじなわ》ではいかないなと、貴島は腹のなかで舌打ちし、少し攻め方を変えてみようと思った。

「ところで、佐川の写真を見せられたとき、すぐに彼女のことを話さなかったのは、思い出したくないことがあったからだと、さきほどおっしゃいましたが、さしつかえなければ、それを話していただけませんか」

「プライベートなことだよ。話す義務はないと思うが」

篠原はそっけない口調で言った。

「義務はありませんが、それを話していただけないと、あなたが佐川のことで何か知っていて、それを隠しているのではないかという疑いをこちらとしても捨てるわけにはいかないのです。疑いがある以上、これからも何度でもお邪魔して、ご迷惑をおかけすることになるかもしれません」

「威《おど》してるつもりか」

「とんでもない。協力をお願いしているだけです」

「協力ね」

篠原は聞こえよがしの溜息をつくと、煙草の吸いさしを灰皿に押し付けて消しながら思案するように俯《うつむ》いていたが、

「ごく若い頃だが、佐川との結婚を真剣に考えていた時期があったんだよ。彼女もその気になってくれたので、横浜の家に連れていって、母に会わせたことがある。父はすでに他界していた。桐子は若い頃の母にどこか似ていたし人柄もよかったから、気難しい母も彼女なら一目で気にいってくれるものとばかり思ってた。今から思えば、若かったとしか言いようがないが――」

篠原は自嘲《じちょう》ぎみに笑った。

「母は昔、映画女優だったんだよ。むろん、その頃は引退していたが」

「知ってます」

「母の主演した映画を見たことがある？」

「いや、ぼくは――」

貴島がそう言いかけると、横合いから飯塚が口をはさんだ。

「あります、あります。何本も見ました」

「若いのにあんな古い邦画を見たことがあるとは物好きだね」

篠原は飯塚のほうにちらと視線を向けた。

「学生のときに邦画研究会というのに入っていたものですから」

「霞令子はどういう印象でした？」

「そうですね、えーと――」

「さわやかで清純ではつらつとして誰にでも愛され、誰をも愛する乙女。他人を憎んだり呪ったりするなんて一生涯ありそうもないような、小鳩みたいな心優しい乙女――ってとこだろう、どの役柄も」

「はあ、一言で言えばそうでしたね、そういう役柄が多かったような気がします」

「多かったんじゃなくて、そういう役しかやらなかったんだよ、あの人は。というか、やらせてもらえなかったと言うべきか。あれは完全に作られた虚像だった。大衆が望むままのイメージを制服のように纏《まと》っていたにすぎない。小奇麗なガラスの靴に無理やり大きな足を突っ込んでいたようなものだ。はみ出した足が傷ついて血を流さないわけがない。銀幕の裏の彼女は小鳩とは似ても似つかぬ存在だったよ。もっとも、鳩というのは実際はかなり獰猛な鳥らしいから、そういう意味でなら鳩のようなとも言えるが」

三人の間に少し重苦しい沈黙があった。

「女は――」

篠原は話題を変えるようにふと言った。

「自分に似ている女、とりわけ若い頃の自分に似ている女を憎むんだね」

「え？」

「憎むんだよ。自分に似ているから気にいるかと思ったら、そうじゃない。反対なんだ。骨の髄《ずい》まで憎むんだ。あれはどういう心理なんだろう。いまだに分からない。自分が失ってしまったものを丸ごと持った若い女の存在というのは我慢のならないものなのだろうか。それとも、母だけが特別だったのだろうか」

「お母さんは佐川桐子を嫌ったのですか」

「全く受け入れようとしなかった。とりつく島もないというのはああいうことを言うのだろうね。それで、私も若かったし、桐子もひどく傷ついて、私たちの仲にはいわば見えないひびが入ってしまった。そんなときだ。奥沢が桐子に接近してきたのは。桐子は早く結婚したがっていた。家庭というものを持ちたかったんだろうと思う。子供の頃に両親をなくして、引き取られた家には愛はなかった。だから、家庭的なぬくもりに飢えていたんだ。奥沢は目端《めはし》のきく男だったから、すぐに桐子のそんな潜在的な願望を見抜いて、結婚を餌にして、自分のほうに引き付けてしまった。私にはどうすることもできなかった。引き戻そうにも、私には母を捨てることはできなかったし、彼女が欲しがっている家庭を提供できるという自信もなかった。そうこうするうちに、一足さきに劇団をやめた奥沢を追いかけるようにして桐子は劇団をやめ、私の前から姿を消した――」

「それで、あなたは、同じ劇団にいた大崎弥生という女性と結婚したのですね」

貴島が言った。

そこまで知っているのかという目付きで、篠原は目の前の相手を見た。

「弥生との結婚は半ば弾みみたいなものだった。今から思えば誰でもよかったんだ。たまたま手近なところに弥生がいたというにすぎなかった。桐子のことはあれほど憎んだ母も、弥生に関してはそれほど嫌悪はしめさなかった。弥生は母とは正反対というタイプだったから、かえって安心したのかもしれない。もっとも、それはごく最初だけで、そのうち、母は弥生のことも嫌うようになったがね。結局、結婚生活は長くは続かなかった。三年ほどで私たちは別れた」

「その大崎さんですが、聞いた話だと、離婚の原因はあちらにあったそうですね」

「聞いた話って、誰から聞いたんだ」

篠原がぎょっとしたように言った。

「実は、昼間、横浜のお宅のほうに伺ったんですよ。そのとき、大崎さんに偶然お会いしたというわけでして」

「……」

「話を戻しますが、あなたは今も大崎さんの口座に毎月の生活費を振り込んでいるそうですね。離婚の原因があちらにあったのに、なぜですか？」

「そんなことまで話さなくちゃいけないのかね。それとも、これも何か事件に関係しているとでも言いたいのか」

「いいえ。たんなる個人的な興味です」

「きみはちょっと個人的な興味が多すぎるんじゃないのか」

　篠原はあざ笑うような表情で言った。

「そうかもしれません」

「そんなに公私混同していて、よく公僕がつとまるな」

「興味というのは不思議なもので、最初はごく個人的なものでも、それが何かの拍子に捜査に結び付くことがあるんですよ。だから、興味というか、少しでも疑問に思ったことは、それがたとえ私的なものでも、疑問を感じた段階で解決するようにしています。もちろん答えたくなければ答えなくても結構ですが」

「まあいいさ。隠すほどのことじゃない。弥生に今でも生活費を渡しているのは、一言でいえば同情だよ」

「同情、ですか」

「そうだよ。あの女に会ったなら、きみだって分かるはずだ。幸福に暮らしているように見えたかね？　四十五にもなって家庭もなく仕事もない。朝から酒びたりで別れた夫の家に恥も外聞もなく押し掛けてくるような女だ。幸福なわけがない。私が見捨てたらあれは生きてはいけないだろう。若い頃から美貌《びぼう》と肉体だけを頼りに世の中を渡ってきた女だから、それを二つともなくした今となっては、酒にでも溺れるしか生きようがないのさ。いや、奇麗ごとを言うのはよそう。実をいうと、同情だけじゃない。こちらにも世間体というやつがある。一度でも妻と呼んだ女が、どこかで野垂《のた》れ死《じに》でもしたら、外聞が悪いじゃないか。マスコミに嗅ぎ付けられて騒がれでもしたら不愉快だ。だから、人並みの生活くらいはできるようにしてやってるのだよ。ただそれだけさ——」

電話が鳴った。

「それだけですか」

「ああ、それだけだ。ちょっと失礼」

篠原は立ち上がると、電話を取った。

「もしもし」

貴島たちのほうに背中を向けるようにして話しかけた。

「きみか」

やや間があって、声を潜めるように言った。あまり歓迎したくない相手だったらしい。声に、うんざりしたような調子があった。

「——そうらしいね」

相手の話に応じるように短く答えた。

あとは相槌《あいづち》もうたずに相手の言うことを聞いている。その背中に貴島たちを意識しているような強張りが感じられた。

「アップ？」

よほど思いがけないことを言われたらしく、篠原の声が突然大きくなった。

「アップしろってどういうことだ」

今度は慌てて声を低める。

「これから？　今夜は無理だ。疲れているし、それに今、来客中だ」

厳しい口調で言う。

相手が何か言い返したらしい。

「わかった。これから行く。ああ、話はそのときに」

半ばたたきつけるように受話器を置いた。

「お聞きのとおりです。急用ができましてね。悪いがお引き取り願えませんか」

くるりと向き直ると口元に微笑を浮かべてそう言った。たたきつけるように受話器を置いたところを見ると、けっして愉快な「急用」ではないはずなのに、それを悟られまいとしてか、笑みを浮かべている。

「分かりました」

貴島はすぐに立ち上がった。

「どんな急用か聞かないのかね」

貴島があっさり立ち上がったので、篠原はいささか拍子抜けしたような顔をした。

「それとも、今の電話はきみの個人的な興味を引き起こさなかったのかな」

「聞いたら答えてくれるんですか」

「その気はないね」

「だったら聞くだけ無駄でしょう。どうもお邪魔しました」

貴島と飯塚が出ていこうとすると、電話のそばにまだ立ち尽くしていた篠原剛が、「きみ――」と呼び止めた。

貴島は黙って振り返った。

篠原は片手をズボンのポケットに突っ込んだまま、奇妙な表情をして立っていた。

「なんですか」

「きみが前に見せてくれた写真だが――」

聞きにくいことを聞くようなためらいがその顔に浮かんでいた。今までの彼の表情がたぶんに意識的に作られたものだとしたら、この顔は素顔に近いような気がした。それは、五十に近い、それなりに社会的地位を得た男がするには、あまりにも無防備で子供っぽい表情といってもよかった。

「佐川桐子の写真だよ。あれは一体どこから探してきたんだ」

「奥沢峻介の書斎の本棚のなかからです。ある本の頁《ページ》に挟まっていたんです」

「そのときは彼女のことは事件に関係あるとは思わなかったんだろう?」

「ええ」

「それじゃなんで、あんな写真を持ち歩いていたんだ」

「ちょっと個人的な興味に駆られたもので」

貴島はにやりとして答えた。

「個人的って、どういう?」

篠原はにこりともしないでそうたずねた。

「どういうって、うまくは言えませんが」

貴島は篠原を見た。篠原は何かを期待するような、問い掛けるような、不思議な輝きを秘めた目で貴島の顔をまともに見返していた。

「あの写真の女性に何かひかれるものがあったとしか言えません。この女性のことをもっと知りたい、ただそう思っただけです」

篠原の目にほんの一瞬だったが、親しい友人を見るような色が宿った。

「それが何か?」

「いや、別に。なんでもない」

俳優はそう言って、刀を鞘《さや》におさめるように目を伏せた。

5

十一月五日、午後六時すぎ。目黒にある住宅街の一角に一台の車が停まったかと思うと、運転席のドアが開いて、背中に刺繡《ししゅう》のついた派手な紫色のブルゾンを羽織った二十四、五の男が降りてきた。

「あたしも手伝おうか」

助手席から目じりのたれた、飢えた子狸《こだぬき》みたいな顔をした若い女がヘッドホンをはずしながら言う。

「運び出すのは衣類だけだからな。おまえはここで待ってろ」

「オバハン、留守なんだろ」

「昨日から何度電話しても出ないとこみると、たぶんな」

「それならさ、衣類だけなんてケチなこと言わないで、ついでにめぼしいもの戴いてきちゃおうよ」

まだ十代に見える若い女はそんなことを言いながらシートベルトをはずすと、助手席のドアを開けて出てきた。

「よせやい。そんなことしたら泥棒じゃないか。警察に訴えられちゃうよ」

「なんだよ。三年も一緒に暮らしてて、あんたのものは衣類だけなのかい」

「その衣類だって、ほとんどオバハンに買ってもらったんだけどな」

「呆れた。雄二《ゆうじ》って正真正銘《しょうしんしょうめい》のヒモだったんだね」

「悪かったな」

黒岩《くろいわ》雄二は口をとがらせると、「大崎弥生」と表札のかかった家の門を慣れた手つきで開けた。門の新聞受けには二日分と思われる朝夕刊がこぼれ落ちそうな恰好で突っ込まれている。

「やっぱ、留守だ」

雄二は新聞を指先でピンとはじいて、連れの女、真弓《まゆみ》のほうを見てニヤリとした。

玄関ドアの前までくると、ブルゾンのポケットを探って合鍵を取り出した。鼻歌を歌いながら鍵を鍵穴に差し入れ、カチャリと回して、ドアのノブを引っ張った。

「あれ？」

小さく雄二が呟く。

「どうしたんだよ」

連れの女、真弓がガムを噛みながら雄二を見た。

「鍵かかってら」

「え？」

雄二は首をかしげながらノブをガチャつかせたが、ドアは開かなかった。

「内鍵だ。内鍵がかかってるんだよ。このドア、二重鍵になってるから」

「てことは、オバハン、なかにいるってこと？」

「らしいな」

雄二は舌うちして、弥生がなかにいるという事実と、表に新聞がたまっていたという事実との矛盾《むじゅん》に頭を悩ませることもなく、チャイムを鳴らした。

立て続けにチャイムを鳴らしたが、なかから人が出てくるような気配はなかった。

二人は顔を見合わせた。

「風呂にでも入ってるのかな」

雄二はそう言うと、首のあたりを掻《か》きながら、裏に回った。真弓も後をついてくる。

リビングの明かりは消えていた。雄二はカーテンのしまったサッシのガラス戸を開けようとしたが、ここもなかから施錠《せじょう》してあった。

「おい、開けてくれよ。おれだよ。雄二だよ」

ガラス戸を拳《こぶし》でガンガンたたいた。

誰も出てこない。

「ねえ、ちょっと。ここの明かり、ついてるよ」

真弓の声がした。行ってみると、北側の風呂場の窓に明かりが灯っている。

やはり風呂に入っていたのか。

雄二はその窓に近付いた。

「弥生さん。おれだよ」

鉄格子のはまった窓に向かって呼び掛ける。

明かりがついているのに、なかからは何の応答もない。水音もしなかった。

雄二はまた首筋を掻いた。

参ったな。まだ怒ってるんだ、きっと。

真弓とこっそりつきあっているのがばれて、大喧嘩《おおげんか》の果てに弥生の家を飛び出したのが一月《ひとつき》ほど前だった。

「あのさあ、おれの荷物取りに来たんだけどさあ」

雄二は明かりのついた窓に呼び掛けた。

そりゃ、この家にはおれのものなんて呼べるものは何ひとつありゃしないさ。でも、衣類の一部はバイト代で買ったものもあるし、それに、衣類よりも大切なのは、いつか見に行った巨人戦で手にいれた原辰徳《はらたつのり》のホームランボールだ。隣りに座ってたやつと取っ組み合いの末に、相手に頭突《ずつ》きをくらわせて勝ち取ったおれの宝ものなんだからな。

「弥生さん——」

もう一度呼び掛けたとき、

「ねえ、なんか変だと思わない？」

真弓がガムを嚙むのも忘れたような顔で雄二に言った。

「何が？」

「新聞受けに新聞たまってたじゃん。オバハン、帰ってるなら、なんで取り込まないんだろ」

「………」

「もしかしたらさ、なかで倒れてるんじゃない？　脳溢血《のういっけつ》かなんかで。うちのじいちゃん、風呂場で倒れてそのまま死んじゃったよ」

「まさか」

雄二は窓に取り付くと、鉄格子から手を差し入れて窓を開けようとした。だが、すぐに頭を振った。

「だめだ。なかから錠がかかってる」

「どっか入れるとこないかな」

真弓はきょろきょろ、あたりを見回した。

「リビングの窓、割って入ってみようか。これだけ外で騒いで出てこないなんて、ふつうじゃないよ」

「そうだな……」

先に立ったのは真弓だった。そのお尻にくっつくようにして雄二が続いた。

真弓は庭を物色して手頃な石を見付けると、「ちょっとどいてな」と言って、それをガラス戸にぶつけて盛大な音をたてて割ると、なかに腕を入れてクレセント錠をはずした。

どこかの犬がほえはじめた。

ガラス戸を開けてなかに入ると、雄二はリビングの照明スイッチを手探りでつけた。明かりが灯る。テーブルには、殆《ほとん》ど空《から》になったスコッチの瓶《びん》と、三分の一ほど琥珀《こはく》色の液体の入ったウイスキーグラスが置いてあった。

そばのソファには、ストッキングやら下着やらが脱ぎ捨ててある。

「風呂場、こっち?」

そう言いながら、真弓は奥にずかずか入っていった。

右手のドアを開けて脱衣場に入り、ためらうことなく、風呂場のガラス戸に手をかけた。がらりと開けて、「あっ」と小さく声をあげた。

真っ赤に染まった湯船のなかに半ば顔まで浸《つ》かるようにして裸の女が入っていた。

6

「大崎弥生はスコッチを一本開けて、おそらく泥酔状態で風呂に入り、婦人用の剃刀《かみそり》で両手首を切ったんですよ」

十一月六日の午後。水は落としてあったが、まだ赤い水滴の残った生々しいバスタブを覗きこんでいる貴島柊志のそばで、南目黒署の中根《なかね》という若い刑事はそう説明した。

「遺体を発見したのは？」

「黒岩雄二と中沢《なかざわ》真弓という若者です。黒岩は三年前から大崎と同棲していたらしいんですが、一月くらい前に、中沢真弓とつきあっていることが大崎にばれて、それがもとで別れたらしいんです。それで、昨日、真弓と同棲することにしたので、ここに残してきた自分の荷物を取りに来たらしいんですね。ところが――」

中根刑事は二人の若者が大崎弥生の遺体を発見するまでのいきさつをざっと話した。

「すると、黒岩が合鍵で開けようとしたとき、玄関のドアには内鍵がしてあったわけですか」

貴島は風呂場を出て、リビングを通り、玄関に回った。

「そうらしいんです。確かに、黒岩の通報で我々が駆け付けたときには、このドアにはなかから錠がかかっていました」

ドアには外から鍵で開けられる錠と、その下にもう一つ、つまみを回して施錠するタイプの内鍵がついていた。

「それで、二人は、リビングの窓を割って、なかに入ったというわけか？」

貴島は独《ひと》り言《ごと》のようにつぶやいた。

「そうです。二階の窓も裏口もすべて錠がかけられていました。まあ、状況から見て、ほぼ自殺に間違いないでしょう。黒岩の話だと大崎は元は女優だったそうですが、最近は仕事にも恵まれず、酒びたりでだいぶ荒《すさ》んだ生活をしていたようですから。年下の男に逃げられて、発作的に世をはかなんだのかもしれません」

「死亡推定時刻は？」

「解剖の結果では、三日の午後八時から翌日の午前二時にかけてというところです。しかし、三日の夜十時すぎにここをたずねてきた、別れた旦那《だんな》の話だと、その頃までは生きていたというのですから――」

「別れた旦那って、俳優の篠原剛のことですか」

貴島は驚いて聞き返した。

「ええそうです。事件が報道されてすぐに篠原さんから署のほうに連絡が入ったんですよ。

三日の夜、大崎に電話で呼ばれて十時すぎにここをたずねたと」

　三日の夜といえば、麻布にある篠原剛のマンションをたずねた日だった。あのときかかってきた電話は大崎弥生からのものだったらしい。

「篠原さんはどんな用件でここに来たんですか」

「なんでも、大崎から自殺をほのめかす電話をもらって、慌てて駆け付けてきたそうです」

「自殺を？」

「ええ。ところが来てみると、大崎はぐでんぐでんに酔っ払ってソファで寝込んでいたそうで。それで、自殺云々というのは、酔っ払ったあげくの狂言だったのかと思い、すぐに帰ったそうです。おそらく、大崎はそのあとで起き出して風呂に入り、発作的に剃刀で手首を切ったのでしょうね」

「……」

　貴島はしばらく考え込むように黙っていた。

　大崎弥生が「自殺」した夜、篠原はここに来ていた。しかも、彼はそのことを自発的に警察に申し出ている……。

「二階をざっと見てきましたけれど、埃《ほこり》などから見て、人が出入りしたような跡はどこにもありませんね」

　飯塚ひろみが戻ってきてそう報告した。

「あの、大崎弥生が自殺したというのに、何か不審な点でもあるのですか」

中根は管轄《かんかつ》違いの事件に首を突っ込んできた二人の刑事を不審そうな顔で交互に見ながらたずねた。

「いや、そういうわけではないのですが。今抱えている事件に、大崎弥生が少し関係していたもので。まあ、一応、念のためです。しかし、この状況から見ると、自殺以外には考えられそうもありませんね」

貴島はリビングに戻ってくるとあたりを見回しながら言った。

「そうでしょうなあ。なんせ窓もドアも全部なかからロックされていたんですから」

「ところで、遺体を発見した二人ですが、証言は信用のおけるものですか」

貴島は内ポケットから手帳を出しながらたずねた。

「といいますと?」

「現場が密室状態だったかどうかというのは、発見者であるこの二人の証言にかかっているわけですね。もし、二人が示し合わせて虚偽の証言をしているとしたら——」

「ああ、その可能性は我々のほうも考えましたよ。黒岩と中沢が共謀して、泥酔した大崎を風呂場に連れていって、自殺に見せ掛けて殺したという線も考えられないわけじゃありませんからね。しかし、二人とも、三日の午後八時から翌日の午前二時にかけてはアリバイがありました。この二人が犯人とは考えられない。まあ、証言も信用していいと思いますがね」

「一応、その二人の住所を教えてくれませんか」

貴島は手帳を開きながら、さりげなく言った。

「はあ？」

「いえ、なに、ちょっと本人に会って確認をしておきたいだけです」

「ああそうですか」

中根は自分の手帳を取り出すと、黒岩雄二と中沢真弓のアパートの住所と電話番号を教えた。

7

黒岩と中沢の住んでいるアパートは、新宿区下落合にあった。飯塚ひろみの車を降りると、貴島は、「第一倉持荘《くらもち》」と看板の出た、そのモルタルアパートの一階の103号室のドアをノックした。

「はあい」とものぐさそうな若い女の声がして、ドアが開き、裾が膝まで届きそうなぞろりとした編み込みセーターを着た若い娘が出てきた。

濃い化粧をしていたが、子狸みたいな顔立ちにはまだ十代の幼さが残っている。

「中沢真弓さんですね」

「そうだけど」

警察手帳を見せて身分を名乗ると、「大崎弥生のことで聞きたいことがある」と用件を告げた。

なかに入ると、狭いキッチンに二間《ふたま》だけついた部屋の奥には、黒岩雄二らしい若い男がパジャマのまま寝転んでテレビを見ていた。男は、尻のあたりを掻きながら起き上がると、テレビを消した。

「まだなんか用？」

顎を突き出すようにして言う。

「大崎弥生さんの遺体を発見したときの状況をもう一度詳しく聞きたいんだが」

「それなら、警察で全部話しましたよ」

黒岩雄二は仏頂面でくわえた煙草をはずして灰皿で揉み消した。

「大崎さんの家をたずねたとき、玄関ドアに内鍵がかかっていたというのは間違いないんだね」

貴島は黒岩の言葉を無視してたずねた。

「間違いありませんよ。門の新聞受けに新聞がたまっていたから、てっきり留守だと思って、合鍵でドアを開けようとしたら、内鍵がかかっていることに気がついたんです。それで不審に思って——」

黒岩は暗記したことを喋《しゃべ》るような口調で言った。遺体を発見するまでのいきさつは中根刑事の説明と寸分も違わなかった。

「まだおれたちを疑ってるんですか。アリバイ調べたんでしょ。それなら、おれたちがシロだってこと――」

「きみたちを疑ってるわけじゃないよ」

「じゃあ、誰を」と言いかけて、黒岩は口をつぐんだ。探るような目付きで貴島を見る。

「あれ、自殺じゃないんですか」

「今のところ、そう見られているようだが」

「ねえ、あんた本当に刑事？」

「え？」

「もう一回、警察手帳見せてよ」

貴島はしかたなく警察手帳を取り出すと見せた。

「警視庁？」

黒岩は黒革の手帳をじっくり眺めてから、少し驚いたような顔をした。

「なんで警視庁の刑事が出てくるのさ？」

「実は別件を捜査中なんだが、大崎弥生さんはその事件の関係者でもあるんだよ」

「別件って、まさか」

黒岩は探りを入れるようにたずねた。

「オバハ――弥生さんの元亭主が関係した事件じゃないだろうね？」

「なぜそう思うんだ？」

貴島はすかさず言った。黒岩雄二は何か知っていそうな気がした。

「なぜって」

雄二は口ごもった。

「もし弥生さんが殺されたとしたら、動機がありそうなのは、おれの知ってる限りじゃ、あの篠原とかいう俳優だけだからさ」

雄二の声は自信なさそうに語尾がだんだん小さくなった。

「動機というと?」

「ゆすりだよ」

少しためらった末にそう答えた。

「ゆすり?」

「弥生さんは元亭主をゆすってたらしいんだ。もう二年くらい前になるけど、おれ、聞いちゃったんだよ。弥生さんが誰かに電話してるの。そのときの口ぶりが何かこう威しをかけてるような感じだったんで、あとで、『誰に電話してたんだ』って聞いたら、彼女、にやにやして、『私の金づるよ』って答えたんだ。ハッキリとは言わなかったけれど、あれはたぶん、元亭主のことだと思う。だって、ちょっと気になったから、あのあと、こっそり再ダイヤルしてみたんだ。そうしたら、男の声で『篠原』って名乗ったからね、間違いないよ。そういえば、なんかおかしいと思ってたんだ。おれと知り合ったとき、彼女はもう仕事をしていなかった。それなのに金には困ってないみたいだったし、あの家のローンだって払い続けていたんだからね」

大崎弥生が篠原をゆすっていた？　これは思いがけない情報だった。しかし、もしそうだとすると、篠原が別れた妻に払い続けていた生活費の意味も納得が行く。

「篠原は弥生さんに何か弱みを握られていたんだ。それで恐喝《きょうかつ》されていたんだよ。だから、もし彼女が殺されたとしたら、犯人は」

黒岩雄二はそこまで話して、はっとしたように、

「そういえば、弥生さんが死んだ夜、篠原はあの家をたずねてきたんだってね。警察の人が言ってたっけ」

そうつぶやき、じっと、何か考えこむように黙った。

「でもさ、他殺ってことはありえないじゃない。あたしたちが行ったとき、どこもかしこもなかから錠がかかっていたんだから」

真弓が醒《さ》めた声で口をはさんだ。

「そ、そうだよな」

雄二は取ってつけたように、すぐに相槌をうった。

「やっぱ、あれは自殺だよ。それ以外には考えられないよ。密室のなかで死んでいたんだから」

8
「大崎が篠原をゆすってたというのは本当でしょうか」

 アパートを出て、車を発進させながら、飯塚ひろみが言った。

「そう考えると、別れたあとも毎月の生活費を払い続けていた理由はわかるけどね」

貴島は腕組みしたまま唸《うな》るように言った。

「篠原は大崎にどんな弱みを握られていたのかしら――そういえば、あの夜、篠原は電話で妙なことを言ってましたよね。『アップ』がどうとか」

「あれが大崎からかかってきた電話だとすれば、あの『アップ』というのは、篠原が払い続けていたという毎月の生活費のことかもしれない」

「そうです。きっとそうですよ。大崎は月々の生活費の額をアップしろと要求してきたんです。これなら話が通ります。大崎はなぜかゆすりの額を増やす要求をつきつけてきた。篠原はそれに対応するために、慌てて大崎の家に駆け付けた。そういうことだったんですよ。自殺をほのめかしたから駆け付けたなんて嘘です。だって、あのとき、あたしたちの前でそんなことはおくびにも出さなかったじゃないですか」

「もしそうだとすると、大崎はなぜゆすりの額をふやそうとしたのだろう」

「何か新しいゆすりのネタを見付けたんじゃないでしょうか。それは今度の事件に関係していることかもしれません。篠原はだんだんエスカレートしていく大崎の恐喝に我慢ができなくなって、自殺に見せ掛けて殺すことを思い付いた。泥酔状態だった大崎の衣服をぬがして、風呂場に運び、そこで自殺したように見せ掛けるのはさほど難しいことじゃありません。荒んだ生活をしていた大崎には自殺してもおかしくない動機もありますし」

「しかし、遺体が発見されたとき、家のなかは密室状態だった。篠原はどうやって逃げたんだろうか」

9

「ねえ、雄二」

痺《しび》れを切らしたように真弓が言った。

刑事たちが帰ったあと、雄二は急に口数が少なくなった。テレビをつけるわけでもなく、腕枕で寝転んだまま、何かじっと考えこんでいた。

「聞いてるの」

「なに？」

「いつまでもゴロゴロしてないで、早く新しい仕事見付けてよって言ってるんだよ」

「………」

「昨日も大家に家賃催促されたんだよ。もうだいぶためてるから。このままだと出ていかなくちゃならなくなるよ」

　真弓はねそべったままの雄二をゆすぶった。

「うん、わかってる」

　雄二は面倒くさそうに答えた。

「もうっ。わかってる、わかってるって言いながら、何やっても長く続かないんだから。レンタルビデオ屋だって、ピザの配達のバイトだって、三日と続かないじゃないか」

　真弓は溜息をついた。

「ああ、こんなことになるなら、ファミリーレストランのウエイトレス、続けてればよかったよ。結婚したらうちにいてくれって言ったの雄二だよ。それに結婚式はどうするのさ。あたし、このまま籍だけいれてズルズルなんてのは嫌だよ。田舎のとうちゃんやかあちゃんも招《よ》んでさ、ちゃんと立派な式あげたいんだ。東京なんかに行ってもろくなことにならないって、あたしをバカにしたやつら見返してやりたいんだよ」

「わかってるってば」

　雄二はごろりと寝返りをうった。

「それはおれだって同じさ。だから、今考えてるんだ」

「考えてるって何を？」

「どうやったら楽して大金を稼げるかってことをさ」

「またそんな夢みたいなこと言って。楽して大金なんか稼げるわけないじゃん。宝くじでも買うつもり？」

「宝くじより、もっと稼げる確率の高いこと」

雄二は何を思い付いたのか、ガバッと跳《は》ね起きた。

「そんなものあるの？」

「ある」

雄二の目が異様に輝いていた。

「何をするつもり？」

「おれだってな、三年もだてにヒモやってきたわけじゃないんだ。オバハンの遺産を引き継ぐのさ」

「え？」

「オバハンがつかんでた金づるだよ。今度はおれたちが利用させてもらうんだよ」

「あんた、何言ってるの」

真弓はポカンとして雄二の顔を見た。

「まあ見てなって。そのうち、こんなボロアパートじゃなくて、もっといいとこに住まわせてやるから。それからちゃんと盛大な結婚式もあげてやるからさ」

黒岩雄二はそう言ってにやりと笑った。

第六章　やっぱり死体が殺した

1

十一月七日、午後五時すぎ。

スナック「道草」のドアが開いた。

カウンターの止まり木に腰掛け、メンソール煙草をふかしながら、積み重ねた週刊誌を片っ端からめくっていた菅沼好江《すがぬまよしえ》は、チャランという音に顔をあげた。

「ただいま」

「お帰りなさい」

入ってきたのは、「道草」のママの須永《すなが》ミチだった。小柄で小太り、使い古したゴム毬《まり》みたいな身体《からだ》を鮮やかな黄色のパンタロンスーツに包んだミチは、車の付いた大きなトランクをガラガラと引いて入ってくるなり、「ああくたびれた」と言って、ドア近くのボックスのソファにどさりと腰をおろした。

「どうでした？　オーストラリアは？」

　好江はたずねた。

「どうもこうもあるもんですか。ただだだっ広いだけで」

　ミチは、ハイヒールを蹴飛《けと》ばすようにして脱ぐと、子供のような小さな足を手で揉《も》みながら言った。

「で、どっちだったんです？　男？　女？」

　好江はカウンターのなかに入ってケトルに水を入れながらたずねた。

「それが両方」

「え？」

「双子だったのよ。男と女の」

「あらまあ」

　好江は呆れたように言った。

「もうやんなっちゃうわ。四十二でいっぺんに二人も孫ができちゃったのよ。おばあちゃんよ、あたし。信じられる？」

　やんなっちゃうと言いながらミチはただでさえ下がっている目尻をいっそう下げて嬉しそうに笑った。

「ママ、美佐《みさ》ちゃん産んだの早かったもんね」

「十八んとき。子供なんか早く産むもんじゃないね。それも女の子なんか。あっという間に育って嫁にいったかと思うとガキ作って、こっちは四十そこそこでおばあちゃん。これから一花咲かせようってときに冗談じゃないよ」

「しかも一人娘の嫁ぎ先が海の向こうのオーストラリアのシドニーっていうんだから」

「ホント。美佐がまさか青い目の人と結婚するなんて夢にも思わなかった」

「あの、何ていったかしら、美佐ちゃんのお婿さん」

「ジョン・デンバーってんだから、名前きいただけでわらっちゃうわ」

「そのジョン・デンバーさんに通じたんですか、ママの英語」

「そりゃもう、あなた、バッチリよ。アンビリーバブルのノープロブレムよ」

ミチはそう言ってがははと笑った。とても通じたとは思えない。

「それより、好江ちゃん、まさかお客さんにあたしに孫ができたなんて話、してないでしょうね」

「してませんよ。ママはどうしたって言うから、ちゃんと打ち合わせどおり、オーストラリアにいる娘さんが急病で看病に行ったってことにしてありますから」

「ありがと。娘がいるってのはまあ隠しようがないけど、このうえ孫までいるなんて分かったら、興《きょう》ざめもいいとこだからね。上山さんにもまだ言ってないのよ」

「その上山さんなんだけど——」

好江は真顔になった。

「ママの留守の間に大変なことになっちゃったんです」

「やっぱり倒産?」

ミチの人のよさそうな顔からも笑みが消えた。

「そうじゃありません」

「どうしたのよ」

「殺されたんです」

好江は囁《ささや》くように言った。

「コロサレタ?」

ミチはポカンとした。

「殺されちゃったんですよ」

「だ、誰に?」

「まだ分かりません。犯人はつかまってないんです」

「いつ?」

「死亡推定時刻は十月二十七日の午後六時頃っていうんだから」

「あたしがオーストラリアに行った日じゃないの」

「そうなんです。奥沢さんの家で死体になってるのを発見されたんですって。しかもそれだけじゃなくて上山さん、奥沢さんの奥さんを殺したらしいんです」

「なんですって」

ミチのアイラインに縁どられた目が飛び出しそうになった。

「もう好江ちゃんたら、冗談ばっかり。今の話全部、嘘なんでしょ。あたしをかつごうとして」

ミチは笑おうとした。しかし好江の顔は真剣そのものだった。

「嘘なんかじゃありませんよ。本当です。この週刊誌、見てください。その記事載ってるから」

好江は読んでいた週刊誌をミチに渡した。ミチは信じられないという目で好江を見ていたが、ひったくるようにしてそれを取り、食い入るように記事を読みはじめた。

「こっちの週刊誌にも載ってます。あのあと、なんでも奥沢さんと共謀して、奥沢さんの奥さんの保険金を狙ったそうなんです。刑事がうちにも来たんですよ。上山さんがうちの常連だってどこかで聞きこんだらしくて。二十六日の夜、上山さんと奥沢さんが来たってことは話しました。それと、あの晩、奥沢さんが冗談めかして言ってたこと、おぼえてます？『いっそ女房が事故か何かで死んでくれたら助かるんだが』って、あれ、笑いながら言ってたからてっきり冗談かと思ってたら本気だったんですよ。人間、追い詰められたら何をしでかすかしれたものじゃないですね」

しばらくして、週刊誌をかみ付くような目で読んでいたミチが顔をあげた。

「おかしな事件でしょう？　東スポなんか、『ゾンビ殺人事件』なんて見出しつけて、デカデカと」

「おかしいわよ、これ。絶対におかしい」

ミチは開いた週刊誌をバンと平手でたたいた。

「ええ。変な事件なんです」

「そうじゃなくて」

ミチはじれったそうに言った。

「十月二十七日の午前十一時五十分発の函館行きの飛行機に乗ろうとした千里さんを空港で待ち受けていて、上山が車で千里さんを自宅まで連れてきたらしいって書いてあるけど、そんなことできるわけないのよ」

「え?」

「だって、その頃、彼はここにいたんだから」

「ど、どういうことですか」

「どういうことって、その、あの夜、上山はここに泊まったのよ」

ミチはやや口ごもるように言った。

カウンターにボックスが三つしかない小ぢんまりとした店の二階はそのままミチの住居になっていた。

「あなたが帰ったあとも一人で飲み続けてボトル一本空けて完全に潰れちゃったから、二階に泊めたわけ。一晩泊まって、彼がマンションへ帰ったのは、翌日、ここでお昼を食べてからだから、たしか午後一時過ぎだったはずだわ。それまではここにいたのよ。朝がた空港へ行って千里さんをどうにかできるわけがないじゃない」

「それ、本当ですか」

好江は唖然《あぜん》として言った。

上山幹男がただの常連でないことはうすうす気が付いていた。閉店になって、通いの好江が帰る頃になっても、上山は一人でカウンターに居座って飲み続けていることがよくあった。しかも、そんな上山をミチがそれほど迷惑がっていないのも知っていた。

上山は自称独身ということだし、ミチのほうも板前だった夫を八年前に亡くして、自称「空家《あきや》」なのだから、二人につきあいがあっても不思議はなかったが、しかし、まさか、事件のあった日の前夜、上山がここに泊まっていたとは知らなかった。あの日、好江が夕方店に出た頃には、ミチはすでにオーストラリアに向けてたっていたので、何も聞かされていなかったのである。

「こんなこと嘘言ってもしようがないでしょ。それに、あの日、上山が奥沢さんの家へ行ったのは、函館にいる千里さんからここに電話がかかってきて、そうしてくれと頼まれたからよ」

ミチは言った。

「えっ？」

今度は好江がポカンとする番だった。

2

「それじゃ、千里が上山に電話で自宅に行くように頼んだというんですか」

貴島は驚いたように聞き返した。

「どうもそうらしい」

丸茂順三は不可解そうな顔で頷いた。夕方、須永ミチと名乗る、新宿でスナックを経営している女店主から連絡があって、「上山幹男のことでぜひ話したいことがある」というので、体の空いていた丸茂と沢野《さわの》という若い刑事がそのスナックまで足を運んだわけだった。

「それは本当に千里だったんでしょうかね」

と貴島。

「最初に電話に出た須永ミチのほうは、奥沢千里の顔も声も知らなかったというんだよ。ただ女の声で、『奥沢というが、上山さんがいたら出してくれ』と言われて、上山にそう取り次いだだけだそうだ」

丸茂は言った。

「千里は何のために上山を自宅へ行かせたんですか」

そうたずねたのは飯塚だった。

「朝出るとき、慌てていたので玄関の鍵をかけ忘れたような気がする。飛行機の時間があるので戻って確かめるわけにもいかず、そのまま函館まで来てしまったが、どうもやはり気になってしようがない。それで、悪いが戸締まりがしてあるかどうか行って見てきてくれないか。もししてなかったら、いつものところに合鍵があるからそれで閉めてくれ。ミチが上山から聞いた話を要約すると、そんな頼みだったそうだ」

「ああ」

貴島が思い出したように小さく呟いた。

千里の妹が言っていた話を思い出したのである。あの日、行きの車のなかで千里が戸締まりのことを心配していたということを。

「上山は奥沢とは古くからの知り合いだから、合鍵のありかなんかも知っていたらしく、そんなことも気楽に頼めたのだろうとミチは言っていたよ。それに奥沢の女房がミチの店に電話をかけてきたのも、上山がその店の常連で、時々泊まっていくらしいということを奥沢から聞いていたらしいんだな」

「でもどうして、その須永ミチという女は今頃になってそんなことを話したんでしょうか」

飯塚が疑わしそうに言った。

「事件を知らなかったというんだ。知っていたらとっくに話していたと」

「え？　知らなかったって、マスコミにも取り上げられてこんなに大騒ぎしているのに?」

「ずっとオーストラリアに行っていたそうだ」

「オーストラリア、ですか?」

「向こうの青年と結婚していたミチの一人娘が、向こうで出産したらしい。それで、ミチはお産の手伝いをかねて娘の住んでいるところに行っていたそうだ。出かけたのが、十月二十七日の午後で、帰ってきたのが今日だというから、上山たちの事件を知らなかったのも無理はない。帰ってきて、留守をまかせていた店の女の子に事件のことを聞いてびっくり仰天したというわけだ」

「そうだったんですか」

飯塚が納得したように頷く。

「その奥沢と名乗る女から電話があったのは何時頃ですか」

貴島がたずねた。

「午後一時半頃だったそうだ。それで、上山はミチの店を出て、いったん車を取りにマンションに帰ったらしい」

「午後一時半? それは妙ですね。もしその電話をかけてきたのが千里本人だとしたら、彼女は一体どこからかけてきたんでしょうか。函館からのわけがない。千里は函館へは行かなかったはずなんだから……」

貴島は考えこみながら首をひねった。

「それに妙なことはもう一つあります。もし須永ミチの言うとおりだとしたら、千里を羽田から世田谷の自宅まで連れてきたのは一体誰だったんでしょうか。上山のワイシャツに千里の返り血がついていたので、上山が当然空港で待ち伏せていて連れ帰ったとばかり思っていたのですが、そうではなかったとすると、これは一体——」

若い沢野という刑事も首をひねる。

「あの、こういうことは考えられませんか」

おずおずとした口調で飯塚が言った。

その場にいた三人の男の目が一斉に彼女に注がれた。

「電話をかけたのは替え玉女だったと思うんです。千里ではなかった。戸締まりうんぬんという話は、最初から替え玉女と上山との示し合わせた芝居だったんではないかと思うんです。須永ミチをだますためです。ミチが千里の声を知らなかったとしたら、上山がかかってきた電話を千里からのもののように思わせるのは簡単だったはずです。つまり上山がミチのところに泊まるというのも最初から計画のうちに入っていたということになります」

「なんでミチをだます必要があるんだ？」

と丸茂。

「上山が奥沢邸へ行く口実を作るためです。上山は奥沢邸で千里を殺す手筈《てはず》になっていた。でも、もしかしたら、出入りするところを近隣の者に見られる恐れがあります。そこで、前もって、そういう目撃者がいても、あとで不審に思われないように、上山が奥沢邸に出入りしてもおかしくないような口実を作っておいたのではないでしょうか。須永ミチはその証人にされたのです」

「うーん、なるほどね」

と丸茂。

「しかし、上山たちとしては、千里は函館で殺されたように見せ掛けるつもりだったのだろうから、そこまで神経質になる必要があったのかな。殺害現場が最初から奥沢邸だとすぐに分かってしまう場合なら、そのくらい気をくばっても当然だが」

貴島が納得できないという表情で言った。

「でもそこは完全犯罪を狙って、念には念を入れたのかもしれません。車のなかで千里が戸締まりに不安を覚えているらしいのを知った奥沢がそのことを臨機応変に利用したのだと思います。空港に着いてから替え玉女に話して、替え玉女が電話で上山にそれを伝えたというわけです」

と飯塚。

貴島は納得したのかしないのか、黙ったままだった。

「まあその電話の件はともかく、問題は空港から千里を連れ出したのは一体誰かということですね」

沈黙のあとで貴島が言った。

「奥沢ということはまずありえません。彼はたしかに大阪行きの飛行機に搭乗していたわけですから。むろん、替え玉の女ということもありえません。午後一時半頃に函館のホテルに現われるには、どうしても千里が乗るはずだった便に乗らなければならなかったでしょうから」

と沢野。

「千里が何らかの理由で自分で戻ってきたとは考えられませんか？」

飯塚がふいに言った。

「それはないだろう。替え玉女は羽田でバッグと靴を千里から奪って函館に行ったことを忘れてるよ。バッグはともかく、靴がなくては自力で帰ってくることなんてできないだろう。誰かが千里の自由をいっとき奪って、バッグと靴を替え玉に渡し、車を使って自宅に戻ってきたとしか考えようがないじゃないか」

貴島がすぐに反論した。

「あ、そうか。そうでしたね。ということは、考えられることはただ一つ——」

と飯塚。

「奥沢の保険金殺人計画の裏には、もう一人の共犯者がいたということになります。実行犯の上山。替え玉役の女。そして、空港から千里を連れ出す役目の人物」

飯塚は指を折りながらそう言った。

「この事件の裏にはもう一人の人物がからんでいたのではないでしょうか」

3

十一月九日。午前六時半。

メゾン・ド・青山の管理人の妻、北野加代《きたのかよ》は生ゴミ袋を下げて、マンションの裏手に設けられたゴミ収集所までやってきた。

コンクリートで囲まれたゴミ収集所には、生ゴミの袋がすでに三つほど出ていたが、そのうちの一つの袋が破れて、中身があたりに散乱していた。おそらく、前の晩に出されたものだろう。夜中のうちに野良猫か何かが袋を食い破ったらしい。

加代はそれを見て顔をしかめた。

まったくこの貼り紙が目に入らないのか。

コンクリートの壁には、「ゴミは分別《ぶんべつ》して出しましょう」とか、「生ゴミは朝出しましょう」とか大書した紙がベタベタ貼ってある。全部、加代が書いて貼りつけたものである。

これだけ目につくところに貼り紙をしても、まだ燃えないゴミと生ゴミを一緒くたにして出す者や、夜中のうちにゴミを出す者があとを絶たない。分譲マンションなどでは住人の意識が高く、この手のルールはちゃんと守られているようだが、比較的若い住人の多い、賃貸マンションではなかなかそうはいかなかった。

貼り紙だけでは効果がないようだ。こうなったら、チョイと荒療治《あらりょうじ》に出てやろう。

加代は向《む》かっ腹《ぱら》をたててそう決心した。ルールを守らない者の名前を捜し出して、首ねっことらえてここへ連れてきて、夜中に生ゴミを出すとどういうことになるか、その目で確かめさせてやろうと思いついたのである。

加代は、ゴミ収集所の脇に備え付けてあった箒《ほうき》を持ってくると、それでつついて、破れたところからはみ出したゴミをさらに掻き出してみた。ダイレクトメールの類いが捨ててあれば、そこからゴミを捨てた住人の名前が分かると思ったからである。

案の定、少しつつき回していると、ダイレクトメールらしい封筒が無造作に丸められて出てきた。しめしめ。加代は腰をかがめてそれを拾いあげた。表を見ると、カタカナで「アサオ・マサミサマ」とあった。

アサオマサミ？　ああ、またあの女か。

加代はすぐに思い当たった。５０１号室に住んでいるホステスふうの女だ。以前、やはりゴミの問題でやりあったことがある。

あれはいつだったか。生ゴミを出す日ではない日に、しかも、午後三時というとんでもない時間に、頭にカーラーを巻き付け、くわえ煙草で出てきた麻生雅美が、よりにもよって、そのへんを掃除していた加代の見ている前で、無造作に生ゴミらしい袋をポンと捨てたのだ。

さすがにあのときはカッとした。すぐに注意すると、麻生は人を小馬鹿にしたような目付きで、「はいはい。分かりました。これからは気を付けます。キョーフのゴミおばさん」

なんて言ってたくせに、あれは口先だけだったのか。ちっとも気を付けてないじゃないか。今度こそきつく文句を言ってやろう。

加代は内心ほくそえんだ。夜の勤めらしい女はまだベッドのなかで眠りこけているだろう。ドアをガンガンたたいて、たたき起こしてやる快感に身体がぶるっと震えた。前からどうもあの女は気にくわなかった。昼間は死んだようになっているくせに、夜になると見違えるような化粧をして出ていく。

ゴミの件でも頭に来ていたが、それ以上に頭に来ていたのは、あの女がしゃなりしゃなりと腰を振って出ていく後ろ姿を、管理人室の小窓からいつも加代の亭主がよだれを流さんばかりの顔で見送っているという事実だった。日ごろのうっぷんを一挙に晴らしてくれんと加代は闘志に燃えた。

そして、あたりを見回して、朝の早い勤め人の姿が見えないことを確認してから、箒の先でゴミ袋の破れ目をさらに大きくして、生ゴミを外に掻き出した。どうせ見せ付けるなら盛大に汚してやったほうがいい。この場にあの女を連れてきてこう言ってやるのだ。

「これを見てくださいよ。ひどいもんでしょう。あなたが夜のうちにゴミを出すから野良猫がいいように食い散らかして。自分の顔を奇麗に塗りたくるのもけっこうですが、たまには、公共の場を奇麗にするってことも考えてくれませんか」

ウン。なかなかいいせりふだ。あの女、どんな顔をするだろう。加代はそれを想像して、口元がむふふと緩みそうになるのを押えながら、生ゴミをさらに掻き出していたが、そのうち、「ん?」と目をこらした。紅茶の出しがらみたいな湿った黒いカスの間から、何か異様なものがはみ出していたからである。

何だ、これ。

加代は箒の先でつついて黒いカスをどけてみた。そして、加代の目がとらえたそれが何であるか分かると、げっとのけぞりそうになった。

それは腐爛《ふらん》した人間の指だった。

4

取調室で麻生雅美はふてくされたような顔で煙草ばかりふかしていた。熟睡中をたたき起こされてここまで引っ張られてきたということが、櫛目《くしめ》もろくに通っていないボサボサの髪にも、睡眠不足ぎみの腫《は》れぼったい瞼《まぶた》にも、化粧っけのない土色の顔にも、慌てて引っ掛けてきたというふうのトレーナーにジーンズというラフすぎる恰好にもよくあらわれていた。

「なあ、何度も同じことを言わせるなよ」

事情聴取にあたった丸茂順三は猫撫で声で言った。

「そっちこそ何度も同じこと答えさせないでよ」

麻生は煙草の煙をフーと丸茂の顔に吹き付けた。

「このアマ。つけあがりやがって。あんまり警察をなめるなよ」

傍《かたわ》らにいた河田という顎に刃物傷のある例の刑事が、麻生のトレーナーの胸倉《むなぐら》をいきなりつかんで凄《すご》んだ。

「ちょっと。拷問でもするつもり？」

麻生はそれほど動じず、ジロリと大きな目で河田を睨《にら》みつけた。この手の暴力団ハダシには馴れていると言わんばかりの顔だった。

「顔はこちとらの商売道具なんだ。傷でもつけやがったら出るとこへ出てやるからね」

「このアマ……」

「おい河田君。暴力はいかん、暴力は」

丸茂が芝居じみた口調で注意した。

「そうだよ。暴力はいかんよ、河田クン」

麻生が薄笑いを浮かべて言った。

「もいっぺん言ってみろ。このアマ」

いったん緩めかけた河田のごつい手がまたぐいと麻生の胸倉をひねりあげた。

「黙って聞いてりゃさっきからなんだい。このアマこのアマってうるさいんだよ、このタコ」

「な、なんだと。このア――」

河田の顔が赤黒くなった。部屋の隅で腕組みして壁に寄り掛かっていた貴島は思わず吹き出した。

「何がおかしいんだよ」

河田が凄い形相《ぎょうそう》で貴島のほうを振り返った。

「あ、いや、べつに」

貴島は慌てて下を向いて靴先を眺めている振りをした。

「もう一度聞くが、あの指はあんたが捨てたんだろう?」

辛抱強く丸茂が言った。

「だから、知らないって言ってるでしょ。あたしが捨てたんじゃないわよ」

麻生は脚を組み替え、煙草を持っていないほうの手で、「ああうるさい」とでもいうように髪をぐしゃぐしゃに掻き回した。

「それはおかしいじゃないか。あの部屋にはあんたしか住んでないって話だし、あんた以外に誰があんなものを生ゴミに混ぜて捨てるのかね」

「そりゃこっちが聞きたいね」

「あの指が誰のものか知っているだろう? 奥沢千里の死体から切断された薬指にまず間違いない。ほら、この指輪を見てみろ。千里の名前が彫ってある」

丸茂は手にした銀のリングを麻生に見せた。麻生はそっぽを向いて見ようともしない。

「なんで千里の指をあんたが持ってるんだ」

「……」

「奥沢から頼まれて千里の替え玉をやったのはあんたなのか」

「あたしじゃないよ。あの日のアリバイはそこでつっ立ってる刑事さんに話したはずだけどね」

麻生はちらと横目で貴島のほうを見た。

「あたしにはちゃんとアリバイがあるんだ。奥沢や上山が殺された頃には店に出てたってアリバイがね。それに、替え玉の女だってあたしじゃない。もし替え玉があたしだとしたら、午後四時に東京に舞い戻っていつもの美容院に行くのはどうやったって不可能だろ」

「それは分かってます。しかし、午後四時以前のアリバイはないわけでしょう？　あなたの話だと部屋で一人で寝ていたということですから。奥沢千里が殺されたのは午後二時から三時にかけて。その間のあなたのアリバイはどうです？」

貴島が言った。

「だって」

麻生は貴島のほうに向き直った。河田に威《おど》されてもびくともしなかった顔に、かすかな脅《おび》えのようなものが走った。

「千里さんを殺したのは上山なんでしょう？　それは明白だって何かに書いてあったのを読んだわよ。犯人が分かってるんだったら、こっちのアリバイもヘッタクレもないじゃないか」

「奥沢の殺人計画にはもう一人かんでいた疑いが出てきたんですよ。千里さんを殺したのは上山だったかもしれない。しかし、あの日、羽田から千里さんを連れ出したのは上山ではなかった。替え玉の女でもない。もう一人いたことになる」

と貴島。

「もう一人かんでた？」

麻生は吹き出しそうな顔になった。

「奥沢は三人も共犯を使ったわけ？」

「その可能性も出てきたということです」

「馬鹿な。そんなに共犯を増やしたらかえって危険じゃないの。それに、なんで千里さんを殺す役と空港から連れ出す役を別々にする必要があるのよ」

「それはともかく。千里さんを空港から連れ出す役ならあなたにも可能だったはずだ。たしかあなたは車を持っていたはずだし、朝方のアリバイはないわけだから」

少し厳しい口調になって貴島は言った。

「たしかに共犯者を増やすと秘密保持という点では危険を増すことになるが、役割を分担することで互いのアリバイを作りあえるという利点もある。あまり利口なやり方だとは思わないが、奥沢という男がそれほど利口ではなかったと言えばそれまでだ。とにかく、あなたが千里さんを空港から連れ出して、千里さんの切断した指をマンションに持ち帰って捨てたということを否定できる何か証拠がありますか」

「指を持ち帰ってどうするのよ」

麻生は殆ど無邪気といってもいいような目で聞き返した。

「奥沢の計画は前にも話したでしょう？　切断した指を持ち出す必要はなかったのよ。届いた郵便物のなかに指が入っていたように見せ掛ければいいんだから」

「最初の計画はそうだったかもしれない。しかし、途中で何らかのアクシデントが起きた。それで、最初の計画を変更せざるをえなくなったとも考えられます」

「だけど、あの指はあたしがどうこうしたもんじゃないわっ」

麻生はかなきり声をあげた。

「だったら、なぜあんたの出した生ゴミ袋からあの指が出てきたのかね。あの生ゴミ袋はあんたが出したものに間違いないんだろう。なかを確かめさせてもらったが、他にもあんた宛の郵便物が捨ててあったよ。指が勝手にゴミ袋のなかに紛れこむわけがないだろう。誰かが入れたんだ。え？　こっちも暇じゃないんだ。いつまでもチンタラ遊んでるわけにはいかないんだよ。そろそろ本当のことを言ってもらおうか」

丸茂がそれまでの好々爺《こうこうや》めいた口調とうってかわった凄みのある声で言った。

麻生雅美の顔にびくりとした表情が浮かんだ。河田のようないかにもという人相の刑事に脅かされてもどうということはないが、丸茂のような一見人のよさそうなオジサンふうに凄まれるとかえってこたえるようだった。

「あんた、眠いだろう。こんなことはさっさと終わらせて、早くうちへ帰ってベッドにもぐりこみたくはないかい？」

丸茂は前のような優しげな声で娘にでも話し掛けるように言った。

「眠いわよ。眠くて頭がボーとしてて、何が何だか分からないわよ」

麻生は泣きついた。

「だったら、知ってることは全部話してしまえ。なにか知ってるんだろ。え？　さ、なんでも聞いてやるから話しなさい」

まるで不良娘を諭《さと》す学校の先生かおまわりさんの口調である。

「弟よ」

隠すのに疲れたというように、麻生雅美はポツンと言った。

「え？　今なんて言った？」

「弟って言ったの」

貴島は寄り掛かっていた壁から身を起こした。弟？　裕也のことか。

「昨日、ハマに買い物に出たついでに、弟に会いに山手まで行ったのよ。弟の裕也は俳優の卵で、篠原剛という俳優の家に厄介《やっかい》になってたから。でも、たずねてみると、篠原さんも弟も留守で、裕也のほうはじきに戻るかもしれないって話だったんで、少し待たせてもらうことにしたのよ。店はどうせ休むつもりだったし、せっかく来たんだから会っていこうと思ったわけ。それで、待ってる間、ポケーとしててもしようがないんで、弟が使ってる部屋でも掃除してやろうと思って、掃除しはじめたら——」

「弟の部屋からあの指が出てきたというのか」

丸茂が先を引き取って言った。

麻生はすなおにコックリと頷いた。

「机の引出しのなかからあれが。最初は作りものか何かだと思ったんだけど、よく見たら、本物の指じゃない。しかも女の薬指。はっとしたわ。まさかと思って。それで後先のことも考えずにそれをバッグに入れて持ってきてしまったのよ。こんなものが見付かったら大変だと思って」

「それで生ゴミと一緒に捨てたのか」

また頷く。

「まさか野良猫がゴミ袋を食い破るなんて夢にも思わなかったわ」

麻生は舌打ちした。

「ちゃんとルールどおりに出していたら、今頃は処分されていたかもしれなかったな」

同情するように丸茂が言う。

麻生はいまいましそうに煙草を灰皿に押し付けて消しながら呟いた。

「これからはせいぜい公衆道徳とやらを守らせてもらうわ」

5

その夜。朝方、麻生雅美が座らされていた椅子に今度は弟の裕也が引き据えられていた。

こちらは白のTシャツに焦げ茶の革ジャン、あちこちが破れたスリムのブルージーンズという恰好だった。姉同様、ふてくされたような顔で脚を組んで椅子の背にもたれかかっている。

「さあ、奥沢千里の指がなんでおまえさんの部屋にあったか、しゃべってもらおうか」

丸茂は机のスタンドの首をつかむと、グイとひねって、裕也の顔にまともに光をあてた。姉によく似た華奢《きゃしゃ》な美貌が眩《まぶ》しそうに歪んだ。

「おれじゃないよ」

裕也は光から顔をそむけて言った。

「何がおれじゃないんだ？」

と丸茂。

「上山と奥沢を殺《や》ったのはおれじゃないって言ってんの」

「そんなこと聞いてないだろうが。なんで、千里の指がおまえの部屋の机の引出しから見付かったのかと聞いてるんだ」

「……………」

またダンマリ。

「カッコつけて脚なんか組んでるんじゃねえ」

河田が裕也のすんなりと伸びた脚を蹴飛ばした。

「いてえな。何するんだよ」

裕也は河田を睨みつけた。

「これ以上痛い思いをしたくなかったら、とっととしゃべっちまえ」

「おら、何にもしゃべることなんかねえだよ。お奉行《ぶぎょう》さま」

裕也は薄笑いを浮かべて声音を使った。

「この野郎。遊んでる場合か」

河田は裕也の髪を鷲《わし》づかみにして顔をスタンドの光に向けた。

「いてて。民主警察が拷問するのかよ」

裕也は殊更《ことさら》に悲鳴をあげた。

「拷問？」

河田は干し魚を見付けた性悪《しょうわる》猫のような目付きになると、

「そうか。拷問してほしいのか。それを早く言ってくれよ。喜んでしてやるよ。拷問てのはな」

舌なめずりするような声でそう言いながら、裕也の髪をつかんで頭をゴツンと机にぶつけた。

「こうやるんだよ。分かったか」

「や、やめろ」

「え？　やめないでくれ？　そうか。もっとしてほしいのか。え？　これだけじゃ足りない？　それは悪かったな。そんなら気合いいれてやってやるよ」

河田は無気味な声を出した。

「や、やめてくれ」

裕也は本気で悲鳴をあげた。

「おい、よせよ」

丸茂がのんびりした声でようやくとめに入った。

河田はしぶしぶ裕也の髪から手を離した。

「とめる気があるなら、こいつがやる前にとめてくれよ」

裕也は打ち付けられた額を撫でながら丸茂に文句を言った。

「こいつだと?」

河田が裕也の、つかみがいのある柔らかそうな髪にまた猿臂《えんぴ》を伸ばしかけた。

「こ、この方」

裕也は椅子から飛び上がりそうになって訂正した。

「さあ、お遊びはここまでだ。もう素直にしゃべる気になっただろう。うん、どうだ?」

丸茂がエビス様のような顔になって裕也の顔をのぞきこんだ。

「あることないことしゃべる気になったよ」

裕也はぶすっと答えた。

「ないことまでしゃべらんでいい。まったく、姉弟そろって手を焼かせやがって」

河田が言った。貴島はこんなやりとりを呆れたように部屋の隅で見ていた。

「あの指はどこで見付けたんだ」

丸茂はたずねた。

「奥沢の家だよ。おれが行ったとき、もう切断されてリビングのテーブルの上にのっかってたんだ。最初はおもちゃか何かだと思った。こういうブキミグッズ売ってるからさ。おれも好きで集めてるから――」

「奥沢の家へ行ったたって、一体いつのことだ」

「十月二十七日の、午後八時半頃だよ」

「何しに行ったんだ」

「何しにって、約束と違うからなんとなく気になって。それにカメラとバッグを返しに――だけど、おれが行ったとき、もう上山は死んでたんだ。もっともそのときは上山なんて名前も知らなかったけどさ。リビングに中年の男がぶったおれていたんだよ。そばにスコップが転がってたから」

「スコップ?」

丸茂が遮《さえぎ》った。

「そうだよ。スコップだよ。あの土なんか掘るやつさ。泥ついたまま転がってたんだ。上山のやつ、きっとそれで殴られたんだ」

「ちょっと」

貴島が口をはさんだ。

「さっき、カメラとバッグを返しに行ったと言ったが、どういうことだ?」

裕也は貴島のほうに顔を向けた。

「だから、朝がた、奥沢から借りたカメラとバッグだよ」

「奥沢から借りた?」

貴島は意味が分からないというように聞き返した。

「借りたというか、空港のロビーで渡されたんだよ。スーツケースとグレーのショルダーバッグと一緒に」

「空港のロビー?」

「羽田空港だよ」

一瞬、なんともいえないムードが取調室に漂った。

「まさか――」

最初に口を開いたのは貴島だった。

「函館へ行ったのはきみだったのか?」

「そうだよ」

裕也はそれがどうしたという顔で答えた。

6

「つまり、きみが奥沢千里の恰好をして函館へ行き、ホテルにスーツケースを預けたあとで、市内の写真を撮ったのか」

貴島は啞然としながら聞いた。

「そうだよ」

裕也は平然と答えた。

函館に現われた替え玉女は女ではなかった。麻生裕也の女装した姿だったというのか。たしかにそう言われてみれば、裕也は男としてはかなり痩せぎすで華奢な体格をしているし、身長も百七十そこそこというところだろう。かつらを被《かぶ》って女の恰好をすれば、背の高い女に見えないこともない。

奥沢千里の身長が百六十八ということだったから、性別と年齢の違いはあれ、ファッショングラスとマスクで顔をほぼ隠して、トレンチコートを着てしまえば、似させるのはそれほど難しくはないかもしれない。

しかも、役者の卵である。化けなれしているだろうから、相手に男と気付かせないくらいの化粧も演技もできただろう。ただ一番ばれやすいとしたら、声だろうが、マスクをしていたことで、多少男のような声をしていたとしても、風邪でもひいているのだと思わせることができる。

　少なくとも、函館のホテルのフロント係も元町の喫茶店の女の子も、トレンチコートの女が女装した男だとは全く疑っていなかったようだ。

　裕也の話が本当だとすると、彼は完全に化け切ったということだろうか。

「千里の恰好をして函館へ行ったのは、奥沢に頼まれたからか」

　丸茂がたずねた。

「そうだ。でも、おれは奥沢の共犯じゃないぜ。あいつが何をするつもりか知らなかったんだ。ただ、女装して函館まで行って写真を撮ってきてくれと頼まれただけなんだ。そうしたら三十万出すって言うからさ。金が欲しかったし、おもしろそうだから引き受けたんだ。まさか自分の女房を殺すつもりだったなんて知らなかったんだよ」

　裕也はまじめな顔でそう言った。

「おい、いまさらとぼけるなよ。女の恰好して旅行するなんて、おかしいと思わなかったのか」

　河田がまた裕也の髪をつかみそうな気配で言った。

「そりゃおかしいとは思ったさ。でも、まさか殺しに関係しているとまでは思わなかった。それに、おれはあいつが何をしようが興味なかったんだ。ただやることやって、金さえもらえればいいと思ったんだ。学生んときにゲイバーでバイトしたことあるから女装には自信があった。実入りはよかったけど、おれ、あっちの趣味はまったくないから、あっちの趣味のやつらにつけまわされて一年くらいでうんざりしてやめちまった。奥沢はあねきとつきあっていたから、きっとそのときの話をあねきから聞いてたんだと思う」

「奥沢から頼まれたことをもう少し詳しく話してくれないか」

と貴島。

「あれはいつだったかな。たしか十月の半ば頃だったよ、奥沢から横浜に電話がかかってきたんだ。ちょっと稼げるバイトがあるんだが、やってみないかって誘われた。金になるだけじゃなくて、演技の勉強にもなるっていうんだ。演技の勉強ってんだから笑わせるよな。おれ、ハッキリ言ってあいつのこと嫌いだったけど、まあ篠原先生に紹介してくれたのはやつだったし、バイトと割り切ればべつにいいやって思ったんだ。

で、翌日、新宿の喫茶店で会った。それが十月二十七日の朝、女装して函館に行くって話だったんだ。おもしろそうだったから引き受けるって言ったら、やつは持っていた紙袋をおれに渡して、このなかに入ってるものをトイレで着てみろっていうんだ。おれはそのとおりにした。トイレに行って、袋のなかを見てみると、アイボリーのトレンチコートと、白っぽいパンタロンとかつらとマスクとファッショングラスとグレーの靴が入っていた。コートは着られないこともないけど、少し窮屈《きゅうくつ》だった。パンタロンは完全に女ものだから無理。靴はサイズが二十三で無理だった。おれはいつも二十五をはいてるからさ。

しばらくして奥沢が入ってきた。ファッショングラスとマスクとかつらをつけてみせると、奥沢は満足したみたいだった。でも、コートとパンタロンと靴が無理だと言ったら、他のを用意するって言った——」

「紙袋のなかにはグレーの靴も入っていたのか」

貴島が慌てて遮った。

「入ってた。淡いグレーのやつだよ。あとで渡されたショルダーと似た色合いのやつだ」

「しかし——」

首をひねって何か言いかけたが、貴島は思い直したように先を促した。

「何日かして、また奥沢から呼び出された。今度は前のより少しサイズの大きな同じ色の靴とパンタロンとコートが入っていた。ただどれも前のより安物だった。デパートなんかで安売りしてるやつさ。前のは靴にしても服にしてもブランド物みたいだったけどね。

そのときにおれのやることを大体話してくれた。当日これをつけて女装して午前十一時五十分発の函館行きに間に合うように空港のロビーで待っていろっていうんだ。そのとき、帰りは女装を解いて帰るために、自前の服も持ってこいってことだった。おれはジーンズとセーターを持っていった。

ロビーで待ってると、奥沢がやってきて、スーツケースとショルダーと往復の航空券を渡したんだ。自前の服はいったんスーツケースに入れて持って行って、函館に着いたら、まず函館駅に行って、それを袋に入れて、コインロッカーに預けておけと言った。それから、予約しておいたホテルに行き、スーツケースだけを預けたら、カメラで市内を撮れと言われた。撮る順序も決まっていて、外人墓地から函館公園まで。

あ、それから言い忘れたけど、前に会ったとき、『奥沢千里』って名前と住所を書いたメモを渡されて、この文字と似た字を書けるように練習しておけって言われたんだ。ホテルのチェックイン用にね。そのとき、おれが化ける女はたぶんあいつの身内、女房かなんかだろうなって見当がついたけど、やつはよけいなことは何も言わなかったし、おれも興味なかったから聞かなかった。

それで、函館公園まで写真に撮ったら、駅まで戻ってきて、コインロッカーに入れてあった自前の服に着替えて、函館空港まで行った。帰りは、午後六時発の東京行きだった。奥沢の話だと、五時半までに函館空港のロビーで待っていれば、ある人物が声をかけてくる。ショルダーを渡せと言ったら、その人物にカメラの入ったショルダーを渡せ。おれの役目はそれで完了になるから、あとは飛行機に乗って帰ってこいということだった」

「その、ある人物というのは？」

貴島がたずねた。

「分からないよ。奥沢は教えてくれなかった。ただロビーで待ってさえいれば、向こうのほうから話しかけてくるから知らなくていいって言われたんだ。でも、飛行機の時間ぎりぎりになっても、ある人物なんて現われなかった。おれに話しかけてくるやつなんていなかったんだよ。ここまでは全部うまくいったんだが、最後だけが奥沢の話とは違っていた。しようがないんで、おれはそのまま飛行機に乗ったんだ。おれがやるべきことはやったんだからな。その人物とやらが現われなかったのはおれのせいじゃない。そう思ったからね。

だけど、やっぱりちょっと気になった。それに、預かったショルダーとカメラもなんとかしなくちゃって思って。それで、羽田に着いてから、とりあえず、奥沢のうちに電話してみた。でも誰もでない。それで、おれはタクシーを拾って奥沢の家まで行ってみた。あいつの住所は千里の筆跡を練習させられたときに嫌というほど書いたから暗記していた。あの女名前が奥沢の女房だとしたら、そこへ行けば何か分かると思ったんだ。誰もいなかったら、ショルダーはそこに置いてくればいいとも思った。ショルダーを探ってみたら、うちの鍵らしきものが入っていた。着いたのは、午後八時半頃だったけれど、外から見る限り奥沢のうちは真っ暗で誰もいないみたいだった。おれはショルダーに入ってた鍵を使ってなかに入ってみた。リビングの明かりをつけてびっくり仰天したね。体格のいい中年男が部屋の真ん中で大の字になってぶっ倒れてたんだから。さっき言ったように、そばに泥のついたスコップが転がっていた。見てみると、頭と首の骨が折れてるみたいだった。誰かにこれで殴られたんだなと思った。そのときだよ。テーブルの上にあの指が置いてあるのを見たのは」

裕也はここまでいっきにしゃべると、ぐったりしたように椅子の背にもたれ、

「なんか喉かわいたな。このあたりで、お茶の一杯でも出してくれませんかね」

とずうずうしい声で言った。

「お、これは気がきかないことで。おい河田君」

丸茂がよびかけると、河田は乱暴な手つきでかたわらのポットの湯を注いでお茶をいれ

ると、ドンと裕也の前に置いた。

「それじゃ、きみが行ったとき、奥沢千里の死体はまだ掘り返されていなかったのか」

そうたずねたのは貴島だった。

「それはこれから話すよ」

裕也はそう言って、ゆっくりとお茶を飲み干した。

「おい、小僧。あんまりつけあがるなよ。ここはホテルじゃないんだからな」

河田が裕也の頭を小突《こづ》いた。

「こんなホテルがあったら、帰り際に放火してやる」

裕也は小さくつぶやいた。

「今なんか言ったか」

と聞き耳をたてる河田。

「何も言ってませんよ。おたくの耳なりじゃない？　ストレスがたまると耳なりが聞こえるっていうよ。おたく、かなりストレスがたまってるような顔してるもの」

「おまえな――」

河田が両手の指をポキポキと鳴らしながら言った。

「で、どこまで話したっけ？」

裕也は慌てて話を元に戻した。

「指を発見したところまでだ」

と丸茂。

「あ、そうか。で、最初はおもちゃだと思った指だけど、よく見ると本物みたいだった。男が殴り殺されていて、女のものと思われる指が転がっている。これはどういうことかと思った。しかもなんで部屋のなかにスコップなんかあるんだって不思議に思った。おれは隣りの部屋に行ってみた。そうしたら、畳が少し浮き上がっていて、泥が落ちていた。まさかって思ったんだ。それで、畳をあげてみたら――」

「千里の死体が埋まってたのか」

「そうだよ。びっくりしたぜ、あんときは。リビングに男の死体を見たときもそりゃ驚いたけどもさ。たぶん、この女があの指の持ち主にちがいないと思って、おれは死体を引っ張り出してみた。案の定、左手の薬指が切断されていた。女の顔は知らなかったけど、もしかしたら、これが奥沢の女房じゃないかと思った。そのときになって、ようやく分かったんだよ、おれの役割が。奥沢は女房殺しを計画していたんだ。それでアリバイを作るために、おれに女装させて函館まで行かせたんだってことがね。でも、女を殺したのは奥沢じゃないなと思った。だって、女の胸にはナイフが突き刺さったままになっていたし、リビングで死んでいる男の服には血の飛んだような痕《あと》があったからさ。この女を殺したのは、リビングで死んでる男かなと思った」

「ひとつ聞きたいんだが」

ボールペンの尻で耳の穴を掃除していた丸茂がボソリと言った。

「二人の死体を発見した段階で、警察に連絡しようという考えはチラとも浮かばなかったのかね」

「いや、チラとなら浮かんだよ。実際、電話の前まで行ったんだ」

裕也は真顔で反論した。

「安心してくれよ。おたくらの存在を忘れてたわけじゃないんだ」

「それはどうもありがとう。でも結局一一〇番しなかったな」

「怖くなったんだよ。あの女の死体見て、おれ、ようやく奥沢の女房殺しの片棒かつがされたことに気が付いたんだ。おれは何も知らなかった。奥沢の計画なんて何も知らなかったんだって言っても、警察は信じてくれるかなって思ったんだ」

「そりゃ信じろっていうほうが無理だわな」

と河田。

「そうだろ。だから、電話するのやめたんだ。奥沢の共犯になんかされるの真《ま》っ平《ぴら》ご免だぜって思ったからね。そのまま帰っちゃおうかとも思ったけど、奥沢のやつにまんまと片棒かつがされたかと思ったら、むしょうに腹がたってきてさ。何が割りのいいバイトだ。演技のお勉強だ。人のいい若者をだまくらかしてやばいことやらせやがってと思ったら、ムカムカしてきてさ、なんかあいつをギャフンと言わせたくなったんだよ。で、いい方法はないかと考えてたら、目の前には死体があるだろう。いいこと思い付いたんだ」

「そのいいことというのが、まさか?」

と丸茂。

「そのまさかだよ。女の死体が生き返ったように見せることさ。ホラー映画なんかでよくあるじゃない。ゾンビに襲われたりするの。それに、リビングの男が一体誰で、誰に殺されたのかは全く見当もつかなかったけど、あの男が女を殺したのだとしたら、当然、奥沢の共犯ってことだろ。それに、もしかしたら、奥沢が言ってた函館空港でおれからカメラを取り返す人物ってのは、この男だったんじゃないかなとも思った。だから、もし奥沢が帰ってきて、共犯の男が殺されていて、しかも殺したはずの女房が生き返ってるみたいに見せたら、さぞ驚くんじゃないかって思ったんだ。それで、まず女の死体をかついで二階の寝室に運んだ。それから、床下の泥を階段やホールやリビングに落としておいた。そして、男の死体の髪をつかんで少し引きずった。言っとくが、べつに死体を冒瀆《ぼうとく》しようと思ったわけじゃないよ。こうしたほうがゾンビに襲われたように見えると思っただけなんだ」

「………」

「それから、ゾンビが暴れたように見せ掛けるために、ダイニングテーブルを倒したり、花瓶を落としたりした。で、最後に凶器のスコップを庭に埋めることにした。凶器がないほうがどうやって殺されたか分からなくて、怪力のゾンビに首の骨をへし折られたように見えると思ったからさ。これだけのことをやってから、奥沢の家を出た。あ、それと出るとき、ショルダーのなかに入ってた鍵でドアを外からロックしておいた。だって、奥沢が帰ってくる前に誰かに見付かっちまったらせっかくの苦労も水の泡だろ。だから他のやつが入れないように鍵かけておいたんだ」

「それじゃ、二階の死体の顔を変形させたのもきみか」

貴島が呆れたようにたずねた。

「いや、はじめからあんな顔だったな。爪に土をつめたのはおれだけど」

裕也は得意そうに言った。

「例の指はなんの目的で持ち出したんだ？」

これ以上尋問《じんもん》する気力をなくしたというような気の抜けた声で丸茂がたずねた。

「ああ、あれ。たいして意味なかったんだよ。おれ、ああいうブキミグッズ集めてるから、コレクションの一つにしようと思ってね。あれ見せても誰も本物とは思わないだろうなって考えたら愉快でさ」

「おおいに愉快だな」

河田が陰険な声で言った。

「今この手でおまえの首を心ゆくまで絞《し》めることができたらもっと愉快だろうな」

7

「それじゃ、麻生裕也が例の替え玉女だったっていうんですか」

飯塚ひろみが信じられないという顔で言った。

「まあやつがどこまで本当のことを言ってるかは、一つずつ裏を取ってみないと分からないが」

くたびれたような顔でお茶を啜《すす》っていた丸茂がそう答えた。

「替え玉女が裕也だったかどうかは、彼の筆跡と指紋を調べればイッパツで分かりますね。函館のホテルの宿泊カードの筆跡と同じだったら、彼がまぎれもなく替え玉女だったということになります」

と飯塚。

「うむ。それはもう書かせて鑑識に回してある。それにしても、まったく近頃のガキは何を考えてるんだか」

やれやれと首を振る丸茂。

「もし裕也の言っていることが本当だとしたら、奥沢は千里殺しの計画を最初は姉の雅美にもちかけたが、ケンもホロロに断わられたので、今度は弟のほうにもちかけたということになりますね」

飯塚が言った。

「裕也は学生時代にゲイバーでアルバイトしてたことがあったらしい。おそらく、雅美からその話を奥沢は聞いていたのだろう」

と丸茂。

「でも替え玉女の正体が分かったとしても、上山と奥沢を殺したのは裕也ではありえませんよね」

「その点については裕也も頑強に否定している。やつが奥沢邸に行ったときはすでに上山は殺されていた。ま、これについては嘘はないだろう。函館で午後六時発の東京行きに乗った裕也には、どうやっても午後六時頃に上山を奥沢邸で殺すのは不可能だ」

「ただ奥沢殺しに関しては可能性はありますね」

「やつはそれも否認しているがね。奥沢に一杯食わせるために千里の死体を二階に運んだあとで、午後九時すぎには、やつは奥沢邸を出たと言っている。途中でタクシーを拾って横浜まで帰ったらしい。だから、奥沢が襲われた時間帯には、やつは横浜の篠原の家にいたことになる。まあ、この点に関してはすぐに裏を取れるだろう」

「裕也が殺しとは関係ないとしたら、上山と奥沢を殺したのは他にいるということになりますね。午後六時頃に上山を殺していったん逃亡した人物が、裕也が出ていったあとで、また現場に舞い戻ってきたんでしょうか。もしその人物が奥沢が大阪から日帰りで帰ってくるということを前もって知っていたら、その前に奥沢邸に忍び込んだとも考えられます」

「まあそういうことだったんだろうが、ただ、そうすると、チト妙なことになるんだよ。裕也は奥沢邸を出るときに、上山を殺したと思われる凶器のスコップを庭に埋めたと言っているんだ。つまり犯人が舞い戻ってきたとき、スコップは室内にはなかったことになる。

とすれば、犯人は一体何を使って奥沢を殴ったのか――」

「もう一度スコップを地面から出してきたんでしょうか。あるいは、何か別の鈍器を使ったか」

飯塚は首をかしげた。

「鑑識の報告では、上山と奥沢を襲った凶器については、同一のものとも言えるしそうでないとも言えるという曖昧なものだったからな、同じ凶器ではなかったという可能性も十分考えられるわけだが……」

「妙なことは他にもありますよ」

それまで黙っていた貴島が口を開いた。

「裕也の話だと、十月の半ば頃に、奥沢から函館行きの件をもちかけられて、そのとき女装に使う衣類を見せられたということでしたが、このなかにグレーのパンプスまで入っていたというのは妙だと思いませんか」

「あ、そうです。それはおかしいわ」

飯塚がはっと気付いたように言った。

「グレーのパンプスとショルダーは奥沢千里が出がけまで迷って当日の朝になって決めたと妹が言ってました。奥沢には前もって妻がどんな靴をはいていくか分からなかったはずなんです。それなのに、十月半ばにもう千里が函館に身につけていくものが分かっていたなんて変です。おかしいです」

「だが、それに関しては、あくまでも千里の妹の証言がもとになっているんだろう？」

丸茂が言った。

「支倉真里が故意に偽証したとは思えないが、何か思い違いをしているという線は考えられるぞ。たとえば、千里は函館に身につけていくものはかなり前から決めていたのかもしれん。ただ、途中であれこれ迷ったとしたらどうだ。当日の天候によっても違ってくるだろうし。が、結局、最初に決めたとおりのいでたちに決めたとも考えられるじゃないか。真里は千里の迷っているところしか見ていないので、ショルダーや靴はその日に決めたと思い込んでしまったのかもしれない」

「ああなるほど。そういう考え方もできますね」

飯塚が半ば納得したように頷いていたが、すぐに、

「あと、裕也の言っていた、その函館空港で会うはずだった人物というのも気になりますね」

「そうだな。一体誰のことだったのか」

またもや首をひねる丸茂。

「裕也は上山だと思ったらしいが」

「でも、話を聞いてると、奥沢が最初姉のほうにもちかけた計画と少し違うような気がしますが？」

飯塚は貴島のほうを見ながら言った。

「そうだね」

貴島は何か考えこみながら短く答えた。

「雅美の話では、替え玉女は函館のどこかで連れ去られたように見せ掛けるってことでしたよね。カメラの入ったショルダーをどこかに落として、変装を解いたあとで、奥沢宛の郵便物をポストに投函する。これが替え玉の役目だったはずです。でも、裕也の話だと、ショルダーは函館空港で話しかけてきた人物に渡せということだった。しかも、奥沢宛の郵便物を出せとは命令されていない。奥沢の計画は少し変更されたみたいですね」

「まあそれはあるだろう。奥沢が麻生雅美に女房殺しの計画を打ち明けたのが九月ということだったから、それからだいぶ日数がたっているわけだし、計画を練り直したとも考えられる。それに、最初の計画は雅美に話してしまったから、彼女の協力を得られないと分かって、そのまま実行するのは危険と思い直したのかもしれん。それで、多少の変更はしたのだろうな」

と丸茂。

「やはり、裕也からショルダーを受け取る役は上山がやることになっていたのでしょうか。もしそうだとすると、上山はそのショルダーを使って何をするつもりだったんでしょうか」

飯塚がたずねた。

「さあな。ま、とにかく、ここでああだこうだ言ってみてもはじまらない。とりあえず、麻生裕也の証言がどの程度まで真実かをつきとめてみないことにはな」

丸茂がよっこらしょと立ち上がりながらそう言った。

8

「ねえ、さっきから何やってるんですか」

飯塚ひろみが貴島のほうを見ながら不思議そうに聞いた。

十一月十日。この日、貴島と飯塚はみたび奥沢邸に来ていた。

麻生裕也の筆跡鑑定の結果、裕也の筆跡は函館のホテルに残されていた宿泊カードの筆跡と細かい点で特徴が一致するという報告が出ていた。つまり、函館に現われた替え玉女は麻生裕也の女装にほぼ間違いないということが分かったのである。

しかも、上山と奥沢殺しに関しては、裕也は確実なアリバイがあることも判明した。裕也が「スズキヨシオ」という偽名を使って帰りに乗ったという函館発午後六時の東京行きには、たしかに裕也らしき人物が乗っていたことが乗客名簿から分かり、まず上山殺しに関しては犯行は不可能。

さらに、奥沢殺しに関しても、犯行時の午後十一時四十分くらいには、すでに横浜の篠原邸に帰っていたという、篠原剛をはじめとする、何人かの塾生たちの証言を得ることができた。

そして裕也の言ったとおり、庭の物置裏の地中から発見されたスコップにはかすかに血痕が認められ、鑑定の結果、それが上山幹男の血であることが分かっていた。また鑑識医の見解として、そのスコップが上山殺しの凶器であると考えても、なんら矛盾は生じないということだった。ただ、それが奥沢殺しの凶器でもあるかという点に関しては、否定も肯定もできない、という相変わらず曖昧なものだったが。

すなわち、千里の替え玉は麻生裕也だったにしても、上山、奥沢殺しに関しては裕也は白というところまでは調べがついたというわけだった。

「ねえ、貴島さん」

飯塚はもう一度声をかけた。さっきから貴島は玄関を入って、リビングのドアを開いたり、ホールの奥の和室に入っていったり、そうかと思うと、階段を上って二階に行ったかと思うと、またおりてきてリビングに入ったりと、なにか独り言《ひとごと》を言いながら、そんな動作を繰り返していたのである。

「え?」

貴島は夢から覚めたような顔で飯塚を見た。

「何してるんですか、さっきから」

「あの夜、奥沢が電話機の前で倒れるまでに、彼が取ったと思われる行動を想定してみたんだ。自宅前でタクシーを降りた彼は、『金を取ってくる』と運転手に告げて、家のなかに入った——」

貴島はそう言いながら、再び靴をはいて玄関の外に出た。飯塚も同じことをする。

「彼はコートのポケットから鍵を出すとそれでドアを開けた。これはタクシー運転手がタクシーのなかから見ていた」

貴島は自分のコートから見えない鍵を取り出してそれでドアを開ける振りをした。

「それからどうする？」

「当然、玄関の明かりをつけるでしょうね」

と飯塚。

「そうだな。明かりをつける」

貴島はそう呟いて右手にある壁のスイッチを押して実際に明かりをつけた。

「それから？」

「靴を脱いであがります」

「あがったあとは？」

「リビングに入るんじゃありませんか？　だって、彼が持っていたらしい革のセカンドバッグがリビングのテーブルにあったということは、まずリビングに入って、セカンドバッグをそこに置いたということでしょう？　奥沢を襲った犯人がどこかに落ちていたのをあとでテーブルに置いたとも考えられますけど、逃げるのに忙しい犯人がそんなことまでしたとは思えません。あのセカンドバッグは奥沢本人が自分で置いたと考えたほうが妥当だと思います」

「そうだね。奥沢はリビングのドアを開けてなかに入った。明かりをつけて――」

貴島は実際にそのとおりにした。

「部屋のなかの有様にさぞびっくりしたでしょうね。共犯の上山が殺されていて、しかもダイニングテーブルは倒れ、クッションは撒《ま》き散らされて、てんやわんやの状態だったんですから。あ、でもダイニングテーブルなんかはまだ倒されていなかったのかな。タクシー運転手の話だと、奥沢が入っていったあとで、家のなかから椅子かテーブルが倒れるような大きな音がしたと言ってましたから」

「いや、その点だが、それもおかしいんだ」

貴島は言った。

「おかしいって?」

「麻生裕也の話では、ダイニングテーブルを倒したのは彼の仕業だということだ。ゾンビが暴れたように見せ掛けるためにわざと椅子や花瓶を倒したのだという」

「え。それじゃ、あのタクシー運転手の証言はどういうことになるんですか。運転手の聞いた大きな物音というのはテーブルが倒れた音じゃなかったんですか」

「そういうことになるな。あるいは、運転手の空耳かなにかだったのか――とにかく、彼は驚きながらも、なかに入ってくると持っていたセカンドバッグをセンターテーブルに置いた――」

貴島はそう言いながらセンターテーブルに近付き、物を置く仕草をした。

「それから？」

「そのときに襲われたんじゃないですか。どこかに隠れていた犯人が凶器を持って襲いかかってきた。持っていたのが、上山を殺したスコップか別の鈍器だったかは分かりませんが」

「ここで襲われた？」

「だって、奥沢はそこで倒れていたわけだし」

飯塚はリビングチェストの前を指さした。

「しかし、彼は義妹《いもうと》からかかってきた電話に、『死体が生き返った』と言ったわけだろう。ということは、二階の寝室に裕也が運んでおいた千里の死体を自分の目で見たということではないのか。この状況だけを見て、『死体が生き返った』とは思わないんじゃないか」

「あ、そうでした。うっかりしてました」

飯塚はそう言って舌を出した。

「奥沢は二階に行ってるんです。だって、タクシー運転手が見たときには二階の窓に照明はついていなかったのに、奥沢がなかに入ったあとで照明がついたと言いましたから。当然、明かりをつけたのは奥沢ということですよね。奥沢は二階に行って千里の死体を見たんです」

「それはまず間違いないだろうな。玄関に入ったときから、何か変だという感じは持っていたと思うね。ホールや階段には泥が落ちていたんだから、明かりをつけてそれを発見した段階でおかしいと思ってたはずだ。それでも、まずリビングに入って、セカンドバッグをテーブルに置いた。そして、ホールやリビングに撒き散らされていた泥に気付き、隣りの和室に行った――」

貴島はリビングを出ると和室に入った。

「千里の死体はこの部屋の床下に埋めることを考えついたのは彼なんだから、あちこちに落ちている泥を見て、当然、この部屋に埋めた死体のことが頭にひらめいたはずだ」

「そして、なかに入ってみると、畳がはねあげられていて、床下には穴だけが開いていた。死体はどこにもないとなれば」

飯塚があとを続けた。

「当然、千里の死体を探しただろう。一階にないと分かれば、二階に行くはずだ。そして、二階の寝室に寝ていた死体を発見する。彼としては、まさか裕也がこんな悪戯《いたずら》をしたとは思わないだろうから、二階にある死体を見たときには、ほんの一瞬でも『死体が生き返った』と思ったかもしれない。しかも、千里の死に顔のあの凄まじさ。そこで心臓が止まらなかったのが不思議なくらいだ。共犯の上山が殺されているわ、リビングは荒れ放題、おまけに床下に埋めたはずの千里の死体まで『移動』しているわで、彼の頭は相当混乱していたはずだ。そして、混乱したまま彼はどうしたか」

「下へおりてきたんです。二階で犯人に襲われたとは思えません。首の骨が折れた状態で階段をおり、リビングに入って義妹からの電話を取ったとは思えませんもの。下へおりてきて、またリビングに入ったんです。そのときに襲われた。犯人が逃げたあとで、電話がかかってきた。まだ死んではいなかった奥沢は死力《しりょく》をふりしぼって受話器を取った」

と飯塚。貴島は何も言わず階段をおりて、またリビングに戻ってきた。飯塚もあとに続く。

「奥沢の行動はこんな順序だったと思うんだが、しかし、そう考えると妙だな。奥沢はなぜ受話器を取って、自分を襲った犯人のことを言わなかったんだろう。『死体が生き返った』なんて話せるだけの気力が残っていたら、襲った犯人の名前を言い残したほうが自然だと思わないか」

「言いたくても知らなかったとも考えられますよ。だって、奥沢は背後から襲われたと思われますもの。後頭部に鈍器で一撃されたような痕があったということはうしろから殴られたってことでしょう。だから犯人の顔を見ることはできなかったんじゃないでしょうか」

「しかしそれにしても……」

そう言いかけた貴島の顔に、それこそハンマーでうしろから殴りつけられたような表情が浮かんだ。

「もしかしたら――」

「え？」

貴島は振り返った。あるものをじっと見詰めていた。

「そうか。そういうことだったのか」

そう言うなり、突然笑い出した。

「ど、どうしたんですか」

相棒の唐突な変化にうろたえたように飯塚が言った。

「どうかしてた。こんな簡単なことに気が付かなかったなんて」

「あの、何か分かったんですか」

飯塚は薄気味悪そうに相手の顔を覗きこんだ。

「奥沢を殺した犯人が分かったよ」

貴島はまだ笑いながらそう言った。

「え、本当ですかっ。だ、誰なんですか、それは」

「死体だよ。やっぱり犯人は死体だったんだ」

「えっ」

「千里の死体が奥沢を殺したんだ」

9

「千里の死体が奥沢を殺したァ？」

裏返ったような声で反応を示したのは河田刑事だった。河田の険悪な顔には、「またそんな馬鹿なことを言い出したのか」とでも言いたげな表情が浮かんでいた。

その夜の捜査会議の席上である。

「そうです。奥沢を殺したのは千里の死体だったんです。そう考えればつじつまが奇麗に合います」

貴島は言った。

「それじゃあ、話はまた振りだしに戻っちまうじゃないか。上山と奥沢を殺したのは千里のゾンビだっていう、あんたのメイ推理を性懲《しょうこ》りもなく繰り返すつもりかよ」

河田はうんざりしたような顔で言った。

「ゾンビだなんて一言も言ってませんよ。奥沢の息の根を止めたのは千里の死体だったと言っただけです」

「おんなじことじゃないか」

「違います。なにも千里の死体が生き返って奥沢を襲ったと言ってるわけではありません。奥沢の死因は心臓マヒでした。あの心臓マヒは二階にあった千里の死体を見たことによって引き起こされたのだと思います。奥沢は共犯の上山が千里の死体を一階の和室の床下に埋めたことを知っていた。おそらく、大阪から自宅に電話をかけて、上山から報告を受けていたのでしょう。ところが帰ってみると、千里の死体は掘り返されていて、二階の寝室に移っていた。しかも、死体の顔は我々ですらいささかたじろぐような凄い表情をしていました。あれをいきなり見せられたら、心臓の弱い人間ならその場でショック死しても不思議ではありません。一日の間に大阪と東京を往復して、物理的にも相当の負担を受けていた彼の心臓があの死体を見たことでトドメを刺されたわけです」

「そういう意味でなら、たしかに千里の死体が奥沢を殺したという言い方もできるだろうな。言葉のアヤってやつでよ」

河田はふんと鼻で笑った。

「しかし、奥沢の心臓マヒの原因を作ったのは千里の死体だけじゃないぜ。それも多少はあっただろうが、それよりむしろ、そのあとで起こったことのほうが奥沢にとってはショックだったと思うね。家のなかに潜《ひそ》んでいた犯人にいきなり襲われたんだから」

「それはないと思いますね」

貴島は手元のボールペンを見詰めながら、そっけなく答えた。

「それはないってどういう意味だ？」

「奥沢が帰ったとき、あの家には上山と千里の死体以外、人間はいなかった。つまり、潜んでいる人間などいなかったという意味です」

「へ？」

河田は笑い出しそうな顔になった。

「それじゃ、誰が奥沢の頭を殴ったり首の骨をへし折ったりしたっていうんだ？　奥沢の死因はたしかに心臓マヒだが、それだけじゃない、明らかに鈍器でしたたか殴られたような痕跡も残っていたのだ。それを忘れてもらっちゃ困るね」

「ですから何度も言うように、それも千里の死体の仕業なんです」

貴島は根気よく言った。

「どうもあんたの言わんとすることが見えないんだなあ」

河田は頭をガリガリと掻《か》いた。

「このセンセイのご高説が高級すぎるのか、それともおれの頭が悪すぎるのかな」

あちこちで失笑がもれた。

「あの家に潜んでいた人間がいたなら、当然、我々が駆け付ける前に逃げ出したことになります。しかし、現場はいわゆる密室的状況だった。玄関以外の出入り口にはすべてなから施錠されており、唯一の出入り口である玄関の前にはタクシーが停まっていた。そのうえ、道路をはさんだ向かいの家の住人が二階から一部始終を見守っていた。その住人がタクシードライバー以外は猫の子一匹出てこなかったと証言している。

もしタクシードライバーと向かいの住人の証言を信じるならば、犯人は現場にそのまま止《とど》まったか、あるいは、何らかの手段を使って玄関以外のところから逃げたか、この二つしかないわけです。

ただ、犯人が玄関以外のところから逃げたとしたら、なぜそのまま逃げずに、現場が密室であったかのような小細工を弄《ろう》したのかという疑問が生じます。表に停まっていたタクシードライバーに顔を見られるのを恐れて玄関から逃走することを避けたのであれば、なにも現場を密室化する必要はないわけです。

この点に関しては、麻生裕也の証言が得られるまでは、千里の死体を掘り返して二階に運んだ人物と、上山や奥沢を殺害した人物とが同一であるという可能性も考えられたので、もしかすると、犯人はなんらかの理由があって、千里の死体が生き返って上山たちを襲ったように我々に思わせたかったのではないかとも思ったわけです。

しかし、麻生裕也の証言でこの可能性はなくなりました。千里の死体を動かした人物と、殺人犯とは別人であることが分かったからです。

となると奇妙なことになります。

奥沢を襲った犯人はなぜにすぐに逃げずに現場を密室化したのか。その理由が分からないのです。

こういったことを考え合わせると、奥沢を襲った犯人は現場から逃げなかったのではないかという結論に達せざるを得ないのです」

「長々と貴重なご高説をどうもありがとう。それで、ようするに、手短かにいえば、奥沢を襲った犯人は千里の死体だったと言いたいわけだな」

河田がいらついた声で口をはさんだ。

「そうですね」

「さっき、あんたは千里のゾンビが奥沢に襲いかかったわけじゃないと言ったな。ありがたいことに、そう考えるだけの分別はまだ残っているわけだ。しかるに、奥沢に殴りかかったのは千里の死体だと言う。このへんの違いをちゃんとおれたちのような頭の悪い人間にも分かるように説明してくれませんかね」

と河田。

「千里の死体が奥沢に殴りかかったなんて一言も言ってませんよ。奥沢の頭や首に打撲《だぼく》傷《しょう》や骨折を生じさせる原因を作ったのは千里の死体だったと言ってるんです」

「どこが違うんだよっ」

河田がついに堪忍袋《かんにんぶくろ》の緒《お》が切れたというようにどなった。

「ただ、少し凝《こ》った言い方をすれば、千里の死体がある凶器を使って奥沢を襲撃したという言い方もできないことはないですがね」

貴島は苦笑しながら言った。

「なんだと……」

「千里の死体は、あの家にあって、しかも彼女がごく日常的に親しんでいた、木製のある凶器を使って奥沢の頭や首を殴りつけたという言い方もできるわけです」

「木製のある凶器……」

誰かがつぶやいた。

会議室がいつかのようにしんと静まり返ってしまった。貴島は小さな溜息を一つつくと、こうつけ加えた。

「その凶器のことを我々はふつう階段と呼んでいますが」

10

「階段？」

誰かがオウム返しに言った。

「つ、つまり、こういうことかね。奥沢はあの夜、自宅の階段から転げ落ちて頭に打撲傷を負い、首の骨を折ったと――」

丸茂がようやく口を開いた。河田はポカンと口を開けたままだった。

「わかりやすく言えばそういうことです。二階の寝室で千里の死体を発見した奥沢はショックを受けて、頭が混乱したまま下におりてこようとしたのでしょう。それで足を滑らせた。あるいは、階段をおりようとしたときに、それまでかなりの負担がかかっていた心臓に異変が生じ、体のバランスを失って転げ落ちたのかもしれません。

どちらにせよ、千里の死体が二階になければ、奥沢が二階に行くこともなく、ひいては階段から転げ落ちることもなかったわけです。千里の死体が奥沢を殺したというのはそういう意味なんですよ」

「そういえば、あそこの階段はけっこう急だったからな……」

丸茂がふと呟いた。通報を受けて現場に駆け付けたとき、二階に行こうとして階段を上って、息が切れたことを思い出したのである。

「それでは、タクシー運転手の聞いた物音というのは、まさか?」

はっとしたように飯塚が言った。

「おそらく奥沢が階段から落ちる音だったんだろう」

と貴島。

「リビングの椅子や何かを引き倒したのが麻生裕也だったとすれば、それ以外に大きな物音というのは考えられない」

貴島は続けた。

「奥沢は階段を転げ落ち、首の骨を折った。しかし、まだ意識はあった。そのときにリビングの電話が鳴った。かけてきたのは支倉真里です。もっとも、電話がいつ鳴ったかということについては、あくまで想像にすぎませんが。心臓発作を起こし、しかも首の骨を折っていた奥沢は、突然鳴り響いた電話のベルに助けを求めるつもりで、リビングまで入っていき、死力をふりしぼって受話器を取ったのです。しかし、彼の死力はそこで尽きた。『死体が生き返った』と一言だけを言い残して絶命したというわけです。もし奥沢が何者かに襲われたとしたら、電話で言い残したはずです。背後から襲われて犯人の顔を見ていなかったとしても、『襲われた』くらいは言えたでしょう。しかし、奥沢はそうは言わなかった。それは、彼を襲った人間などいなかったからです」

「だが――」

やっと口をきく気になったらしい河田が咳《せき》ばらいをしてから言った。

「奥沢は事故死だったとしても、それじゃ、上山を殺したのは誰だったんだ？　それともそこまでは分からないかね」

「いや、見当はついています。ただあと一つ二つ調べてみないと確かなことは言えませんが」

貴島はそう答えた。

「ほう。ついでだ、それも聞かせてもらおうか。まさか上山も階段から落ちたなんて言うんじゃないだろうな」

「それはありません。上山の件は殺しと考えて間違いないと思います。凶器と思われるスコップも発見されていますし」

「ああそうかい。そいつはよかった。上山の場合も凶器は階段だなんて言われたらどうしようかと思ってたよ。一体おれたちは国民の血税を使って今まで何を捜査してきたんだと髪を掻《か》き毟《むし》りたくなっちまうからな。逮捕すべき犯人がいるなら、早くそいつの名前を教えてくれよ」

「ただその人物を逮捕するのは不可能ではないかと……」

貴島は俯《うつむ》いてまたボールペンを弄《もてあそ》びはじめた。河田に話しかけるよりも、手のなかのボールペンに話しかけたほうがまだましだと思っているような顔だった。

「どういう意味だよ、それは？」

河田はギロリと目を剝《む》いた。

「不可能というより、もう逮捕する必要がないというか……」

「おいおい、あんた、自分が刑事だということを忘れたわけじゃないだろうな。人、ひとり殺されてんだぜ。まあ、そりゃたしかに、上山は奥沢千里を殺した殺人犯ではあるが、だからといって、上山を殺した犯人を逮捕しなくてもいいという法はない。それともまさか」

河田は嫌な予感がするというようにおそるおそるたずねた。

「上山を殺したのは千里の死体だったなんて、またぞろ言い出すんじゃないだろうな」

「千里じゃありませんよ。千里はすでに殺されていたんですから。当の上山に」

貴島は気を悪くしたように短く言った。

「じゃ、一体誰なんだ」

「その前に、捜査の基本にもう一度たち戻ってみませんか。どうも我々は最初からある先入観のドツボにはまりこんでしまって、そこから一歩も抜け出せないまま捜査を進めてきたようです。かく言う私にしてもそうでしたが。今回の事件で我々を悩ましたいくつかの謎は、実は、この事件のもっとも重要な部分を大きく勘違いすることで、我々自身が作り出してしまったのではないかという気がするんです。最初からありもしない蜃気楼《しんきろう》みたいな謎を追って大騒ぎしていたのではないか」

「おい、貴島さんよ。こちとら結婚式のスピーチをお願いしたおぼえはないぜ。まわりくどい前置きはいらねえよ。ズバリ聞こうじゃないか。上山を殺した犯人は誰だとあんたは考えてるんだ」

かみ付くような勢いで河田が遮った。

「その前に逆に聞きたいんですが、上山を殺した犯人の動機はなんだと思います？」

貴島は鋭く言い返した。

「……」

「言い換えれば、上山を殺害することで利益を得る人物は誰なんです？」

「それは——」

飯塚が代わりに答えた。

「わたしの知る限りでは、共同経営者の奥沢です。二人が今の会社を作ったときにお互いを受取人にして、ともに一億の保険に入っています。だから、上山が死ねば、相棒の奥沢には一億の保険金が入ることになりますから」

「そうだね。こうした事実をかなり初期の段階でつかんでおきながら、我々はなぜかこの事実、つまり奥沢は妻の千里だけでなく、共同経営者の上山にも保険をかけていたという事実にはあまり注目しなかった。それというのも、千里殺しの動機のほうに注意が集中してしまったことと、この千里殺しにおいて、奥沢と上山が共犯であったという事実に目がいきすぎていたからです。千里殺しにおいて運命共同体だった二人が、まさか仲間割れするはずがないと——」

「そ、それじゃなんだ。上山を殺したのは奥沢だったというのか」

河田が言った。

「そういうことになります。少なくとも奥沢には上山を殺す動機があった」

貴島は河田のほうは見ないで言った。

「だけどさ、奥沢が大阪に行ったことは間違いないんだぜ。その奥沢がどうやって——」

「千里殺しに関しては、たしかに奥沢のアリバイは完璧です。彼が前もって予約しておいた飛行機には搭乗した記録が残っているし、大阪の友人の会社を午後二時頃にたずねたことも裏が取れています。しかし、上山殺しに関してはどうでしょうか？　上山が殺された午後六時頃といえば、奥沢にはアリバイはないも同然なのです」

「そんなこたあない。奥沢にはちゃんとアリバイがあるじゃないか」

河田が反駁《はんばく》した。

「奥沢はあの夜、午後七時九分新大阪発のひかり２７８号に乗って帰ってきたんだ。午後六時頃に東京の自宅で上山を殺した男が、どうやって大阪に舞い戻り、午後七時九分発のひかりに乗ることができるんだよ？」

「彼はひかり２７８号には乗らなかったんですよ」

貴島はあっさりと答えた。

「乗らなかった？」

河田は三白眼《さんぱくがん》を剝いた。

「そ、それじゃ、なんで奴の財布がひかり２７８号の座席に落ちていたんだ？」

「ひかり278号に乗らなかったと言ったのは、新大阪からはという意味です。奥沢が乗り込んだのは、新大阪からではなくて、新横浜からだったのです。ひかり278号は、新大阪を出ると、京都と名古屋と新横浜に停まります。新横浜に停まるのは、時刻表によれば、午後九時五十二分。そして、奥沢は、自宅で上山を殺害したあと、おそらく新幹線で新横浜まで行ったのです。そして、ひかり278号に乗り込んだ。終点で降りる前に、わざと座席に財布を落とし、係員にあとで発見されるように仕組んだのです。あとでアリバイを聞かれたときに、新大阪から乗ってきたように見せ掛けるために」

「………」

「つまり、あの日の彼の行動はおおむねこういうことだったと思います。午後二時すぎ、大阪の友人の会社を出たあとで、午後三時四十五分大阪発の飛行機に乗り込んだ。羽田到着が午後四時四十五分。午後六時頃に上山を殺すのに十分間に合います。彼のコートのポケットから映画の半券が出てきましたが、あれもアリバイ工作の一つでしょう。友人が留守なのを知って、映画館で時間を潰したような振りをして、実際には、入場券だけを求めてすぐに出てきてしまったのだと思いますね」

「と、ということはなんだ。奥沢はてめえのカミさんにかけた保険金だけでなく、ついでに上山の保険金まで手に入れようと最初から計画していたっていうのか。つまり上山に千里を殺させておいて、そのあとで、口封じを兼ねて、相棒まで始末するつもりだったと?」

河田が呆れ果てたように言った。

「いや、それは違います。奥沢には上山を殺すつもりはなかったと思います。もし、最初から千里と上山の二人とも殺すつもりでいたら、もっと別な計画をたてていたでしょう。それに、奥沢の過去を当たってみて気がついたのですが、彼が引き起こしたと思われる犯罪にはある種のパターンのようなものが見られます。生来の犯罪者には、必ずその性格から生み出される犯罪パターンのようなものがあって、何度も同じ種類の犯罪を繰り返しがちですが、奥沢の場合もこれに当て嵌《は》まるようです。彼は犯罪計画はたてても、自分の手を汚すことを極力嫌うタイプです。自分に愛情や信頼をよせている身近な人物をうまく操って、その人間に汚ない仕事を押し付けるというのが彼の好むやり方のようです。ですから、自分の手で上山を殺害するというのは彼のやり方ではありません。これに関しては、午後三時四十五分大阪発の航空券をいつ手に入れていたかが分かれば、上山殺しが計画的なものだったか、あるいは何らかのアクシデントによる突発的なものだったか判明すると思いますが――」

「あんたとしては、上山殺しは奥沢にとってはアクシデントの産物だったと言いたいわけか」

　と河田。

「そうです。奥沢が用意周到に考えた保険金殺人は計画どおりには事が進まなかったのです。のっけからある破綻《はたん》をきたしてしまったのだと思いますね。おそらく、奥沢は大阪から自宅に電話をして上山からそれを聞かされたのでしょう。それで、急遽《きゅうきょ》、計画を変更せざるを得なくなった。すぐに自宅に舞い戻る必要が生じたのです。それだけでなく上山を自分の手で殺さなければならなくなった」

「なんだ、その計画の破綻というのは」

河田がごくんと唾を飲み込んでたずねた。

「その破綻——奥沢の練りに練った保険金殺人計画をねこそぎ根本からくつがえしてしまったアクシデントというのは、上山幹男が奥沢千里を刺し殺してしまったということです」

11

「お、おい。今なんて言った？　おれの聞き違いかな」

河田は耳の穴を指でかっぽじった。皮肉を言っているのではなく、本気で聞き間違えたと思ったらしい。

「上山が千里を刺し殺すという、奥沢にとっては重大なアクシデントが生じたと言ったんです。今度は聞こえましたか」

貴島は少し声を大きくして言った。

「なんでそれがアクシデントなんだ？　上山が千里を殺すのはまさに計画どおりじゃないか。アクシデントが起きたとしたらその後だろうが」

とまだ意味が分からないという顔の河田。

「そうではありません。上山が千里を殺してしまったということこそ、奥沢にとっては思いもよらなかった最大のアクシデントだったんです」

「まさか奥沢の殺人計画というのは――」

飯塚ひろみがあっという顔で言った。少なくとも河田よりも飲み込みの早い飯塚は貴島の言わんとすることに気がついたらしい。

「奥沢はたしかに保険金殺人を計画していました。しかし、それは我々が思い込んだような計画ではなかった。奥沢の殺人計画がのっけから破綻をきたしてしまったように、我々も捜査の第一歩から間違った方向に踏み出してしまったというわけです。

あの奇怪な現場の状況と、その後の関係者の証言やさまざまな状況証拠から、奥沢が友人でもあり共同経営者の上山と共謀して、妻の千里を保険金めあてに殺そうとしたと思いこんでしまった。こんな先入観に陥《おちい》ってしまったことが、幾《いく》つかの不可解な謎を生み出すもとになったのです。

しかし事実は逆だった。奥沢の計画とは、妻の千里と共謀して、上山にかけた保険金を狙うというものだったのです。殺されるのは、上山のほうであって、千里ではなかった。ところが、計画は挫折して、共犯の千里のほうが先に殺されてしまった」

「それじゃ、上山が常連だった新宿のスナックにかかってきた電話というのは――」

と飯塚。

「あれをかけたのは千里本人です。これも調べてみなければ分かりませんが、おそらく、上山を呼び出す電話は、千里が自宅からかけたのではないかと思われます。あの朝、羽田空港から世田谷の自宅に千里を連れてきた人物というのは、ほかならぬ千里自身だった、言い換えれば、妹の車をおりたあとで、彼女が自らの意志でタクシーでも拾って自宅に帰ってきたということです。奥沢に三人めの共犯者がいて、この共犯者が千里を羽田から連れ帰ったと考えるよりも、こう考えたほうが無理がありません。

むろん、帰ってきた目的は上山を自宅に呼び出して殺害するためです。そして、上山をおびき出すためにスナックに電話をかけた。最初は上山のマンションにかけたのかもしれない。しかし、スナックのママといい仲になってそこに泊まりこんでいた上山は留守だった。おそらくマンションにいないときはそちらにいるかもしれないと奥沢から聞かされていたのでしょう。スナックに電話をすると、函館からの振りをして、例の玄関の戸締まりうんぬんの話をした。実際に、千里はあの朝玄関の戸締まりはしないで羽田まで行ったのだと思いますね。というのは、うちの鍵はショルダーのなかに入れたまま、奥沢に渡し、奥沢はそれを替え玉役の裕也に渡したわけだから。千里としては、どうせすぐに舞い戻ってくることが分かっていたので玄関に鍵をかける必要はなかったわけです」

「奥沢が前もって千里が函館に着ていく服や靴が分かっていたのも、千里が共犯だったからというわけですか」

飯塚が言った。

「そういうことになる。奥沢と千里が共犯だったと考えると、すべての謎が奇麗に解けるんですよ。前日、千里が妹の真里を自宅に呼んだのも、妹のカメラを借りるのが目的ではなく、翌朝、妹に羽田まで車で送らせることが目的だったのでしょう。姉が函館に行ったと思わせるために」

「それじゃ、替え玉の裕也の役目というのは一体——」

「あれは千里が函館で殺されたように見せ掛けるための替え玉ではなくて、千里の、ア、リ、バ、イ、を、作、る、た、め、の替え玉だったんです。そう考えると、おそらく、裕也が函館空港でカメラの入ったショルダーを渡す手筈《てはず》になっていた人物というのは」

「千里だったんですねっ」

飯塚がドンと会議室のテーブルをたたいて言った。

「そうだ。上山を殺した千里はそのあとで本当に函館に行くはずだったにちがいない。午後三時五十分に羽田を出て、午後五時五分に函館に到着する便がある。これを利用すれば、午後五時半までに役目を終えた裕也と空港のロビーで落ち合うことができる。千里は裕也からカメラ入りのショルダーを受け取り、今まで市内観光でもしてきたような顔でホテルに戻るつもりだったのだろう。ところが、さっき言ったようなアクシデントが起きて、千里はいわば返り討ち《う》にあって、早々と自宅で冷たい屍《しかばね》になってしまった。裕也が函館空港でいくら待っていても現われるはずがない——」

「でも、そうすると、奥沢が愛人の雅美に話した妻殺しの計画というのは、あれは一体何だったんでしょうか。上山殺しをカムフラージュするための煙幕だったということですか」

飯塚が腑《ふ》に落ちないというように言った。

「そのことだが、カムフラージュのための煙幕というには、奥沢の計画はかなり細かい点まで考えてあったような気がする。これは想像でしかないが、おそらく、あの段階では、奥沢は本気で妻殺しを考えていたのではないかと思う。雅美に話したことは嘘でもカムフラージュでもなかったんではないか。もし、あのとき、雅美が片棒をかつぐことを承知していたら、彼は千里をあのとおりの方法で殺していたかもしれない」

「え――。そ、それがどうして、あれから一月《ひとつき》もしないうちに、殺すはずだった妻のほうと共謀して、共犯にするはずだった上山のほうを殺そうという計画に変更したのでしょうか。同じ保険金殺人でも、被害者と共犯者をすっかり逆にした、これじゃ、まるで百八十度の方向転換じゃないですか」

飯塚は唖然《あぜん》とした顔で言った。

「一つ考えられることは、妻殺しの計画は雅美に話してしまったために、彼女の口からトリックがばれるのを恐れて、実行に移すのはあきらめたのかもしれないということだ。しかし、それ以上に、奥沢に妻殺しをあきらめさせた何かが、その一月の間に起きたと考えたほうがいいかもしれない」

しばらく沈黙があった。が、飯塚が何かひらめいたような顔で口を開いた。

「妊娠だわ。千里が妊娠したということではないでしょうか」

貴島は黙って頷いた。

「奥沢は雅美に例の話をしたあとで、千里の妊娠を知ったのだと思う。妹の真里は、姉は義兄に妊娠の話はまだしてなかったと言っていたが、これはあくまでも千里本人が言ったことだろうから、あてにはならない。女性の心理として、結婚して十五年も子供ができず、ずっと不妊治療をしてきた女が、あきらめかけていた子供ができたと知って、それを夫に話さないでいられるだろうか」

「あたしならすぐに話しますね。話さないではいられないと思います」

子供どころか、まだ結婚すらしていない飯塚が確信ありげに言った。

「たぶん、千里は病院から帰ってその日のうちに奥沢に打ち明けたのではないだろうか。この瞬間、奥沢のなかでそれまで暖めていた妻殺しの計画が消えたのだと思う」

「奥沢のような冷血漢でも、血を分けた我が子を産んでくれる妻を殺すことはできなかったというわけか。鬼の目にも涙ってとこかな」

苦々しい顔で丸茂が呟いた。

「まあ、そういう人間らしい感情が彼のなかに全くなかったとは言えませんが、奥沢が妻殺しを断念したのは、それだけの理由ではないと思いますね」

シビアな声で貴島は続けた。

「というと？」

「たとえは悪いですが」

貴島は言いにくそうに言った。

「奥沢は首を絞めかけていた鵞鳥《がちょう》が、突然、金の卵を産む鵞鳥であることに気がついたのだと思います。それで絞めるのをやめた」

「え……」

「千里が子供を産むということは、奥沢にとって、たんに血を分けた我が子ができるというだけじゃない。子はかすがいと言いますが、奥沢夫妻の場合、それだけじゃなかった。孫はかすがいでもあったわけです。千里の生んだ子供は、千里の父、支倉省吾にとっては、血を分けた孫にあたるわけですから」

「ああ、そうか」

丸茂が貴島の言わんとすることがようやく分かったというように、眉を寄せたまま頷いた。

「奥沢にとって、千里が産む子供は、支倉省吾を懐柔《かいじゅう》するための重要な切り札になるというわけだな」

「そういうことです。支倉には次女の産んだ孫が二人いますが、どちらも女の子のようです。彼は会社の重要なポストを身内だけでかためてしまうようなタイプの経営者ではなかったようですが、今は次女の婿に任せているとはいえ、ゆくゆくは、自分の血を引く孫に社長の椅子を譲りたいという夢は持っていたかもしれません。千里の産んだ子供が男子だったら、長女の結婚を十五年も許さなかった支倉の砦《とりで》を攻め落とす最後の武器になりえます。おそらく奥沢はそう考えたのでしょう」

「もしそうだとしたら、支倉省吾の気持ちがよく分かるね。間違っても娘を近付かせたくない男だな、奥沢というのは」

年頃の娘でもいるのか、丸茂が切実な声で言った。

「とにかく、奥沢にとって、妻の思いもかけなかった妊娠は、彼の暗澹《あんたん》とした未来に射した一条の光だったと思いますね。とはいえ、目の前にある多額の負債の一部だけでもとりあえず何とかしなければならない。それに、もしかすると支倉が千里の妊娠くらいでは懐柔されないかもしれないという、彼にとっては悲観的な可能性も考えたのだと思います。そこで、保険金殺人のほうは断念せずに実行に移すことにした。ただし、最初にたてていた計画を大幅に変更して、被害者を妻から友人に切り替えたのです。

我々にとって厄介だったのは、奥沢が最初の計画で考えたアイデアのうち、使えるものは今度の計画でも使っているという点でした。たとえば、千里の替え玉を旅先に行かせるというアイデアです。これは前の計画とは全く逆の目的で使えることに気がついたのでしょう。我々の目をくらませてしまったのはまさにこの点だったと言えます。上山殺しの計画にも、前の妻殺しの計画の一部が取り入れられていたために、しかも、それが計画どおりにいかずに奇妙な形で途中で放り出されてしまったために、こんな奇怪な事件になってしまったというわけです」

「でも、そうすると、千里の死体を床下に埋めたり、薬指を切断したのは――」

飯塚が言いかけた。

「実行したのは上山だろうが、それも奥沢が電話で指示したのではないかと思う。あの日、友人の勤める会社を出たあとで、奥沢は大阪から自宅に電話を入れたはずです。千里と連絡を取り合うためです。ところが、意に反して、電話口に出たのは上山のほうだった。奥沢も驚いただろうが、上山のほうもパニック状態だっただろう。戸締まりうんぬんの話を真に受けて、奥沢の家に来てみると、たしかに玄関のドアはロックしてなかった。それでなかに入り、合鍵の保管してあるリビングに行った。そのときにすでに空港からこっそり戻っていた千里が刃物を持って襲いかかってきたのだから。揉《も》み合っているうちに、上山のほうが逆に千里を刺してしまった。上山としては何がなんだか分からなかったんじゃないだろうか。なぜ、友人の妻が自分を襲おうとしたのか。

一方、計画がのっけから脱線してパニックに陥ったのは奥沢のほうも同様だった。しかし、奥沢はいつまでも悩んではいなかった。臨機応変に頭を働かせたにちがいない。なんとかこの急場をしのぐ方法はないか。そのとき混乱した頭に以前に考えておいた千里殺しの計画を再利用することがひらめいた。幸い、千里は函館に行ったことになっている。前に考えたように、千里が函館で殺されたように見せ掛ければいい。それで、上山に千里の左手の指を切断してから、死体を床下に埋めることを指示し、自分もすぐに帰るからと言って電話を切った。以上のことは想像にすぎませんが、彼らのしたことはこのへんだったと思います。

調べてみると、午後三時四十五分大阪発の東京行きの便があります。羽田に着くのは、午後四時四十五分。これを利用すれば犯行は可能です。おそらく、奥沢はこの便に空きがあるのを知ると、これで急遽、東京に戻ったのだと思います。むろん、偽名を使って乗り込んだと思いますが。見もしない映画の半券など手に入れていたところを見ると、大阪を飛び立つ前に、すでに上山殺しは決意していたのかもしれません。

そして自宅に舞い戻り、上山を殺害したあと、その死体をどう始末するつもりだったのかは分かりませんが、とりあえず、アリバイを作ることを思い付いた。時刻表を見て、ひかり278号に乗って大阪から帰ってきたように見せ掛ければ、上山殺しにもアリバイが作れることに気が付いたのだと思います。

そこで、まだ大阪にいる振りをして、友人の会社に電話を入れた。そのとき、彼にとっては幸いなことに、受付の女性から、『瀬尾は今日は会社には戻らない』と告げられたことで、瀬尾に会うことなく、大阪を後にする口実ができたわけです。もっとも、もし、瀬尾浩一が会社に戻っていると言われても、なんらかの口実をもうけて、電話だけで用はすませ、会いには行かなかったでしょうが。

このあと、奥沢は家を出ると、おそらく新幹線を利用して新横浜まで行った。午後九時五十二分に停まるはずの、ひかり278号に乗り込むために――」

「しかし、一つ腑に落ちないのは、奥沢が上山殺しを計画していたとしたら、なぜ自宅で殺そうとしたのかということだ。千里が共犯なら、なぜ上山のマンションに行かせなかったのだろうか」

丸茂がふと思いついたという顔で言った。

「その点については、今となっては、これも想像にすぎませんが、上山が奥沢と間違えられて殺されたように見せ掛けたかったのかもしれません。つまり、奥沢に恨みのある人間が、たまたま奥沢の家にいた上山を、奥沢と間違えて襲ってしまった、そんなふうに見せ掛けることで、上山殺しの動機をカムフラージュしたかったのではないかと思うのです。そう考える根拠は、支倉真里の証言にあります。真里が泊まった晩、千里から奥沢が誰かに狙われているらしいという話を聞かされています。無言電話がかかってきたり、『殺してやる』という脅迫めいた手紙がポストにほうり込まれたりという。あれも、千里が共犯だったと考えれば、実に用意周到に考え抜かれた伏線だったとも言えるわけです。上山が死体で発見されれば、当然、保険金の受取人である奥沢が真っ先に疑われます。それで自分のアリバイはまず完璧にして、殺人の実行犯は妻にやらせた。千里のほうも替え玉を使うことで、上山が殺された頃には函館にいたという偽のアリバイを作っておいた。さらにそのうえ、上山が奥沢と間違われて殺されたように見せ掛けることで、殺人の動機をも隠すつもりだった。奥沢と千里が共謀してやろうとしていた殺人計画というのは、おそらくここまで考えてあったのだと思います。ところが運命とは皮肉なものです。ここまで念入りに考え抜かれた計画が、なんと出だしから派手に破綻してしまったのですからね……」

12

「とりあえずはビールで乾杯」

寿司屋のカウンターに座ると、飯塚ひろみはそう言って、二個のグラスにビールを注《つ》ぎわけ、貴島のグラスに自分のグラスの縁をカチリとあてた。そして、グビグビと喉をならして一気に空にすると、満足そうな溜息をついて言った。

「事件が解決したあとで飲むビール。うまいんだな、これが」

「いい飲みっぷりだね、おねえちゃん」

隣りに座って、ジャンパーの背中を丸めて寿司をつまんでいた中年男が冷やかすように声をかけた。

あのあと、奥沢峻介が利用したと思われる、午後三時四十五分大阪発の便の乗客名簿を航空会社に出向いて調べてみると、十月二十七日の便に奥沢峻介という名前は見当たらなかったが、捜査陣の目を引いたのは、中に「スズキヨシオ」という名前があったことである。

このいかにも偽名臭い名前は、麻生裕也が函館からの帰りの便で使った偽名と同じだった。裕也の帰りの航空券を予約したのは、当然奥沢だったはずだから、奥沢が一度使った偽名を咄嗟《とっさ》にまた使ったという可能性が考えられるわけである。さっそく、この「スズキヨシオ」の住所に連絡を入れてみると、これが全くのでたらめであることが判明した。

さらに、十月二十七日の奥沢邸の電話利用の状況をＮＴＴに問い合わせてみたところ、この日は二回利用されていることが判明。最初は、午後一時二十分。かけた先は、新宿のスナック『道草』。おそらく上山を呼び出すために千里がかけたものと思われた。次が、午後六時十分。大阪の「遠山《とうやま》物産」にかけられていた。すなわち、貴島の推理どおり、奥沢は午後六時頃には大阪ではなく、東京の自宅にいたことがこれで証明されたわけである。

そのうえ、鑑識医の見解として、奥沢の頭や首の損傷は、鈍器で殴られたとも見られるが、階段から落ちてできたと考えても何ら矛盾はないということだった。

これらのことが判明した段階で、奇怪きわまる事件も急転直下の解決を見たというわけだった。

所轄署からの帰りぎわ、「事件が解決できたお祝いと、今までお世話になったお礼を兼ねて、何かご馳走《ちそう》したい」と飯塚が言い出し、彼女が時々寄るといううまい寿司屋があるというので、その店ののれんをくぐったというわけだった。

飯塚はいきなりトロを注文し、貴島は遠慮して一番安いネタを頼んだ。

「それにしても、本当に犯人を逮捕することなく事件が解決しちゃいましたね」

飯塚は貴島のグラスにビールを注ぎ足しながら言った。

「奥沢の死が事故死だったことにもっと早く気付いていればなあ」

貴島は残念そうに言う。

「あのとき、突然笑い出すものだから、気でも狂ったのかと思っちゃいましたよ」

飯塚は奥沢邸での貴島の振る舞いを思い出して苦笑した。

「目の前に凶器があったのに全く気がつかなかったんだからな。まるで、自分のしっぽにかみ付いてグルグル回ってるバカ犬みたいだと思ったら笑いがこみあげてきたんだ」

「もしリビングに上山の死体がなかったら、奥沢の死体だけだったら、階段から落ちたという事故の可能性にも早くに気付いたと思います。でも、奇《く》しくも、二人の死に方が似かよっていたものだから、てっきり同じ犯人の仕業だと思いこんでしまったことが錯覚のもとでしたね。上山のほうは明らかに鈍器で数回殴られたことによる他殺だったから」

飯塚は上機嫌でまくしたてながら、やれトロだウニだイクラだと高いネタばかり、躊《ちゅう》躇《ちょ》する様子もなくどんどん注文した。

貴島のほうは遠慮してビールばかり飲んでいた。今日の勘定《かんじょう》は飯塚の奢《おご》りだというからいいようなものの、そうでなかったら、今ごろ脇の下に冷や汗をかいているところだと内心思っていた。

「でも何と言っても最大の錯覚の原因は、一月の間に奥沢が二度も保険金殺人の計画をたてていたということにありますね。しかも、それが被害者と共犯者をすっかり入れ換えるという、いわば全く逆の計画だったもんだから、この二つの計画がごちゃごちゃに入り乱れて、本来はもっと単純だった事件を複雑なものにしてしまったんです」

「それと、あの麻生裕也のホラー趣味。あれのおかげで、すっかりまどわされてしまった」

貴島はいまいましそうに言った。

「函館に現われたのが女装した男だったとは思いもよりませんでした。それも最初に目を付けた麻生雅美の弟だったなんて。あたしたちが麻生のマンションに行ったとき、裕也はベッドのなかで全部話を聞いていたんじゃないですかね。それなのに、あんなふうにしらんぷりして。あのとき、一言いってくれていたら、河田さんの言い草じゃないけど、国民の血税を無駄遣いせずにすんだのにって思います。おじさん、次は大トロね。貴島さんは？」

「いや、ぼくはいい」

「遠慮しないでくださいね。お勘定はあたしが持ちますから」

だから遠慮してるんじゃないか。

「結局、佐川桐子のことはあたしたちの勇《いさ》み足だったのでしょうか」

「そうだな。古ぼけた一枚の写真にすっかり振り回されてしまったって感じだね。考えてみれば、奥沢の書斎で偶然見付けた古い写真を今度の事件に結び付けたのがそもそも強引だった。あげくのはてに篠原剛まで疑ったりして、あの人には申し訳ないことをしたよ」

「それは仕方ないですよ。佐川のことをすぐに話してくれなかった篠原にだって少しは責任はあります。あたしだって、変だなって思いましたもの。でも、正直いって、篠原剛が今度の事件に無関係だったと分かってほっとしてるんです。だって、一時は、もしかしたら上山や奥沢を殺したのはあの人じゃないかかってことまで考えたんですから。一ファンとしてあの人を逮捕するはめになったらどうしようかって本気で悩んだんですよ。だからよかったです。そういうはめにならなくて」

飯塚の食欲はまったく衰《おとろ》えなかった。底なし沼みたいな胃袋をしているやつだと貴島は横目で見ながら思った。

「実を言うと、ぼくもそれはチラリと頭をかすめた。篠原が昔、佐川桐子という女と恋仲だったとしたら、佐川をあんな目にあわせた、奥沢や上山を今でも恨んでいるかもしれないって思ったからね。彼にも動機がないわけじゃないと――」

「その佐川のことなんですけど、やっぱり死んだんでしょうか」

「そうだな。生きていると考えるほうが無理だったのかもしれないね。もし生きていたとしたら、たしかに十五年間も警察の目を逃れてどこに潜《ひそ》んでいられるものかって気がするし」

「そうですねえ。自殺したのか、それとも」

「稲垣さんが言っていたように、上山に殺されたか。どちらにせよ、やはり彼女はもうこの世にはいないだろうね」

「そうかもしれませんね」

「まあ、篠原剛の言うとおり、これからはあまり個人的興味を仕事に持ち込むのは控えたほうがいいかもしれないな」

飯塚は、「そうですね」と言いながら、またトロを頼んだ。貴島のほうはギョクを頼んで、早々とあがりの気配を見せることにした。連れの懐《ふところ》具合を心配しながら食べても食べた気がしない。ここを出たらどこかでラーメンでも食べようと思いながら言った。

「ところで、きみ、これからどうするんだ」

「え、どうするって？」

飯塚は指についた飯つぶをなめながらキョトンとした。

「この事件が解決したら、今後の身の振り方を決めるって話じゃなかったっけ」

「そんなこと言いました？」

「あまりいい手本にはならなかったかもしれないが、まだ続ける気があるなら――」

「手本？」

飯塚はポカンとした。

こいつ、まさか……。

貴島は悪い予感がした。

「手本って何のことですか」

完全に忘れてる。何があなたの仕事ぶりを見て、今後のお手本にする、だ。函館のラーメン屋で言ったことを奇麗サッパリ忘れているようだ。こっちはずっと気にしていたというのに。貴島は少しばかり腹をたてながら、「いや、べつに……」とごまかした。

「今の仕事は当分続けようと思います」

飯塚はまたトロを頼んだあとで、きっぱりと言った。トロの好きなやつだ。つくづく払いがこっちもちでなくてよかったと、貴島は思いながら、

「そうか。それもいいかもしれないな。でも、あんまり頑張りすぎるなよ」

「は？」

飯塚は聞き間違えかという顔をした。

「頑張れって言ってくれないんですか」

「言わない。ぼくは頑張るという言葉は嫌いなんだ。日本人はみんなこの言葉が好きみたいだけどね。頑張るというのは、本来、我《が》を張るという意味で、自然に逆らって無理をするってことだろう。そんなことしていいことなんて何もない。むしろ、頑張らずに、いい加減にやれって忠告したいね」

「いい加減ですかあ」

飯塚はびっくりしたように聞き返した。

「本気で言ってるんですか」

「大本気だ」

「いい加減にやれなんて言われたのはじめてです。あたしは幼稚園のときから周りから頑張れ頑張れと言われ続けてきました」

飯塚は目をパチクリさせた。

「それが問題なんだな。頑張るなんて本来けっしていい意味でない言葉のほうが幅をきか

して、いい加減というい言葉のほうがマイナスのイメージになってしまってるということが。いい加減ってのは、けっして悪い言葉じゃない。ちょうどいいという意味なんだから。我を張るんじゃなくて、本来の自分の性《しょう》に素直に従うということなんだから。いい加減で何事もやっていれば、病気になることもストレスがたまることもないはずなんだ。ところが、頑張るものだから、さまざまな病気や障害を背負いこむことになる。無理をしてつけが回ってこないわけがないじゃないか」

「へえ。ものは考えようですね」

「だから頑張るな。それに頑張らなくても、仕事がおもしろいと思ってるうちはうまく行くよ。なまじ頑張るとかえってよくない。たとえば、結婚だけが女の幸せじゃないというのは、たしかに一理ある考え方だが、同時に、結婚が女の幸せになってもいいってことさ」

「それならだいじょうぶです。あたしは独身を通して、この仕事を続けようなんてこれっぽちも思ってませんから。本音を言うと、ぼちぼち見合いの話が舞い込んでるんですよ。でも、今のところ、ろくなのがいないんです。で、もうちょっと待てば、いいのがくるかなって思って。少なくともその間は仕事を続けようかなって思ってるんですから」

「………」

「あ、でもこれ、署の連中には内緒ですよ。ここだけの話。おまえも腰掛けかって、また風あたりが強くなりますから。一応今の仕事に命かけてるって言ってあるんです。嘘ですけど」

飯塚はケロリとした顔で言った。

こいつにいい加減にやれと忠告する必要はなかったなと貴島は思った。すでに十分すぎるほどいい加減だ。

「それなら結構。それじゃ、ぼくはそろそろ」

貴島は脱いだコートを手に取って椅子から立ち上がりかけた。

「え、もういいんですか。殆《ほとん》ど食べてないじゃないですか。食べたのはあたしのほうばっかで」

自覚はあるわけだな。

「いや、もうこれ以上は」

腹がすきすぎて、どこかのラーメン屋にでも飛び込まなければ、めまいがして倒れそうだ、と続けたかったが、それはぐっとこらえた。

「男のくせに意外に少食なんですね。待ってください。それなら、あたしも一緒に出ます。もうおなか一杯になったし。おじさん、あがり二つね」

飯塚がそう言うので、貴島は仕方なく座り直した。茶腹《ちゃばら》もいっときというからな。それにしても、こんな老舗ふうの高級寿司屋で腹を一杯にするとは、どういう育ち方をしてきたのだ。

「あらためて本当にお世話になりました。もう明日からお会いできないかと思うと、ちょっぴり残念です」

「それはこちらも同感ですよ」

嘘も方便である。

「あ、そうだ。自宅の住所と電話番号、教えてくれませんか。あたしのも教えますから」

飯塚はそう言って、バッグを探ってメモ用紙とボールペンを出した。貴島は仕方なくそれに住所を書いた。

飯塚は書いたメモを覗きこんで、

「へえ、阿佐谷なんですか。アパートですか、マンション？」

「アパート」

「いつか遊びに行くかもしれません。そのときはよろしく」

「ああ……」

「あのう、貴島さんって独身ですよね」

少し間を置いてから、飯塚は探りを入れるようにたずねた。

「まあね」

「恋人とかいるんですか」

「いや」

「いないんですかっ」

なんでいきなり声が裏返るんだ。

「全然？」

「全然」

「うっそー。いないってわけないでしょう？」

「いないよ」

「えー。もてそうなのに」

「全然もてない」

「忙しくて恋人作る暇ないんですか？」

「そんなとこだね」

忙しいというより、面倒臭いといったほうがより的確だが。

「結婚なんかしたいとは思わないんですか」

「思わなくもないが」

「職業持ってる女性って嫌ですか」

「嫌じゃないよ、べつに」

「面食いですか」

「そんなことないな。美人は三日で飽きるし、ブスは三日で慣れるっていうからね。長い目で見ればどっちでも同じだ」

「ラッキー。キャリアウーマンが嫌いじゃなくて、面食いでもないんですね。そういう男性は貴重だわ」

飯塚が呟いた。何がラッキーなんだ。

「同業者、なんてどうです？」

「え？」

「だから、刑事の」

「……」

話が変な方向に進みそうな予感がして、貴島は慌てて言った。

「同業者はパスだね」

「え。パスですか。どうして。さっき仕事持っててもいいって言ったじゃありませんか」

「でも同業者は嫌だ。職場で顔あわせて、家に帰っても同じ顔見るかと思うと、想像しただけでうんざりする」

「同じ職場じゃなければいいんですか」

「あ、悪いけど、そろそろ失礼するよ」

貴島はそそくさと立ち上がった。

「待ってください。あたしも一緒に出ますから」

飯塚はバッグから財布を出しながら言った。

「あたし、やっぱりやめようかしら、今の仕事」

財布を開きながらつぶやいた。

聞こえなかったようなふりで入口のほうへ歩いていくと、

「あらっ」

というたまげたような声がした。

振り返ると、飯塚ひろみは赤い財布のなかを愕然《がくぜん》とした表情で覗きこんでいる。

「どうした?」

「変だわ」

狐につままれたような顔をあげた。

「ないわ」

貴島はなんとなく嫌な予感がした。

「ないって……?」

飯塚は信じられないというふうに言った。

「千円札しかないわ。今朝、万札入れたと思ったのに。なんでかしら。おじさん、千円じゃ足りないわよね?」

飯塚はおそるおそるたずねた。

「うちは回転寿司じゃないからねえ」

寿司屋のおやじが困ったような顔で猪首《いくび》をはっきり横に振るのを、貴島は軽いめまいに襲われながら見ていた。

第七章　まだ終わっていない

1

雨音で目が覚めた。

貴島柊志はまさかという顔で起き上がると、カーテンを開けて外を見てみた。案の定、十一月の雨が裏手のキャベツ畑を灰色一色に染めあげている。

雨か……。

貴島は頭を掻きながら舌打ちした。

十一月十五日、午前八時半を回ったところだった。

久し振りの非番ということで、たまった洗濯物を洗って、布団でも干そうと思っていたのに。

この雨脚《あまあし》からすると、一日続きそうだな、と溜息まじりに思いながら、ストーブを点《つ》け、玄関に新聞を取りに行った。

洗面をすませ、パジャマのまま、狭いキッチンに立ってインスタントコーヒーをいれる。それを飲みながら新聞を広げた。各面の見出しをざっと眺めてから、一つ一つの記事をいつもより念入りに読み始めた貴島の目が、そのうち、社会面に釘付けになった。

それほど大きな記事ではなかった。

昨日の朝がた、午前八時すぎ、武蔵野市の雑木林のなかから若い男性の他殺遺体が発見されたという記事だった。発見したのは、飼い犬の散歩に来ていた、近所に住む四十七歳の主婦。男性の所持していた遺留品から、被害者は、新宿区大久保に住む、パチンコ店の店員、黒岩雄二さん（25）と判明――

黒岩雄二？

貴島はさっと読み飛ばした記事をもう一度読み返した。「黒岩雄二」という名前に見覚えがあった。

もしかしたら、あの黒岩雄二か？

はっとして顔をあげた。

同棲中の女の子と大崎弥生の家に衣類を取りに来て、風呂のなかで手首を切って死んでいた弥生を発見したという若者の名前も黒岩雄二だった。

しかし、同姓同名の別人かな、と貴島はすぐに思い返した。被害者の住所が違っていた。あのとき訪ねた黒岩のアパートは、同じ新宿区でも下落合だった。だが、あのあと引っ越したとも考えられる。

もし、これがあの黒岩雄二だとしたら？

新聞記事によると、明らかに他殺死体のようだ。

何か引っ掛かるものを感じた。

これは何かの偶然だろうか。

そういえば、黒岩のアパートを訪ねたとき、彼は妙なことを言っていた。大崎弥生が篠原剛をゆすっていたらしいと。ところが、あのあと、上山幹男の行きつけのスナックのママからの証言を皮切りに例の事件が急転直下の勢いで解決してしまったので、すっかりそちらに気を取られて、黒岩のことは忘れていた。

それに、大崎弥生の事件は、貴島にとっては管轄外の一件だった。もし大崎の死が偽装自殺の疑いがあるとしたら、それを調べるのは所轄署の仕事である。あのときは篠原が例の事件にかかわっているのではないかと疑っていたので、必然的に大崎の件にも首を突っ込んだが、篠原が例の事件とは無関係と分かれば、あの自殺事件に関しては貴島の出る幕ではなかった。

しかし――。

どうも気になった。

この新聞の記事からでは詳しいことは分からない。被害者があの黒岩であるかどうかは、管轄署に行けば詳しい事情が分かるだろう。

貴島は新聞を放り出すと、パジャマを脱ぎ捨てた。袖振りあうも他生《たしょう》の縁だ。しかも今日は一日暇である。天気さえよければ、洗濯と掃除に半日を費やすつもりだったが、この雨脚の様子では一日こんな天候のようだ。うちでくすぶっていてもしようがない。

貴島は軽く朝食をとると、ワイシャツの上に革ジャンを羽織って、アパートを出た。

2

「ひき逃げ？」

北武蔵野署の捜査員の一人から事情を聞いた、貴島は思わず聞き返した。

「黒岩雄二はひき逃げされたあとで、雑木林まで運ばれて捨てられたというのですか」

「どうもその線が臭いんですよ」

前橋《まえばし》という中年の捜査員は渋茶《しぶちゃ》を啜《すす》りながら言った。

「というのも、ガイシャの死因は後頭部を強打したことによる脳内出血なんですがね、左脚の大腿部《だいたいぶ》も骨折しているんです。しかも、ズボンには車の塗料と思われるものが付着していました。一つの推測として考えられるのは、おそらく犯人は黒岩をどこかではねて、犯行を隠すためか、あるいは、最初は病院に運ぶつもりでいたのか、怪我人を車に乗せたのではないかと思われるんです。即死ではありませんでしたからね。ところが、頭を打っていた黒岩が車内で死んでしまった。それで怖くなって遺体をあの雑木林に捨てたのではないかと――」

「なるほど、それで、被害者の家族には連絡が取れたのですか」

「ええ、黒岩が持っていた財布のなかから銀行のキャッシュカードが出てきまして、それから身元が割れたわけですが、そこの住所に連絡を取ってみると、妻というか、同棲相手の女性がすぐに駆け付けてきたんですがね」

前橋はなぜか渋い顔になった。

「もしかして、その女性は、中沢真弓という二十歳くらいの？」

「そうです」

やはり、あの黒岩雄二に間違いない。

「お知りあいですか」

「いや、前に手がけた事件の参考人として少し面識があっただけですが」

「ところが、その中沢真弓がえらい見幕《けんまく》で妙なことを言い出したんですよ」

「妙なこと？」

「はあ。なんでも黒岩は計画的に殺されたっていうんですよ。突発的なひき逃げとかではない。しかも、その犯人を自分は知っていると」

「どういうことですか、それは」

「篠原剛という俳優をご存じですか」

そう言われて、貴島はドキリとした。

「ええ、まあ」

「その俳優が犯人だっていうんです。なんでも黒岩はこの俳優をゆすっていたらしいです。それが原因で篠原が黒岩を殺したのではないかと――」

「黒岩がゆすっていた？」

「そう言うんですよ。なんでもこの篠原という俳優の別れた妻が最近自宅の風呂場で自殺したという事件があったそうですね。あれは自殺ではなく、篠原が殺したのだと黒岩は考えていたというのです。それをネタにゆすりをかけて、五十万せしめたとか。黒岩はこれだけではやめずに一生あいつを食い物にしてやるというようなことを中沢に言っていたそうです。それで、篠原が黒岩を殺したのだと思ったらしいんです」

「その篠原という俳優のアリバイは調べたのですか」

「ええ、一応調べました。しかし、黒岩の死亡推定時刻の、おとといの午後八時から午後十時にかけては、篠原さんには完璧なアリバイがありましてね。知り合いの女優さんの芸歴何十周年とかを祝うパーティに出ていたというのです。パーティが終わったあとも、二次会のような形で銀座の店に十時すぎまでいたことが分かったんです。それに、横浜の自宅と、東京のマンションにある車を全部調べてみましたが、どれも傷一つありません。塗料も、黒岩のズボンに付着していたものとは違います。ということで、まあ、篠原さんの容疑はすぐに晴れたわけですが、この中沢という女がしつこくて、篠原本人がやったのでないとしたら、誰か人を使ってやらせたのだと言い張りましてね」

「篠原が黒岩に五十万渡したというのは事実だったんですか」

「いや、その点でも篠原さんは全く否定しています。中沢真弓が言い張ってるだけなんです。黒岩がそう言ったと。つい最近、部屋を移ったらしくて、その費用もゆすり取った五十万のなかから出したというんですがね」

前橋の口ぶりでは、どうやら中沢真弓の証言はあまり本気に取り扱われていないようだった。たしかに、篠原剛のような社会的地位も名声もあるベテランの俳優と、中沢真弓のような吹けば飛ぶようなチンピラふうの女の子を並べて、どちらの言い分を信じるかと聞かれれば、十人のうち九人までが、篠原のほうを信じるだろう。

しかし、貴島はあとの一人に属していた。たぶん中沢真弓は本当のことを言っているにちがいないと思った。「大崎弥生が篠原剛をゆすっていたらしい」と言っていた黒岩が、同じネタを使って篠原をゆするということは十分ありえるという気がしていた。

同棲相手の黒岩の突然の死に直面して気が動転していた中沢真弓が、理路整然と捜査員たちに自分の話を伝えることができたとは到底思えなかった。おそらく、泣いたりわめいたりして、捜査員をてこずらせただけなのだろう。前橋という捜査員の顔にはそんな困惑の残像がありありと残っていた。

「黒岩の新しい住所を教えてくれませんか」

貴島は懐から手帳を出しながら言った。朝刊に黒岩雄二の住所は載っていたが、細かい番地まではおぼえていなかった。

「あのう、何か、そちらの事件と関連でも……？」

前橋は住所を教えてくれたあとで、不審そうな顔でたずねた。

「そういうわけではありません。今日は非番なんですよ。暇潰しに、ちょっと話だけでも聞いてみようと思って」

貴島はそう言って笑った。

3

黒岩雄二の新しい住居、「サニーハイツ」は、前に訪ねた、「第一倉持荘」よりは外見も新しく、やや上等のアパートだった。

コンクリートの階段を上って、二人が借りている205号室の前まで来た貴島が、インターホンに手を伸ばしかけたとき、いきなりなかからドアが開いて、弾丸のように若い女が飛び出してきた。

「邪魔だよ、ボケ」

セーターにジーンズのスカートをはいたその女は、鋼鉄のドアにしたたか顔をぶつけた貴島をつきとばすようにして外に出ていこうとしたが、

「あ、ちょっと、きみ」

顔を押えながら貴島が呼びとめると、

「なんだよ」

と仏頂面で立ち止まった。今日は化粧はしていなかった。狸《たぬき》に似た下がり目でじろっとこちらを見た。

「中沢真弓さんだろう、きみ」

「そうだよ」

真弓はぶすっと言った。

「もう少しおしとやかにドアを開けられないのか。鼻潰れるところだったぞ」

文句を言うと、真弓はふんと笑った。

「そんなとこにボケーと突っ立ってるほうが悪いんだよ。それに、潰れるほど高い鼻でもないじゃないか」

「ご挨拶だな。せっかくきみの話を聞きに来てやったのに」

「なんだよ、あたしの話って」

真弓の額に怪訝《けげん》そうな皺《しわ》が寄った。

「黒岩君のことだよ。この顔、見忘れたか」

貴島は押えていた手を顔から離した。

「あ、あんた、あんときの――?」

真弓の口がポカンと開いた。

「じっくり警察手帳見たはずだからよく覚えているだろう?」

「そ、それじゃ、雄二のことで来てくれたんだねっ」

真弓の顔から険悪さが消えて、出稼ぎで長い間家をあけていた父親に会えた幼い娘のような表情になった。

「そのつもりだったが、お邪魔なようだから帰るよ」

貴島は意地悪く言った。

「帰らないでよっ」

真弓は悲鳴のような声をあげてしがみついてくると、街頭の客引きかなにかみたいになかに引っ張りこもうとする。

「出掛けるんじゃなかったのか」

「その必要なくなったよ」

「……？」

「警視庁に行くつもりだったんだ。あんな所轄署のバカども相手じゃ、てんで話にならないからさ、警視総監に話を聞いてもらおうと思って」

警視総監とは恐れいる。

「最初、手紙書こうと思ったんだけど、ああいう人に書く手紙って、拝啓ってはじめるのか前略ってはじめるのか分かんなくなっちゃってさ、こんなこと悩んでるより会ったほうが早いやって思って。ちょうどよかった。あんたでもいいや。あんた、警視庁の刑事って言ってたもんね。警視庁の刑事なら、そのへんの警察のやつらよりえらいんだろ？」

「べつにえらくはないが」

凄い力でなかに引っ張り込まれて、貴島は慌てて靴を脱いだ。

「警視総監よりえらくないことは確かだな」

「いいよ、このさい。贅沢《ぜいたく》は言わない。警視総監だって忙しいだろうしさ、どっちみち、動くのはあんたみたいな下《した》っ端《ぱ》だろうし。手間はぶけていいよ」

「……………」

「コーヒーでいい？」

真弓は相手が逃げないと安心したのか、ようやく手を離すと、殊勝《しゅしょう》にもそうたずねてきた。

「へえ、コーヒー出してくれるのか。前より待遇がいいんだな」

「そりゃね。警視庁まで行く電車賃とか浮いたわけだからさ。でもインスタントだよ」

真弓は台所にたちながらそう言った。

２ＤＫの部屋のなかはまだ引っ越ししてから間がないというような散らかりようだった。

「いつ引っ越したんだ？」

「うんとね、一週間くらい前。前のアパートの大家のババアに家賃ためてばかりいるから出ていけって罵《ののし》られてさ。こんな、こぎたない豚小屋、言われなくてもこっちからおん出てやるわってことになって。すぐにここ見付けて、夜のうちにこっそり」

「夜逃げしたのか」

「そうじゃないよ。一応断わっていこうと思ったんだけど、もう夜も遅かったからさ、雄二が大家きっと寝てるから起こしちゃかわいそうだって言うから、まあ、そのまま」

「そういうのを夜逃げっていうんだよ」

「あ、そうなの。でも、ばからしいじゃん。もう住む気ないのに、家賃半年分も払うなんてさ」

「半年分もためていたのか」

「違うよ。五カ月分だよ」

真弓は訂正した。

「五カ月もためさせてくれた温厚な大家さんをババアなんて呼んじゃいけないな」

「まあね。悪い人じゃなかったけどね。こっちだってお金があり余ってたら、ちゃんと払ったけどさ。金、あり余ってるってわけじゃなかったから。それに、あたしたち、ちゃんと結婚式あげるはずだったんだ。だから、お金はいくらあってもよかったんだよ。それなのに、雄二があんなことになって、あたし、これから先どうしたらいいのさ」

あとは涙、涙、涙。

「コーヒーのなかに鼻水たらさないでくれよ」

貴島は注意した。

「たれたのは自分で飲むよ」

真弓は鼻をぐすんぐすん鳴らしながら言った。

「所轄署でちょっと聞いてきたんだが、雄二が篠原剛をゆすっていたというのは本当なのか」

「うん」

真弓はバツの悪そうな顔になった。

「あたしはカツアゲなんかやめろって言ったんだ。あんなことは高校で卒業すべきだよ。でも、雄二のやつ、きかないんだ。あの篠原ってやつ、凄いうちに住んでて絶対金いっぱい持ってるからって。ちっとくらい取ったって向こうは痛くも痒《かゆ》くもないって言うんだ。そう言われてみれば、そうかなあって気がしてさ。でもあんときに張り倒してでも止《や》めさせてればよかった、こんなことになるくらいなら」

また涙、涙。

「五十万、ゆすり取ったというのは？」

「うん。最初はね。あたしはこれだけでやめとけって言ったんだけど、雄二は一度払えば、あと何度だって払うって言うんだ。だって、うしろめたいことがあるから金出すわけだろうって。そう言われればそうだよね。それでさ、次からは、いちいち取りに行くの面倒臭いから、大崎のオバハンがやっていたみたいに、銀行振込みにしたろかって言い出したんだよ、あいつ。それで近くの銀行に口座作ったんだ」

何を考えて生きているのだ、こいつらは。

貴島は呆れ返ってしばらく口がきけなかった。

「雄二はどんなネタをつかんでいたんだ？」

口を開く気になってからたずねた。

「それがよくわかんないんだよ」

真弓はコーヒーを啜りながら首をかしげた。

「よくわかんない？」

「雄二もよくわかんなかったみたい」

「よくわからないまま、ゆすりをかけたというのか」

「うん、そうみたいだね」

この話しっぷりでは、所轄署の捜査員たちにまともに聞いてもらえるほうが不思議なくらいだ。

「でも、とにかく大崎のオバハンを殺したのはあの篠原だと雄二は思いこんでいたみたいだよ」

「しかし、大崎弥生の家はきみたちが訪ねたとき密室状態だったんだろう？」

「うん、そうだよ。だからさ、あたしもそれは変だって言ったんだよ。もし篠原がオバハンを殺したなら、どうやって逃げたんだって。そしたら、雄二のやつ、ニヤニヤして、あれは密室なんかじゃなかったって言うのさ」

「密室じゃなかった？」

「そう。あれは雄二の勘違いだったんだ」

「勘違い？」

「あとで聞いて笑っちゃったよ。あの日さ、オバハンのうちの新聞受けに新聞がたまってたし、その前に何度電話しても出ないからさ、てっきり留守だと思いこんでたんだよ、あたしたち。ということは、当然、玄関のドアも鍵がかかってると思いこんでしまったわけ。それで、雄二は合鍵持ってたからドアを開けようとした。でもドアは開かない。そんで、てっきり内鍵がかかってるって勘違いしちまったわけ」

「つまりこういうことか。きみたちが行ったとき、玄関のドアはすでに開いていたと？」

「ピンポーン。それを雄二が合鍵で逆に閉めちゃったってわけ。バカだよねえ。雄二のやつ、そのことに死体発見してから気がついたんだって。あたしが警察に連絡している間に、玄関に行って、内鍵なんかかかっていなかったことにさ」

「どうしてそれを警察に言わなかったんだ？」

「雄二が言うにはね、警察には自殺だと思わせたほうがいいって咄嗟に思ったんだって。だってさ、雄二はオバハンと大喧嘩してあの家飛び出したんだよ。そいで、あたしんとこに転がりこんできたんだからね。オバハンが死んだら真っ先に疑われる立場にいるわけじゃないか。だから、ドアの内鍵がかかっていたことにしとけば、あれは自殺ということになって、雄二が疑われる心配はないでしょ。そう思ったんだって。


ところがさ、あのあと、あの篠原って元亭主がからんでるって分かって、しかも、警視庁の刑事なんかが調べに来たからさ、あんたのことだよ、これは何かあるって思ったんだって。もしかしたら、あの篠原って元亭主がオバハンを自殺に見せ掛けて殺したんじゃないかって、雄二は思ったんだよ。警察はあの家が密室だったと思ってるから、このこと、知ってるのはあたしたちだけじゃん。

だから、篠原にそのこと言ってゆすれば金儲けになるって言うの。それだけじゃない。篠原がオバハンを殺したとしたら、動機ってもんがあるわけだよね。雄二は、それはきっとオバハンが篠原の弱みを何か握っていて、それをネタにずっとゆすってたからだっていうの。それで篠原は口封じにオバハンを殺したんだって。だからさ、そのネタさえ分かれば、今度はオバハンの代わりにあたしたちが篠原から金を引き出せるって」

なるほど、そういうことだったのか。

中沢真弓の説明はけっして明快とは言えなかったが、貴島にはだいたいの事情が理解できた。

「それで、雄二はそのネタというのをつかんだのか？」

「それが、つかんだようなつかまないような」

真弓の顔に困惑したような色が浮かんだ。

「どっちだ。ハッキリしろよ」

「分かんないんだよ、それが。ただね、オバハンがナントカっていう古い写真週刊誌を妙に大事にしてたことを雄二は思い出したんだよ。いつだったか、古雑誌と一緒にそれを捨てようとしたら、オバハンが凄く怒って、よけいなことするな、これは大事な金づるだとか言ったんだって。雄二はつい好奇心で、その写真週刊誌を見てみたら、あの篠原って俳優のことが載ってるやつだったんだって。そんときはパラパラって見ただけだったんだけど、そのこと思い出してさ、あの古い週刊誌が篠原をゆする材料だったのかなって雄二のやつ、思いあたったんだよね。で、夜、こっそりあの家に行って、それを捜し出してきたんだ」

「写真週刊誌……」

貴島の脳裏でかすかにうごめく記憶があった。誰かが写真週刊誌のことを話していた記憶がある。誰だったか……。

「だけど、それ見ても、どこがゆすりの種《たね》になるのか、サッパリ分かんないんだよね。雄二も分かんないみたいだったし、おまえに分かるかって、あたしも見せられたけど、サッパリさ。でも、雄二のやつ、まあ分かんなくてもいいや、これ使って、適当にハッタリかませてやれって言ってさ」

「ハッタリ？」

「うん。だからさ、こういかにも何か知ってそうなふりして、この週刊誌ちらつかせたら、篠原のやつが勝手に気を回して、金出すんじゃないかって」

「そのとおりにしたのか？」

「うん。篠原が麻布に借りてるマンションのこと、オバハンから聞いて知ってたから、そこに連絡とって、篠原と会ったんだって。どっかの喫茶店だったらしいよ。それで、あの週刊誌見せてさ、『弥生さんから何もかも聞いてる』ってハッタリかましたんだよ。でも、篠原はあんまり動じなかったんだって。それで、しかたないんで、例の鍵のこと話したんだって。あたしたちが行ったとき、オバハンの家は密室でも何でもなかったってこと。このこと、警察に言ってもいいかって。そしたら、篠原はあとで連絡するって言って、そのときはそれだけだったんだよ。雄二のやつ、うち帰ってきて、失敗したかなあってしょげてたんだけど、それから二、三日して、篠原の代理の者だってやつから連絡が入ったんだよ。で、雄二はそいつとまた喫茶店で会ったんだ。代理ってのは、若い男で、五十万で例の写真週刊誌を買うって言うんだよ。それと、あの鍵の件は警察には黙ってるって条件つきで。で、雄二はやったあって思ったんだ。古臭い週刊誌を五十万で買うなんて、やっぱし何かあるんだって言ってた」

「それで、その週刊誌は相手に渡したのか」

「うん。でもね、雄二も抜け目ないやつでさ、そのまま渡したんじゃないんだよ。あとで何かの役にたつかもしれないって、コピー取っておいたからね、篠原に関係した頁《ページ》だけだけど」

「コピーはあるのか」

「あるよ。ここに持ってる。警視総監に見せようと思ってさ」

真弓はさっき表に飛び出してきたときに持っていたポシェットを引き寄せると、そのなかを探って、なかから折り畳んだ紙を出した。

「これだよ」

それを貴島に渡す。貴島は紙を開いてみた。

邸宅の庭らしきところを望遠レンズのようなもので撮った写真だった。車椅子に乗った老女と、車椅子を押している青年——麻生裕也にちがいない——が写っている。

貴島はようやく思い出した。写真週刊誌という言葉からなんとなく脳裏にうごめいた記憶の正体を。あれは篠原邸をたずねたときに、樋口まいが言っていたことだ。

『……去年、大先生の写真を撮ろうとした写真週刊誌のカメラマンが敷地内に忍び込んだことがあったんです……』

篠原の母親、霞令子の飼い犬の話をしているときに、たしか樋口まいの口からそんなことを聞いたような記憶があった。もしかすると、この記事は、ジョンとかいう飼い犬に追い掛けられて木にのぼったというカメラマンが撮ったものかもしれない。

「そこに写ってるのは、篠原の横浜の豪邸らしいんだよね。下の記事読むと、車椅子のバアさんは篠原の母親で、霞令子とかいう、昔の大スターらしいんだけど、なんでそんなバアさんの写真がゆすりのネタになるのか全然分かんないんだ」

「これ、ちょっと貸してくれないか?」

貴島は言った。貴島にも、この盗み撮りがなぜ恐喝《きょうかつ》の種になるのかは分からなかったが、なんとなく引っ掛かるものがあった。

「いいよ。そのかわり、篠原をつかまえてよ。あいつにアリバイがあったって、雄二を殺したのは絶対にあいつなんだから。きっと、誰かを使って殺させたんだから」

中沢真弓は目をギラギラさせてそう言った。

4

横浜の篠原邸のインターホンを鳴らすと、聞き覚えのある若い女の声が応えた。樋口まいらしい。

以前お邪魔した警視庁の貴島ですがと名乗ると、「先生なら今お留守です」という返事がすぐに戻ってきた。

篠原が留守なのはむしろ好都合だった。今日の訪問はそれこそ全くプライベートなものだったから、なまじ篠原が在宅していれば、ケンもホロロに追い返されるのは目に見えている。

「樋口さんですね？」

相手を確認すると、「はい」という返事。

「今日はあなたに伺いたいことがあって来たのですが」

そう言うと、

「わたし、にですか」

と、とまどったような声が返ってきたが、ややためらうような間があって、樋口まいは、「どうぞ、お入りください」と言った。

と同時に、鉄門が自動的に開いた。

なかに入りながら、ふと見ると、車寄せにはポルシェしかなかった。前に来たときはたしかベンツも停まっていた。篠原が使っているのかもしれない。

「あの、わたしに聞きたいことって？」

例の吹き抜けの広いサロンに通されると、やや堅い表情で樋口はそうたずねた。

今日は白いセーターにスラックスという恰好だった。首に巻いたオレンジ色のスカーフが華やかなアクセントになっている。

屋敷のなかは妙にしんとしていた。午後になってもいっこうに雨脚の弱まらない雨の音だけが響いている。

「静かですね」

すぐに質問には入らず、あたりを見回しながらそう言うと、

「みんな出払っているもんですから。こちらには今わたししかいないんです」

「麻生裕也君も？」

「ええ」

樋口は短く答えた。前よりもそっけない応対のような気がした。篠原から刑事が来てもあまりペラペラ話すなと言われているのかもしれない。

「あの……？」

樋口は話を促すように小首をかしげた。

「先日お邪魔したときに、以前霞令子さんの写真を撮ろうとして忍び込んだ写真週刊誌のカメラマンがいたという話をしてくれましたね？」

貴島はソファに座りながら言った。

「それで霞さんの愛犬に追い掛けられて木に登ったという」

「え？　ええ」

犬に追い掛けられたカメラマンが木に登ったときの光景を思い出したのか、樋口の口もとがわずかにゆるんだ。

「そのカメラマンは結局写真は撮れなかったんですか」

「いえ、それが――」

樋口の微笑が消えた。

「写真はチャッカリ撮っていたんです。あのとき、裕也君が、フィルムを渡したらジョンをつないでやると威《おど》して、盗み撮りしたフィルムを取り上げたんですが、敵もさるもので、こうなることを予測していたらしくて、もう一つカメラを持っていたらしいんです。ショルダーのなかに入れて。それで、大先生と裕也君を撮った写真はそのあと週刊誌に載ってしまったらしいんです。わたしは見てませんけど」

「それはこれじゃないですか」

貴島は革ジャンのポケットから、中沢真弓から借りてきた記事のコピーを取り出して、樋口に見せた。

「ええ、たぶんそうだと思います」

樋口はそれをちらっと見て、すぐにそう答えた。

「この写真が撮られたのは、正確にはいつ頃だったか覚えてますか」

「えーと、あれは一年くらい前だったでしょうか。一年前の夏の終わり、たしか九月頃のことだったと思います」

樋口は思い出すような目で言った。夏であることは、霞令子と一緒に写っている麻生裕也の服装を見ても分かった。

「この盗み撮り事件があったあとで、篠原さんは大崎弥生さんに毎月の生活費を支払うようになったんじゃありませんか」

そうたずねると、樋口は首を振って、

「そうではないと思います。先生はもっと前から弥生さんの面倒を見ていたみたいです」

「もっと前から？」

「ええ。といっても、わたしがここへ来たのは三年半くらい前のことで、裕也君と半年しか違わないんです。だから、わたしが来る以前のことは詳しいことは知らないんですが、時々やってくる弥生さんの相手をしているうちに、なんとなく知ったんです。あの人、昔の話をよくしていましたから」

篠原が大崎弥生に生活費の名目で金を振り込んでいたのは、あの写真週刊誌が出る前からだとすると、あれが恐喝のネタではなかったということだろうか。

となると、なぜ大崎弥生はあの週刊誌を「私の金づる」などと言ったのか。これはいっそ被写体でもある霞令子本人に会って聞いたほうが早いかもしれない。霞なら篠原の母親だし、古いことも知っているにちがいない。

「霞さんに会えませんか」

そうたずねると、

「大先生にですか」

と樋口はびっくりしたような顔をした。

「別館のほうにいらっしゃるんでしょう？」

「もちろんおられますけど。でも無理だと思います」

きっぱりとした口調で言う。

「なぜです？」

「前にもお話ししたと思いますけれど、大先生は大変な人嫌いなんです。八年前に目がご不自由になられてから、別館のほうに閉じこもりきりで、めったに人に会うことはないそうです」

「一応聞いてみてくれませんか」

貴島は食い下がった。

「でも、わたしが宮本さんに叱られます。大先生に会いたいという人が来ても取り次がないようにと言われていますので」

樋口は困ったような顔で言った。

「宮本さん？」

「大先生のお世話をしている人です」

「ああ、元看護婦だったという？」

「ええ」

「その宮本さんという看護婦さんがここにいらしたのは、たしか……」

「六年前だったと聞いています」

六年前とすれば、樋口よりは何か知っていそうだと、貴島は咄嗟に思った。

「霞さんが無理なら、その宮本さんに会えませんか」

「連絡取ってみましょうか」

そう言うと、樋口は電話機の前まで行って受話器を取り上げた。内線電話をかけるつもりらしい。

「あ、宮本さん？　樋口です。実は、今警視庁の刑事さんが見えていて、宮本さんに会ってお聞きしたいことがあるそうです。ええ。あなたにです。手がすいていたらこちらに来ていただけませんか」

しばらく何かやりとりしていたが、

「あの、今ちょっと手が離せないそうです。なんでも大先生がヒステリーを起こしているとかで。雨の日はいつもこうなんです。リューマチが痛むとかで」

樋口は受話器を片手でふさいで、貴島のほうに向き直り、そう伝えた。

「それなら、こちらから伺いますが」

貴島はすぐに言った。

樋口はそう伝達したようだが、すぐに頭を振って、

「だめだそうです。さっきも言ったように、大先生は大の人嫌いなんです。ましてヒステリーを起こしているときになんか行ったら大変なことになります――」

「ちょっと電話、代わってもらえませんか」

貴島は素早く立ち上がると、樋口のそばへ行った。

樋口は受話器を貴島に渡した。

「もしもし」

話しかけると、若くはないが、落ち着いた柔らかい声が応えた。

「警視庁の貴島といいますが、少し伺いたいことがあるのですが」

「どんなご用件でしょうか」

「宮本さんがこちらにいらしたのは、六年ほど前と聞きましたが」

「はい、そうです」

「大崎弥生さんをご存じですね」

「ええ」

「その頃に大崎さんとはお会いになったことがありますか」

「いいえ。わたくしは殆どこちらで暮らしていますので――あ、ちょっとお待ちください」

幾分《いくぶん》慌てたような声。電話の向こうから「春子さん、春子さん」と呼ぶ、やや甲高《かんだか》い声がかすかに聞こえてきた。霞令子の声のようだ。

「申しわけありません。奥様が呼んでいらっしゃるので。わたくしはこれで」

そう言ったきり、電話は切れてしまった。貴島は受話器を耳から離して、軽く舌打ちした。

「切れましたよ」

「やっぱり大先生がヒステリー起こしてるんだわ。裕也君でもいてくれたら、宮本さんも助かるんだけど」

樋口は同情するように言った。

「いつもこんな調子なんですか。別館とは電話で？」

「そうです。わたしなんか、ここへ来てから別館へ行ったことは一度もないんです。他の塾生も同じです。別館へ出入りできるのは、先生と裕也君だけなんです。あとはいっさいお出入り禁止。大先生は凄く気難しいうえに、人の好き嫌いが激しくて、宮本さんが来るまでに看護婦を何人替えたかわからないそうです。なかには、三日ともたなかったという人もいるとかで――」

そのときインターホンが鳴った。樋口はすぐにインターホンの受話器を取った。

「あ、お帰りなさい。今開けます」

そう言ったところを見ると、誰か帰ってきたようだ。

「先生が帰ってみえましたけど」

樋口はそう告げた。

表で車のドアが閉まるような音がした。

5

「またきみか」

篠原剛は貴島の姿をサロンに見付けると、少し驚いたような呆れたような表情でそう言った。

「いつぞやはどうも。またお邪魔してます」

「例の事件なら解決したんじゃなかったのか」

篠原は不審そうな顔をした。篠原の背後から、麻生裕也が入ってきた。一緒に外出していたようだ。

「今日うかがったのは、別の件で」

「別の件というと？」

ソファに座ると、篠原はじろりと貴島の顔を見上げた。

「裕也君、大先生がまたヒス起こしてるみたいなの。宮本さん一人で大変みたいだから行ってあげて」

樋口が裕也にそう言った。貴島のほうを睨《にら》みつけるような目で見ていた裕也は黙って頷くと、すぐにきびすを返して出ていった。

「黒岩雄二という青年をご存じですね」

貴島はまたソファに座り直した。

篠原は黙ったままだった。

「この青年が昨日の朝方、雑木林のなかで死体で発見されたことはすでにご存じと思いますが」

「今度はその件に首を突っ込んでいるのか。きみとはよくよく縁があるらしいな」

篠原は薄笑いを口元に浮かべて呟くように言った。

「黒岩雄二の同棲相手の女性が、黒岩があなたから五十万、ゆすり取ったと言ってるんですが、それは事実ですか」

貴島は篠原の目を見てたずねた。

「そのことなら所轄署の連中に話したよ」

うんざりしたような声。

「黒岩にゆすられていたという事実はなかったというわけですか」

「いや、ゆすられたことは事実だ」

篠原はちらと目をあげて言った。

「ゆすられたことは認めるんですね」

「ああ」

「しかし、五十万は渡してないということですか」

「むろん渡すものか。あんなチンピラ風情《ふぜい》に五十万もなんで渡さなきゃならないんだ」

「黒岩はなんと言ってゆすりをかけてきたんですか」

「弥生が自殺した夜、彼女の家は密室じゃなかったというんだ。警察には、玄関のドアにはなかから鍵がかかっていたと証言したが、そうじゃなかったことを自分は知っている。もし金を出さなければ、そのことを警察に話すというのだよ。どうやらあの青年は私が弥生を殺して自殺に見せ掛けたと思い込んでいたらしい。なんでそんなことをする必要があるんだ。正直なところ、彼女の存在は私にとってあまり愉快なものではなかった。だからといって、それだけの理由で殺害するわけがないじゃないか」

「もしそれだけの理由ではないとしたら？　たとえば、あなたが大崎さんに何か弱みを握られ、それをネタにゆすられていたとしたら？」

「そういえば黒岩も似たようなことを言っていたな。私が離婚したあとも、弥生に送り続けていた生活費のことを何か誤解していたようだ。きみにも話したと思うが、あれは全くこちらの善意でしたことだ。ゆすられていたなんて勘違いにもほどがある」

「しかし、大崎さんは黒岩雄二に、あなたのことを『金づる』だと言ったことがあったそうです」

篠原の眉間《みけん》に不快そうな皺が刻まれた。

「まあ弥生が何と言おうが知ったことではないが、それは彼女の妄想《もうそう》が言わせた言葉だったんじゃないのかな」

「妄想？」

「弥生は私をゆすっているような妄想にとりつかれていたのかもしれない。何か私の弱みを握っている、そう思ったほうが、同情されて生活費を恵んでもらっているという事実よりは、自尊心を保てたんじゃないのか」

「それでは、一年前に出版された写真週刊誌も大崎さんの妄想の産物というわけですか」

「写真週刊誌？」

篠原はかすかに眉をつりあげた。さほど動じた様子はなかった。

「これですよ」

貴島は例のコピーを取り出して、篠原に見せた。篠原の目の下の筋肉がかすかに痙攣《けいれん》したように見えた。黒岩から買い取った古い写真週刊誌のコピーがあるとは思っていなかったようだ。

「黒岩はあの週刊誌をあなたに売る前に、こうしてコピーを取っていたんです」

「週刊誌を売るってどういうことだ？　私はこんなものを買ったおぼえはない」

篠原は冷ややかに言った。

「あなたの代理という若者が、あとで黒岩からこれを五十万で買ったそうです。こんな古い週刊誌に五十万も出すというのはただごとじゃありませんね。あなたがさせたことじゃなかったんですか」

「冗談じゃない。私の全くあずかり知らぬことだ」

篠原は憤然と言った。

「麻布のマンションにお邪魔したとき、大崎さんから電話がかかってきたことがありましたね。もっとも、あのときは大崎さんからとはおっしゃっていませんでしたが。あのとき、大崎さんはなんと言ってきたのですか」

貴島は話題を変えるようにたずねた。

「あれか」

篠原は思い出すのも嫌だというように顔をしかめた。

「酔っ払って、何もかも嫌になった、これから自殺するつもりだと言ってきたんだ、弥生は。それで、仕方なく駆け付けた。まさか放っておくわけにもいかないからな」

「なぜ、我々にそのことをおっしゃってくれなかったんですか」

「あのときは狂言かもしれないと思ったからだ。警察に話して大騒ぎしたあとで、狂言だと分かったら、弥生もばつが悪いだろうと思ってさ。実際、駆け付けてみたら、なんのことはない、彼女はソファでいぎたなく眠りこけていた。やっぱり酔った勢いでのでまかせだったのかと思うと、腹がたって、そのまま出てきた。とにかく、あの家の玄関のドアの鍵がかけてあろうとなかろうと、私があそこへ行ってしたことはそれだけだ。黒岩という男の件でも同じことだよ。所轄署の話では、黒岩はひき逃げされたらしいじゃないか。ひき逃げの検挙率は高いそうだし、警察ではいくつか物的証拠もつかんでいるようだ。犯人がつかまるのは時間の問題だろう。犯人さえつかまれば、私が弥生の件にも黒岩の件にも全く関係ないことが証明されると思うがね」

篠原はソファから立ち上がった。

「まだ何か訊《き》くことがあるかい」

「いえ……」

貴島は短く答えた。

「それじゃ、お引き取り願おうか。願わくば、もう二度と顔を合わせたくないもんだな」

「私もそう願っています」

6

その夜、貴島が外で夕食をすませて、阿佐谷のアパートに戻ると、留守番電話の赤ランプが点滅していた。留守ボタンを押すと、ピーという機械音のあと、男の声が流れた。

『北武蔵野署の前橋です。実は、さきほど黒岩雄二をはねた犯人がつかまりました。二十一歳の学生でした。詳しいことは取調べが終わってから、また連絡します』

録音時間は午後七時二十五分。

貴島は反射的に腕時計を見た。午後八時半になろうとしている。すぐに受話器を取りあげると、手帳に控えておいた北武蔵野署の番号をプッシュして、前橋を呼び出してもらった。

「昼間うかがった本庁の貴島ですが」

「ああ、今こちらからかけようかと思っていたところなんですよ」

「黒岩雄二をはねた犯人がつかまったというのは本当ですか」

そうたずねると、

「ええ、本人が父親に連れられて自首してきたんです」

前橋の声には事件が解決してほっとしたような響きがあった。

「学生だったんですか」

「そうです。A大学の三年生で、名前は羽賀良宏《はがよしひろ》。二十一歳。やはり思ったとおりでした。羽賀は午後九時頃、新宿区高田馬場の路上で黒岩を誤ってはねてしまったんですが、そのときは、片足の骨折程度の怪我に見えたので、黒岩をいったん車に乗せて病院に向かおうとしたらしいんです。ところが、途中で、黒岩が急に気分が悪いと言い出し、見る見るうちに様子がおかしくなった。倒れたときに頭を強く打っていたんですね。病院に着く前に黒岩が意識不明になってしまったので、羽賀は急に怖くなって、そのまま、青梅街道をあてもなくつっぱしったって言うんですよ。コンパの帰りか何かで、どうも少し酒が入っていたらしいんですね。相手が死亡してしまっては示談にもできない。それで気が動転してしまったらしく、人気《ひとけ》のない雑木林を探しあてると、そこに遺体を捨てたというわけです。一晩、下宿先で悶々《もんもん》としていたらしいんですが、罪悪感に耐えかねて、今朝がた名古屋に住む両親に電話で相談したようで、慌てて上京してきた父親に連れられて自首してきたという次第です」

「それじゃ、偶発的な事故だったということですか」

「本人はそう言っています。まあ、あの様子だと嘘を言っているようには見えませんね。物証や目撃者の証言なんかとも一致してますし」

「つまり、その羽賀という学生が誰かに頼まれて、黒岩をわざとはねたという線はないということですね？」

「それはないと考えていいでしょう」

前橋はきっぱりと言い切った。

「そうですか。いや、どうもお手数かけまして……」

電話を切ってから、貴島は全身から力が抜けるような虚脱感に襲われた。それはちょうど、例のゾンビ事件に篠原が無関係だったと分かったときに感じたような虚脱感。ほっとしたのかがっかりしたのか自分でも分からないような気の抜けようだった。

ただ分かっているのは、あの男に関する限り、自分が嗅覚《きゅうかく》を奪われた犬みたいに、見当違いのところばかり嗅《か》ぎ回っているということだけだった。

このぶんだと、大崎弥生の件も勘ぐりすぎというものかもしれないな、と貴島は幾分自信をなくしながら思った。

少なくとも大崎弥生が発作的《ほっさてき》に自殺してもおかしくない状況にいたことは確かだ。年下の男に逃げられ、家庭にも仕事にも恵まれない、孤独なアルコール依存症の中年女。そんな女が風呂に浸《つか》っていて、ふと世をはかなむというのは十分ありうることだ。

しかも、弥生から電話を受けたときの篠原の言動も、疑惑を捨てた目で見直せば、それなりに筋が通っているようにも思えた。狂言の可能性も考えたから、警察には知らせずにすぐに駆け付けた。マスコミに騒がれることを嫌う俳優なら、この心理は少しもおかしくはない。

弥生の口座に振り込まれていた毎月の「生活費」に関しても、篠原の言うとおりだったのかもしれない。

おそらく、大崎弥生は別れた夫にまだ未練を持っていたにちがいない。離婚の原因になったという彼女の浮気も、夫が自分を愛していないことに気付いてしまった妻の精一杯の復讐《ふくしゅう》だったとしたらどうだろう。

大崎弥生が篠原に対して見せたさまざまな醜悪《しゅうあく》な言動は、すべて、別れた夫への屈折した愛情の裏返しと取れないこともないのだ。

としたら、彼女が黒岩に話した、「金づる」という言葉も、彼女の妄想というか、ある種の見栄《みえ》が言わせた言葉だったとも解釈できるではないか。

大崎弥生は、自分が別れた夫にしつこくまとわりつくのは、未練があるからではなく、夫が「金づる」だからだと、自分にも周りの者にも思わせたかったのではないだろうか。それが彼女を支える唯一のプライドであり、見栄であったとしたら？

弥生は篠原を恐喝などしてはいなかった。恐喝しているという妄想を抱いていただけなのだ。別れた男にまとわりつきたいだけのために作り出した妄想……。

あの古い写真週刊誌を保存していたことも、たんに懐かしかっただけなのかもしれない。あそこに写っていたのは、短い間だったが、弥生が篠原の妻として暮らした家だったのだから。それを黒岩が無造作に捨てようとしたので、弥生は怒った。ただ、怒ったあとで、一年も前の週刊誌を大事にしている不自然さに自ら気がついて、咄嗟に、「金づる」などという偽悪的な言い訳を口にしたとしたら？　もし黒岩が真弓に言ったことが本当だとしたら、篠原が代理の者を介して黒岩に渡した五十万という金も、黒岩の恐喝に応じたというより、たんに妙な噂を流されることを恐れたためとも考えられる……。

ということは、すなわち、自分はただ大崎弥生という中年女の孤独が生み出した妄想に踊らされていただけってことか。いや、それだけじゃない。妄想の虜《とりこ》になっていたのは弥生だけではなかった。この自分にしても——。

貴島は自嘲《じちょう》ぎみに思った。

思えば、篠原に疑惑を持つことになった発端《ほったん》は、あの一枚の古写真にはじまっていた。十五年前に死んだという一人の女の写真。もし、あの写真がなければ、篠原という俳優にこれほど興味というか、疑惑を持っただろうかと貴島は自問してみた。

答えは否《いな》だ。奥沢峻介の過去を調べているうちに、若い頃、同じ劇団に所属していたという関係から、篠原の名前くらいは捜査線上に浮かんできたかもしれないが、それだけで興味を持ったとは思えない。たぶんそれは車窓からボンヤリと眺め過ぎる景色のようなものだったにちがいない。視界から消えると同時に頭のなかからも消えてしまうような……。

写真の女に興味を持たなければ、写真を見せられたとき、やや不自然な反応を見せた篠原という男にも興味を持たなかったわけで、嗅覚の狂いはあのときからはじまったのだ。

貴島はハンガーにかけられた背広の内ポケットを探ってみた。そこには、何度か取り出すうちにすっかり皺くちゃになってしまった写真が収められていた。例のゾンビ事件が解決したとき、よほど破り捨てようかとも思ったのだが、なんとなく躊躇するものがあって、まだ持っていたのである。

なぜだかは分からないが、自分はこの写真の女が生きていると思いこみたがっている。

貴島は心のなかでつぶやいた。

一枚の古写真が秘めた魔力に魅せられてしまったのかもしれない。

写真機は被写体の影を写すものである。それもほんの一瞬の影を。自然は刻一刻と変化する。その変化をくいとめることは人にはできない。ただ、人間は、移り変わる一瞬一瞬を保存する方法を思い付いた。それが写真だ。

写真機が発明されてまもない頃、写真に撮られるということは、魂まで奪われることだという、とんでもない誤解が当時の人々の間に広がったという話を聞いたことがある。現代人なら笑いとばすような話だが、昔の人の、この写真に対する本能的な恐れを、果たして科学にたいする無知の産物と嗤《わら》えるだろうか。写真機というものは、本当に、被写体の一瞬の魂を奪って永遠に封じ込める機械なのかもしれないではないか。

そうでなければ、こんなたった一枚の紙片にこうまで振り回されるわけがない。この写真には、一人の女の一瞬にして永遠の魂が封じ込められているのだ。だから、捨てようとしても捨てられず、破こうとしても破くことができない。その魂に魅せられたとしか表現のしようがなかった。

だから、この写真の女に生きていてほしいと思った。そのうち、この願望が、生きているかもしれないという希望に変わり、何かを知っていそうな篠原という男の周りをうろついていれば、いずれこの写真の女に会える。いつからかそんな妄想にとりつかれてしまった。

篠原が何らかの犯罪にかかわっているのではないかという直感は、刑事という身分を利用して自分が作り出した妄想にすぎない。篠原が犯罪にかかわっていると思えば、おおっぴらに彼の周りをうろつくことができるから。

しかし、それは妄想にすぎなかった。

おそらく佐川桐子は死んでいる。十五年もの間、彼女が身を隠しきれたとは思えない。やはり、十五年前に断崖から身を投げて死んだのだ。突き落とされたのか自殺かは分からない。でも死んでいる。そう考えたほうがずっと現実的だ。

この写真はもう処分したほうがいい。貴島はそう決心した。そうでないと、いつまでも振り回されそうな気がした。

破ろうとしたが思い直した。燃やしてしまったほうがいいかもしれない。破いただけでは、この紙片に封じ込められた女の魂は成仏《じょうぶつ》しない気がした。写真を灰皿に入れると、ライターを取り出して火をつけた。ライターの火は写真の隅に燃え移り、ちりちりと黒い縁《ふち》どりをほどこしながら、写真の女を食い尽くしていく。事務員のような質素な白い服。風になびく髪を押えようと上げた腕。その右腕の細い手首にはめられた華奢《きゃしゃ》な腕時計——。

腕時計？

貴島は突然灰皿を持って流し台に走った。この部屋に誰かいたなら、彼のこんな突然の行動にさぞ面食らうだろう。

水道の蛇口をひねって水を出した。水が灰皿にあふれる。灰皿のなかで半分ほど燃えた写真が水浸しで残った。無残に黒くやけただれた紙のなかで、女は変わらぬ白い歯を見せて笑っている。

貴島は呆然としたように、その半ば焼けてしまった写真を見詰めた。

心臓が早鐘《はやがね》のように打ちはじめていた。

腕時計だ。なぜ気がつかなかったんだろう。

燃やされる直前になって、写真の女がそれを声なき声で訴えたとしか思えなかった。何度も見ながら、今の今まで気がつかなかったことを教えてくれたのだ。

革ジャンのポケットを探って、中沢真弓から預かってきたコピーを取り出した。四つにたたんだそれを開いて凝視《ぎょうし》した。

このコピーを見たとき、漠然と感じていた違和感の正体が分かったのである。どこがどうおかしいのか分からないが、なんとなく妙だと感じていたものの正体。

それは腕時計だった。

コピーのなかの霞令子は右手に腕時計をはめていた。これだったのだ。何か妙だと思いながら、どこが妙なのか気付かなかったことは。

横浜の篠原邸を訪ねたとき、窓から見た霞令子は、たしか左手にした腕時計を右手で探っていた。盲人用の腕時計をそうやって見ていたのだ。

腕時計をはめるとき、ふつう人は利《き》き手《て》とは逆の手首にはめるものではないだろうか。もちろん誰もがそうするとは限らないが、おそらく十人集まれば八人くらいまでがこうするような気がした。

その理由は、腕時計を装着するとき、利き手を使ったほうが付けやすいことと、何かと動かすことの多い利き手に時計をはめていると、それだけ壊れる危険性が高いということが考えられる。

貴島自身、こうした理由から利き手とは逆の左手に腕時計をはめている。だから、当然、中学のときにはじめて腕時計をして以来、はめるほうの手首を変えたことはない。

もし自分の記憶違いではないとしたら、霞令子は一年前に右手にはめていた腕時計を、今は左手にはめているということになる。

これはどういうことだ。たんなる気まぐれで変えたのか。それとも……。

貴島の頭のなかで何かがスパークした。まだハッキリとした形にはなっていないが、何かとても重要なことに自分は気がついたという手ごたえがあった。

霞令子は今、どちらの手に腕時計をはめているのか。記憶では、左手だったが、記憶違いということもある。それをハッキリさせたい。それさえ分かれば――。

ちらと電話機を眺めた。篠原に訊く？　駄目だ。もっとも身近にいる彼に訊くのが一番早いが、今までのいきさつを考えると、素直に答えてくれるとは思えない。

考えあぐねているうちに、ふといい考えがひらめいた。霞令子は映画女優だった。ということは、もしかすると、彼女の主演した映画はビデオ化されているかもしれないと思いついたのだ。自転車で十分ほど行ったところにレンタルビデオショップがある。時々利用したことのある店だ。洋ものしか借りたことはないが、むろん邦画もののコーナーもある。大衆的人気の高いものばかりではなく、幾分マニアックなものも置いてある店だから、もしかすると、霞令子の出た古い邦画ものも置いてあるかもしれない。

貴島はすぐにアパートの階段をかけ降りると、自転車に飛び乗った。朝から降り続いた雨もようやく上がって、夜空には星がまたたいていた。

自転車を乗り捨てるようにして、無機的な照明が煌々《こうこう》とついたレンタルビデオショップに入ると、あまり足を踏みいれたことのない邦画もののコーナーにまっすぐ行った。ずらりと並んだタイトルを目で追ううちに、ようやく、主演女優の名前に霞令子の名前を見付けた。タイトルは「草原のお嬢さん」。こんな目的ででもなければ一生手に取ることのなさそうなシロモノだった。それを借り出すと、また自転車に飛び乗ってアパートに戻ってきた。

借りてきたソフトをビデオデッキにセットして、貴島は固唾《かたず》を呑《の》んで画面を見詰めた。ストーリーなどどうでもよかった。とにかく、霞令子がなるべくアップで出る場面さえ見ることができればいい。

映画がはじまって、三分の一ほど終わった頃に、貴島ははっとして、手にしたリモコンで静止画像にした。それは、ある田舎町に病気の療養に来た、霞令子扮《ふん》する、東京のお嬢さんが庭の花のスケッチをするシーンだった。霞令子は鉛筆を右手に握っていた。彼女は右利きだった。

出てくるのは気の抜けたサイダーみたいな善人ばかり、主役のお嬢さんの明るさ、かわいらしさだけが、これでもかこれでもかというように強調されているだけの、退屈きわまるラヴ・ストーリーだったが、貴島は我慢して見続けた。できれば、霞令子が腕時計をはめているところを確認したかった。右利きだからといって、誰もが自分のように左手に腕時計をはめるとは限らないからだ。

最後のほうになって、彼女が恋仲になった青年医師とデートの待ち合わせをするときに、約束の時間が過ぎてもなかなか現われない恋人にいらだって、何度も腕時計を見るシーンがあった。

令子は左手にはめた腕時計を見ていた。

貴島は最後まで見ずにテレビのスイッチを切った。ビデオデッキからビデオを取り出した。

霞令子は右利きだった。あのとき、窓から見た令子が左手首にした腕時計を右手で探って見ていたという自分の記憶は正しかったことになる。

おかしいのは、このコピーのほうなのだ。このコピーでは、令子の腕時計は右手首にはめられている。

なぜだ？

なぜ、霞令子は一年前の夏、この写真を盗み撮りされたとき、その前もその後も左手にはめていた腕時計を右手にはめているのだ？

もし大崎弥生がこの古い写真週刊誌を大事に保存していた理由が、この点にあったとしたらどうだろう。弥生も気がついていたとしたら？　弥生にとってはいっときは姑《しゅうと》でもあった女である。霞令子が腕時計を左手にはめていたことを知っていたはずだ。

貴島の推理はだんだん形を持ちはじめていた。

大崎弥生はやはり本当に篠原を恐喝していたのではないだろうか？　あれは彼女の妄想なんかじゃなかった。彼女は本当に別れた夫を恐喝していたのだ。

い奇怪な想像だった。
それは推理というにはあまりに突拍子《とっぴょうし》もなく、これこそまさに妄想という名にふさわし
貴島は突然自分の頭にひらめいたある想像に思わず声をあげて笑い出しそうになった。
それは——。
何をネタに？

7

翌日、本庁のほうには風邪ぎみなのでもう一日休むと伝えて、貴島は再び横浜に出向いた。どうせ事が起これば、ポケベルで呼び出されるだろうと思ったからである。

横浜には行ったが、篠原邸には寄らなかった。昨日の今日である。また訪問するのはさすがに気がひけた。篠原邸の近くにある喫茶店に入ると、そこから、電話で樋口まいを呼び出した。電話に出た樋口は迷惑がるかと思ったら、意外にあっさりとした口調で、「すぐに伺います」と返事をして電話を切った。

そして、待つこと二十分。二本めの煙草を吸い潰した頃、小粋なグレーの半コートに長身を包んだ樋口まいが颯爽《さっそう》とした足取りでガラス扉を開けて入ってきた。

女優の卵だけあって、こうして外で見ると、さすがに人目をひくものがある。

樋口は目で貴島を探しあてると、かすかに微笑を浮かべて頭をさげた。

「たびたび申し訳ありません」

貴島は慌てて煙草を灰皿で揉《も》み消《け》すと立ち上がりかけた。

「いいんです。ちょうど出掛けようと思ってたところですから。でも、あまり長くなると困りますけど……」

樋口は注文を聞きにきたウエイトレスに、紅茶を頼んでから、ちらと腕時計を見た。

「これからテレビ局の人と会って打ち合わせなんです」

「いや、そんなにお手間は取らせません。ほんの十分かそこらですみます」

「それでしたら、何でも聞いてください」

樋口はにっこりした。笑うと、ビーバーのような前歯が見えて、愛嬌のある顔になった。

「あ、でも、一つお約束していただきたいことがあるんです」

笑みが消えて、やや不安そうに言った。

「なんでしょう?」

「あたしが話したってこと、先生には言わないでいただきたいんです。刑事に何か聞かれてもあんまり気安くしゃべるなって言われてるもんですから」

樋口はそう言って、舌をちらりと出した。

「分かりました。もちろん言いません」

貴島は断言した。こちらとしてもそのほうが都合がいい。確証をつかむまで、篠原にはこちらの動きはあまり知られたくはなかった。

「それで、どんなことを？」

樋口は安心したような顔で先を促した。

「霞さんの世話をしている宮本という女性のことについて少し伺いたいんですが」

「はい」

「年は幾つくらいの人ですか」

「正確な年齢は分かりませんけれど、三十七、八というところかしら。もう少しいってるのかもしれませんけど」

「この女性に似ていませんか」

貴島は革ジャンのポケットから半ば焼け焦げた写真を取り出して、それを樋口に見せた。

樋口は焼け焦げた写真に少しびっくりしたような顔をしていたが、写真を見詰めながら、小首をかしげた。

「どうかしら。宮本さんはいつも眼鏡をかけているし、髪形も違います。もっと髪は長くて、いつもひっつめにしてうしろでしばってますから……。似ているような気もしますけど」

「体格はどうです？　痩《や》せがたですか」

「ええ、痩せてます」

「背は？」

「高いほうじゃないかしら。あたしと同じくらいだから、百六十五はあると思います」

「左利きではありませんか」

「宮本さんがですか」

　樋口はやや警戒するように大きな目を見開いた。

「どうだったかしら。あの人は大先生の世話で別館に閉じこもりがちだから、あまり親しくしたことがないんです。昨日もご覧になったように、用があるときは、ああして内線電話でたいていすませてしまいますし、食事なんかも、別館とは別になってますから」

「宮本さんが本館のほうに来ることは？」

「殆《ほとん》どありません。別館からは裏口のほうが近いので、外出するときもそちらから出入りしているようですし。あたしもここに来てから二、三度しか会ったことないんです。もの静かな感じのいい人ですけど、ちょっと暗いかなって印象はありました」

「暗い？」

「陰険な感じで暗いって意味じゃないですけど。こう、なんか過去がある人って感じの暗さです。あまり人前に出るのが好きじゃないみたいだし。もっともそういう性格の人だから、六年も大先生の世話なんかできるんでしょうけど。あたしだったら、とてもあんな生活は息苦しくてできないな」

　樋口は肩を竦《すく》めてみせた。

「そんなに閉じこもりきりの生活をしてるんですか」

「そりゃたまには買い物とかで外に出ることはあるでしょうけど、殆ど大先生に付きっきりみたいですね。前にも言ったと思うけど、大先生の目がご不自由になってから、何人もお世話の看護婦さんがついたんですけど、みんな長続きしなかったそうです。大先生が超わがままで手がかかるうえに、看護婦さんがちょっとでもそばを離れると、もう正気を失ったようにヒステリーを起こすので、みんな神経が参ってしまったみたい。少しも息が抜けないそうなんです。ふつうの神経じゃとてもつとまりません。それをあの宮本さんは六年も続けているんだから、かなり忍耐力のある人だと思います。まあ、そのお給金のほうもかなりいいんでしょうけど」

「家族とかは？」

「天涯孤独の身の上だって話を聞いたことがあります。だから、あんな生活に我慢できるのかもしれません」

「霞さんの付き添いになるまではどこの病院で働いていたんですか」

「さあ」

樋口は首をかしげた。

「詳しくは知りませんが、先生の話では、どこか地方の、先生の友人が経営している病院で働いていたのを、仕事ぶりと人柄がいいからと推薦されて、うちに来てもらったんだそうです」

「前にたしか、麻生裕也君が来てからは、霞さんに気にいられて、もっぱら、車椅子を押すのは裕也君の仕事になったと聞いたおぼえがあるんですが」

貴島は話題を変えるように言った。

「そうなんです。若い女は声を聞くのもお嫌らしいんだけれど、男の子ならいいみたいです、うちの大先生は」

樋口はちらと皮肉そうな微笑を口元に浮かべた。

「裕也君が来てからは、宮本さんが車椅子を押すことは全くなかったわけですか」

「いいえ、そんなことはありません。裕也君がいないときは、宮本さんが散歩のお相手をしてました。でもここ一年くらいは、すっかり裕也君の仕事になってましたね」

「ここ一年、宮本さんが車椅子を押しているのは見たことがないということ？」

貴島は声を殺してたずねた。

「ええ。だいたい、天気のいい日は一日に一度は日光浴に庭に出られることが多いんですけど、そう言われてみれば、ここ一年くらい、宮本さんが車椅子を押してるのって、見たことがないわ」

樋口は考えこむような目をした。

「もっともあたしも四六時中あの家にいるわけではないので、あたしが見た限りではという意味ですけど」

「ここ一年の間に、霞さんの態度とか様子に何か変化はありませんでしたか」

「変化、ですか」

樋口はきょとんとした。

「霞さんの感じがどことなく変わったとか、なんとなく妙だと思ったようなことは？」

「別に……」

樋口はまた小首をかしげた。

「霞さんはたしか左手首に腕時計をしてましたね？」

「え？　ええ、そうだったと思いますけど」

樋口は思い出すように視線を宙に浮かした。

「いつもそうですか」

「さあ。あまり気を付けて見てはいませんでしたけど」

樋口はやや曖昧な表情で答えた。

「この写真のコピーでは、霞さんは右手に腕時計をしているでしょう？」

貴島は例のコピーを出して見せた。

「あら、ほんと。気がつかなかったわ」

樋口はそれを見詰めて呟くように言った。

「どうしてこの日は右手にしていたんでしょうね」

「さあ」

樋口は分からないというように首を振った。

「大先生のことなら、宮本さんにお聞きになったらどうですか。彼女なら何か知ってるかもしれませんよ」

 こともなげに言う。

「それができたらあなたを呼び出しはしないんですがね」

貴島は苦笑した。

「どうも昨日の様子だと、宮本さんは霞さんのそばから一時《いっとき》も離れられないようですし、別館へも出入り禁止となると、聞きたくても聞きようがないでしょう」

「今ならだいじょうぶですよ」

樋口は笑いながらあっさりと言った。

「だいじょうぶって？」

「彼女、一人のはずですもの」

「一人ってどういうことです？」

「大先生は今いないんです。今朝がた、先生と一緒に軽井沢の別荘に行きましたから」

「この時期にですか」

「いつもの気まぐれ病が起きたんじゃないですか。突然、言い出すんです。先生も大変だわ。大先生ったら、言い出したらきかないんですもの」

樋口は苦笑しながら言った。

「いつ出掛けられたんです？」

「九時頃だったかしら」

「宮本さんは？」

「お供《とも》しなかったようです」

「なぜです？」

「さあ。ジョンの世話をするために残ったんじゃないかしら。ジョンはあの人によくなついているみたいですから」

「あなたは篠原さんと霞さんが出掛けるのを見送ったんですね」

貴島は興奮を抑えてたずねた。

「ええ。車で出掛けられたんで、門のところまで」

「そのとき、宮本さんは出てきましたか？」

「いいえ」

樋口はかぶりを振った。

「出てこなかったんですか」

貴島は念を押した。

「宮本さんは出てきませんでした。先生が大先生の車椅子をご自分で押してきたんです。それで、車のトランクに車椅子を乗せるのを手伝ってくれと言われて」

「去年の夏、例の盗み撮りをされたときのことですが、そのときはどうでした？」

「どうって？」

「騒ぎを聞き付けて、宮本さんは出てきましたか」

樋口は思い出すようにしばらく考えていたが、首を振った。

「いいえ」

「そのときも出てこなかった？」

貴島はつい身を乗り出した。

「でもかなり大騒ぎになったんでしょう？」

「ええ。うちにいたら騒ぎが聞こえないはずはないから、きっとどこかに出かけていたんじゃないかしら……」

樋口はそう呟いたが、何か思い出したように、

「そうだわ。宮本さんはあのときまだ別荘のほうにいたんだわ。だからうちにいなかったんです」

「別荘のほうにいたって？」

貴島は何かひっかかるものを感じて聞き返した。

「あの盗み撮り事件の前の日まで、大先生たちは軽井沢の別荘にいたんです」

「大先生たちというと？」

「大先生と先生と宮本さんと裕也君です」

「では、あの事件は四人が軽井沢から帰ってきた直後に起きたということですか」

「ええそうです。でも四人ではなくて、三人です。たしか宮本さんだけは一日遅れて帰ってきたから」

「行きは四人で行ったのに、帰りは三人だったというんですか」

「はい。帰ってきたとき、車のなかには先生と大先生と裕也君しか乗っていなかったと記憶してます。だから、宮本さんはあとで一人で帰ってきたんじゃないのかしら。あの盗撮り事件はその翌日に起きたんです」

「その別荘の住所、今、わかりますか」

「あ、はい。ちょっと待ってください」

樋口はショルダーバッグを開けると、なかを探って電子手帳を取り出し、それを見ていたが、

「軽井沢町長倉《ながくら》です。もともとは先生のお父様がペンションとしてお建てになったんですけど、あまり経営が思わしくなかったようで、別荘代わりになったんだそうです。あたしも二度ほど夏の合宿で行ったことがあります」

貴島は手帳を取り出すと、樋口の言った住所を書き留めた。

「あの、もういいでしょうか。あたしそろそろ行かないと」

樋口は電子手帳をしまうと、腕時計を見ながら言った。

「その前にもう一つだけ。そこの電話で宮本春子さんをここに呼び出してくれませんか」

「あたしがですか」

樋口は脱いだコートを羽織りながら、目をしばたたかせた。

「やはり、宮本さんの口から直接伺いたいことがあるんです。霞さんがいないならちょうどいい」

「わかりました。電話かけてみます」

樋口はコートの裾《すそ》を翻《ひるがえ》らせて、店の電話のほうへ歩いていった。背中を向けて受話器を取る。

貴島は腕時計を見た。午前十時半になろうとしていた。篠原たちが家を出たのが午前九時頃だとすると、車で向こうに着くのは、早くても午後二時すぎというところか。

鉄道を使えば、かれらが別荘に着くよりも早くたどりつけるかもしれない。

あまりにも荒唐無稽《こうとうむけい》に思えた推理だったが、樋口まいの話を聞いているうちに、貴島のなかでそれはかなり現実味を帯びてきていた。

ここ一年の間、樋口は宮本春子と霞令子が一緒にいるところを見ていないという。もし貴島の想像が当たっていれば、二人が一緒にいられるわけがない。なぜなら、おそらく宮本春子と霞令子は――。

樋口が受話器を置くのが見えた。

テレホンカードを財布にしまいながら席に戻ってくると、貴島が予想したとおりのことを言った。

「宮本さん、留守みたいだわ。誰も出ないんです」

上野を正午に出た、特急「あさま17号」は、晩秋の趣《おもむ》きを見せる碓氷《うすい》峠にさしかかろうとしていた。

貴島はもう一度腕時計を眺めた。この列車が軽井沢に着くのが午後一時四十七分の予定だった。

8

カラマツやモミの林に囲まれた、白い北欧風の建物の駐車場に一台の赤いベンツが停まった。

運転席のドアが開いて、黒い革のジャケットを着た男が出てきた。男は後部座席のドアを開くと、黒っぽいマントふうのコートにすっぽりと身を包んだ灰色の髪の老女に手を貸して外に連れ出した。老女は黒いサングラスをかけ、白いステッキを手に持っていた。

男は老女に肩を貸して、入口の階段を上った。ジャケットのポケットから鍵を出し、ドアを開ける。二人の姿はそのドアの向こうに消えた。しばらくして男だけまた出てきた。軽やかな足取りで階段を駆け降り、停めてあった車のそばまで行くと、後部トランクを開けて、なかから折り畳み式の車椅子を運び出し、それをかついで再びなかに入っていった。もし、木の上から鳥が眺めていたとしたら、そんな光景が見えたことだろう。

男が車椅子を運んでなかに入ってくると、晩秋の日の光が高い窓から差し込む、吹き抜けの広いサロンには、老女の姿はどこにもなかった。使われなくなった暖炉の近くのソファに、黒いマントと灰色のかつらと白いステッキが放り出されているだけである。

サロンのなかにはもっと若い女がいた。若いといっても、年の頃は四十前後だが、白のセーターにブルージーンズという軽装が、痩せた長身の女をずっと若く見せていた。

ブルージーンズの女は暖炉の代わりに使われている大型の石油ストーブのそばに行くと、マッチで火をつけた。二人は口をきかず黙々として自分のすべきことをした。空《から》の車椅子を押してサロンを出ると、男は奥のほうへ入っていった。ストーブに火を点《つ》けたあとで、女も男のあとに続いた。

男が入ったのは厨房《ちゅうぼう》だった。最初はペンションとしてスタートした建物にふさわしく、個人の別荘の台所というより、レストランの厨房といった趣きがある。広く、プロの料理人が使うような調理器具が沢山置いてあった。男はその厨房のさらに奥のほうに入っていくと、業務用の冷凍庫の前に来た。

それはちょうどトイレットくらいの大きさで、大人一人がゆうに入ることができる、冷凍庫というより、冷凍室といった造りになっていた。温度の調節は外に付いたパネルでできるようになっている。冷凍庫は作動していた。パネルのデジタル式の温度設定は零下《れいか》二十度になっている。

男は取っ手をつかんで、一瞬目をつぶった。そして、思い切ったように、その取っ手を引いて扉を開けた。なかにはあるものが冷凍されていた。保存食品の類いではなかった。そこには真っ白な髪をした老女の遺体があった。

男は老女の遺体を運び出した。黙々として女がそれを手伝う。男も女も、申し合わせたように、目と口をポッカリと開けて凍り付いている老女の顔から視線をそらし続けていた。

遺体を車椅子に乗せて厨房からサロンに運んでくると、それをサロンの絨毯《じゅうたん》の上に俯《うつむ》けに横たえた。老女の後頭部には打撲傷があった。

男はもう一度厨房に行った。今度は灯油の入った赤いポリタンクを重そうにさげてきた。それをサロンに置くと、他に何かすることはないかというようにあたりを見回した。

「あとはわたしがやるわ。あなたはもう行って」

はじめて女のほうが口をきいた。低く静かな声だった。

「一人で大丈夫か」

男が心配そうに女の顔を見た。

「大丈夫よ。あなたのほうこそ、どこでアリバイを作るつもり？　別荘荒らしが居直ったように見せ掛けるといっても、警察はあなたのアリバイだってきっと調べるわよ」

「駅前の喫茶店に行く。いつもあそこでコーヒー豆を買うから。あの店の主人とは顔見知りだ。あそこでコーヒーでも飲んで、あとはスーパーに食料品でも買いに行くか」

「そうね。それがいいわ」

女はそう言うと、軍手を取り出してそれを両手にはめた。サロンにあった花瓶を薙《な》ぎ倒し、ソファのクッションを床にばらまいた。

「何をしてるの。早く行って」

立ち去りがたいという風情《ふぜい》で、まだサロンに立ち尽くしていた男のほうを振り向き、叱《しか》りつけるように女は言った。

「あ、ああ」

「それとも、そこでこの人の体に灯油をまいて火をつけるところを見ていたいの？」

女は無表情でたずねた。

「まさか」

男は顔を歪めた。

「一応おれの母親だった人だからな。そんなものは見たくない」

「だったら、早く行きなさい」

男は「ああ」と呟くと、きびすを返して玄関のほうへ歩いていった。ドアの閉まる音。

女はサロンに佇《たたず》んでいた。表で車のドアのバタンという音がした。そして、エンジンのかかる音。やがて車の遠ざかる音を確認すると、女はねじを巻かれた自動人形のように動きはじめた。

灯油のポリタンクの蓋《ふた》を開けると、細い腕に力をこめてもちあげ、ポリタンクを傾けて、中身をサロンのあちこちにばらまきはじめた。凍った老女の遺体にもまんべんなく灯油を注いだ。

サロンのなかに灯油の臭いがたちこめた。ポリタンクを空にすると、それを放り出し、ジーンズのポケットにしまったマッチを取り出す。

このマッチの一本がすべてを終わらせてくれる。十五年間の恐怖と不安と絶望に充ちた逃亡生活からも、この老女からも。

しかし、女はマッチを擦《す》りかけた手を途中でとめた。あることを忘れていたことに気がついた。別荘荒らしが窓ガラスを割って侵入したように見せかけることを。大事なことを忘れるところだった。軽く舌打ちした。冷静なつもりでいても、どこか気が動転しているらしい。

女はマッチをジーンズのポケットにしまうと、玄関から外に出た。

庭をぐるりと回って、裏手に行った。石を拾い、それで手近な窓の一つを割ろうとして、はっと息を呑んだ。すでに一枚のガラス窓が割れていることに気がついたからだ。女はその窓に近付いた。クレセント錠がはずれていた。女は脅《おび》えた目であたりを見回した。

誰かがここから侵入した？

そんなはずはない……。

それとも本当に別荘荒らしが？

だとしたら、かえって好都合だ。

女は再び庭を回って玄関に戻ってきた。階段を駆け上がり、ドアのノブに手をかけた。何気《なにげ》なくドアを開けた。

サロンのなかには見知らぬ男がいた。革のジャンパーを着た長身の男だった。その男は電話機の前で受話器を取り上げようとしていた。

女は戸口のところで、声もなく、車のヘッドライトを浴びた猫のように立ちすくんでいた。

10

貴島は中軽井沢駅で拾ったタクシーを降りると、カラマツやモミに囲まれて、静かな佇まいを見せる、その北欧風の白い建物に近付いた。

駐車場には一台の車も停まっていなかった。間に合ったようだ。篠原たちはまだ到着していない。

階段を上り、玄関のドアの取っ手を引いてみた。施錠されている。すぐにきびすを返して階段をおりると、落ち葉を踏みしめて、裏手に回った。手頃な石を拾いあげると、それで窓ガラスを割った。腕を入れてクレセント錠をはずす。窓を開けると、そこから忍び込んだ。

高い窓から日の光が、吹き抜けの広いサロンに差し込んでいた。アップライト式のピアノ。使われなくなった暖炉。白いテーブルクロスを掛けた食卓……。

窓から差し込む光の筋に埃《ほこり》がきらきらと舞っている。

サロンの階段を上って、二階に行ってみた。二階には十ほどの個室が用意されていた。一つ一つの部屋を覗いてみたが、どの部屋もきちんと整えられていた。異状はない。階段をおりようとしたとき、表で車の停まる気配がした。バタンとドアの閉まる音。

篠原たちが来たらしい。

貴島はおりかけた階段を慌てて上り、手近な部屋に身を隠した。

施錠を解く音がして、下のサロンに人の気配。話し声はまったくせず、ただ人の動き回る気配だけが伝わってきた。貴島はそうっと部屋のドアを開けると、足音を忍ばせて廊下に出てみた。階段近くに飾られた彫像の陰に素早くひそんだ。見下ろすと、下のサロンに黙々として動き回る男女の姿があった。

きらきらと埃の舞うサロンの光景は、まるで劇場か何かのように見えた。二人の男女はパントマイムを演じる役者のようだった。

二人の姿がサロンから消えた。と思うと、しばらくして、マネキンのようなものを車椅子に乗せて戻ってきた。

マネキンに見えたものが何であるか分かったとき、貴島は息を呑んだ。男のほうが何か入った赤いポリタンクのようなものを持ってきた。

「あとはわたしがやるわ。あなたはもう行って」

女のほうがはじめて口をきいた。低く静かな声。昨日、篠原邸の内線電話で聞いた声に間違いなかった。白いセーターにブルージーンズをはいたほっそりとした女の後ろ姿だけが見える。

「一人で大丈夫か」

男がそう言った。

「大丈夫よ……」

二人の会話から、彼らが何をするつもりなのか、おおよその見当はついた。篠原が留守の間に、シーズンオフを狙った別荘荒らしが侵入し、サロンにいた霞令子に騒がれたために、これを殺し、室内に放火して逃げたという設定にしたいらしい。

やがて、男のほうが玄関から出ていった。女が一人残された。女はしばらく動かなかった。が、表で車の遠ざかる音がすると、ようやく動きはじめた。

身をかがめて、赤いポリタンクの蓋をはずすと、中身をあたりにぶちまけはじめた。つんと灯油の臭いがあたりに立ち込めた。老女の遺体にも灯油を降り注ぐ。

貴島は息を詰めて見詰めていた。女がマッチで火をつける前に声をかけようと思いながら。

女は空になったポリタンクを放り出すと、ジーンズのポケットから何か取り出した。マッチのようだ。貴島は彫像から一歩踏み出した。女はマッチを一本抜き出して、今にもそれを擦ろうとしていたが、何を思ったか、その動きを中断した。再びマッチをジーンズのポケットにしまうと、玄関のほうに歩いていった。女の姿がドアの向こうに消えた。

貴島は階段をおりた。さっきまで恐怖劇場と化していたサロンにおりたつと、老女の遺体に近付いた。なんてことだ。凍っている……。去年の夏から冷凍庫で凍結させておいたのか。

アイボリーの電話機の前に近付いた。地元の警察に知らせようと、受話器を取り上げたとき、玄関のドアが外から開いた。戸口のところに女が立っていた。

片手をドアのノブにかけたまま、女は塩の柱になったという伝説の女のように立ち尽くしていた。

貴島は女の顔を真正面からはじめて見た。

十五年という歳月と、その間に味わったであろう様々な労苦が女の顔を変形させてはいたが、目、鼻、口、どれをとってもまぎれもなくあの写真の女のものだった。

受話器を持ったまま、貴島の胸に得体のしれない感動のようなものが広がった。目の前の女が全くの初対面にもかかわらず、そして殺人者にもかかわらず、まるで長い間離れて暮らしていた肉親にようやく巡りあえたような懐かしさすらおぼえていた。

「宮本――いや、佐川桐子さんですね」

そうたずねると、女は血の気のひいた白い顔で子供のように頷いた。

11

それから四十五分後。赤いベンツが再び白い別荘の前に停まった。別荘の前にはパトカーが何台も停まり、ものものしい騒ぎがあたりを包んでいた。

篠原は呆然としながら、車から降り立った。レインコートを着た刑事ふうの中年男と、革ジャンを着た長身の若い男が、こちらを見て目で合図しあったかと思うと、大股で近付いてきた。

篠原は逃げようともしなかった。逃げたくても足に根が生えたように動かなかった。ただ視線を漂わせて、女の姿を探した。しかし、女の姿はどこにもなく、こちらに近付いてくる革ジャンの男の姿だけをうつろな視界にとらえていた。

その男の顔に見覚えがあった。

男は意味不明の微笑を口元に浮かべながら言った。

「またお会いしましたね」

第八章　死霊は囁く

1

「私たちがここへ来ているのをどうして知ったんだ」

軽井沢の所轄署の取調室で、篠原剛は煙草を一本抜き取ってくわえながら、疲れたような声で言った。

貴島はライターの火を差し出しながら、

「樋口さんに聞いたんですよ」

「桐子が宮本春子と名乗ってうちにいたことを知ったのはいつだ?」

一服つけながら篠原はすかさずたずねた。

「質問はこちらの質問に答えてからにしてほしいですね」

貴島はライターの蓋を音をたてて閉じた。

「霞令子さんを殺害したのはあなたですか」

霞令子の死因は解剖を待たないと詳しくは分からないが、遺体の後頭部には打撲傷《だぼくしょう》の痕《あと》が見られた。あの傷がたんなる事故などでできたものでないことは、篠原たちが令子の遺体をあんな異常な形で処分しようとしたことでも明白だった。

「そうだよ。私が殺したんだ」

篠原はあっさりと白状した。口元には薄笑いすら浮かべていた。

「母の頭をうしろからステッキで殴ってね」

「それは、一年前の九月のことですか」

「そうだ」

「動機は？」

「色々だよ。とても一言では言えないな」

篠原は肩をすくめてみせた。

「色々とは？」

「一つハッキリしていることは、あのとき別荘で母はある行為をしようとした。それを私はやめさせたかった。口で言っても母はやめようとはしなかった。それで私は咄嗟《とっさ》に手元にあった母のステッキを握ってうしろから殴ったんだ」

「何をやめさせようとしたんです」

「母が電話を――いや、このことを話す前に、私と桐子がどこでどう再会したか話しておいたほうがよさそうだ。それとも、彼女からもう聞いているのか」

「いいえ。彼女は貝のようにだんまりを決め込んだままです」

「だろうな」

篠原は歪めた口から煙を吐き出した。

「いっそ、十五年前の佐川ウメ殺しの真相から話そうか。そのほうが話がしやすい」

「そうしてもらえればありがたいですね」

「あの事件は、いつかきみも言っていたように、奥沢が陰にいたんだよ。桐子は奥沢にそそのかされてあんなことをしたのだ。あれは本当は、奥沢が佐川ウメから借りていた借金の借用証書を盗み出すのが目的だった。ただ、借用証書だけを盗み出せば、すぐにウメに分かってしまうと思い、ウメが留守の間に空巣でも入ったように見せ掛けるつもりだったようだ。ところが、ウメにとっても桐子にとっても不運なことに、ウメが芝居見物に行く途中でうちに帰ってきてしまい、ああいうことになってしまった――」

篠原は堰《せき》が切れたように話しはじめた。

奥沢の計画では、最初は盗みだけが目的だったようだが、桐子が弾みでウメを刺し殺してしまったことを知ると、奥沢は計画を変えた。このアクシデントを逆手に取って、桐子をも葬り去ってしまおうと思い付いたらしい。その頃すでに、まだ女子大生だった支倉千里と知り合っていた奥沢は、桐子が邪魔になっていた。そこで、この際、桐子を自殺に見せ掛けて殺してしまえば、佐川ウメ殺しの真相も隠せるし、晴れて支倉千里とも結婚できる。いわば一石二鳥というわけだった。

奥沢は、桐子をうまく言いくるめて、ひとまず福井の旅館に宿を取らせた。奥沢が桐子に話した計画というのは、旅館に遺書を残して、東尋坊から身を投げたように見せ掛けるというものだった。あそこなら遺体が発見されなくても怪しまれない。そう持ち掛けたのだという。むろん、桐子には偽装自殺のように思わせたが、奥沢としては本当に殺してしまうつもりだった。だが、自分で手を下すようなことはしなかった。桐子に遺書を書かせたあとで、旅館から連れ出し、東尋坊の断崖《だんがい》から突き落とす役は、大学時代の友人の上山に頼んだというわけだった。

「ところが、ここで奥沢にとってまたもや計画外のことが起こった。上山幹男が、いったんは殺しを引き受けたものの、いざ実行の段になると、二の足を踏んでしまったらしい。少なくとも、上山には奥沢よりは人間らしいところがあったということだ。桐子を断崖から突き落とすかわりに、逃がすことを選んだのだ。皮肉にも奥沢が桐子に話した偽の計画を上山は本当に実行してしまったというわけだよ――」

上山は、瀬戸内海の小島で助産婦をしていた親戚の女のもとに桐子を預けた。この女が人手を欲しがっていることを前から聞いていたらしい。それに、瀬戸内海の小島なら警察の目も行き届かないと思ったようだ。実際、そのとおりだった。その頃はまだ、捜査線上に上山の名前は挙がっていなかったし、偽装自殺を疑った警察は、桐子が身を隠しそうなところは虱潰《しらみつぶ》しに当たったようだが、上山の親戚筋までは捜査の対象にはしなかった。

桐子はここで五年暮らした。身を寄せていた老女が亡くなったのを機に、小島を離れると、岡山、広島、倉敷あたりを転々として、スナックやバーのホステスをやりながら日々の生計をたてていたらしい。

そんな折り、六年前のことだった。たまたま美容院で手に取った週刊誌に、篠原と、ある著名人の対談が載っていたのを見た桐子は、その夜、横浜の家にいた篠原のもとに電話をかけてきたのだという。

「あのときは死ぬほど驚いたよ。最初は悪戯《いたずら》電話だと思ったくらいだ。声を聞く瞬間まで、彼女は死んだとばかり思いこんでいたのだから。しかし、まぎれもなく桐子の声だった。私はすぐに彼女に会いに行った。彼女はその頃倉敷に住んでいた——」

桐子に会って、これまでの事情を聞いた篠原は、時効の日まで横浜の家に彼女をかくまおうと決心した。ちょうど折りよく、その二年前に白内障を患《わずら》って失明同然になっていた霞令子の世話をする看護婦を探していたところでもあった。それまでに雇った看護婦はいずれも、被看護人の度を越した我がままと、幽閉されているような生活に我慢できなかったのか、どれも長続きしなかった。

さいわい、桐子は気難しい老女に仕えることを知っていた。佐川ウメ、上山の親戚の助産婦と、それまでに二人の強欲で気難しい老女たちのもとで、生きるために、彼女たちのご機嫌を取る術《すべ》を知らぬ間に身につけていたらしい。しかも、それまでの看護婦たちが嫌った幽閉生活も、時効が来るまで身を隠していなければならない桐子にとってはむしろ望むところだった。

「私は桐子を母に会わせた。知り合いが院長をしている病院の看護婦をしていた女だと偽って。母は全く気がつかなかった。視力が殆どなくなっていたので、宮本春子と名乗って現われた女が、昔、息子の結婚相手として紹介された女だとは夢にも思わなかったのだ。五年間、この関係はうまくいった。献身的に支える桐子に、あの母でさえ、心を許すようになっていた。このままいけば、あと一年に迫った時効の日までなんとか時をやりすごせると思った。ところが、そう思いはじめていた矢先に、あれが起きた――」

篠原は一年前に起こったことを思い出すような目で宙を見詰めた。

「去年の夏だった。私と桐子と裕也と母の四人で、あの別荘へ避暑に来ていた。何日か滞在して、明日横浜に帰るという日になって、夜、一本の電話がかかってきた。電話に出たのは裕也だった。もし、あのとき電話を取ったのが、私か桐子だったら、あの事態は防げたかもしれない。でも裕也は何も知らなかった。だから、サロンにいた母にその電話を取り次いでしまった。電話の女は、『霞令子さんに替わってくれ』と言ったのだ――」

「電話をかけてきた女というのは、まさか？」

貴島はふと思い当たるふしがあって、口をはさんだ。

「弥生だ。大崎弥生だった。弥生は宮本春子と名乗っている女の正体に前から気付いていたんだよ」

やはりそうか。

「桐子がうちに来て一年半くらいたった頃だったか、フラリと横浜の家に立ち寄った弥生は、本館で桐子と出くわしてしまったのだ。私は他人の空似《そらに》だとごまかしたが、弥生は信じなかった。それなら宮本春子のことを探偵社を使って調べても構わないのねと威《おど》してきた。仕方なく、金を払うことにした。弥生の恐喝はあのときからはじまっていたんだ。弥生は電話をかけてきたとき、どうせ酔っ払っていたのだろう。酔っ払うと誰かれ見境なく電話をかけては、喧嘩をふっかけたり、死にたいと愚痴《ぐち》ったりする癖が前からあった。おそらく、あの夜も、酔っ払って自暴自棄《じぼうじき》になり、あとさきのことも考えずに、母に宮本春子の正体を明かしてやれという気分にでもなったにちがいない。

母は弥生の口から、これまで自分に付き添っていた女が誰であるか知ってしまった。自分が五年間騙《だま》されていたことを知ってしまったんだよ。そして、手もつけられないほど逆上した。私を罵《のの》り、桐子をなじり、あげくの果てに、警察に知らせると言い出した。時効まであと一年だというのに。私はなんとかそれだけはやめてくれと頼んだが、母は聞く耳をもたなかった。切ったばかりの受話器を手探りでつかみ取ると、今にもダイヤルを回しそうになった。それを見て、一瞬何も考えられなくなった。桐子がすごしてきた十四年間、そして、私がすごしてきた十四年間のことが瞬時にして頭をよぎった。もし、あのとき、母に反対されずに、桐子と結婚できていたらと思った。そうしていたら、桐子が奥沢のような男の口車に乗って、佐川ウメを刺し殺すこともなかっただろう。私も大崎弥生のような女につきまとわれることもなかったにちがいない。私たちは私たちの子供をもち、私たちが長い間作りたいと望んでいた家庭を作り上げていただろう。それが何もかもだめになったのは、すべてこの女のせいだ。またこの女に邪魔されるのかと思った。そう思ったら、ああせずにはいられなかった。気がついたら、私は足元に転がっていた母のステッキを拾いあげて、母の頭に振りおろしていた——」

「……」

「母は受話器を持ったまま、まるで棒のように倒れたよ。手足が痙攣《けいれん》したかと思うと、すぐに動かなくなった。てっきり死んだと思った。はっと我にかえって、大変なことをしてしまったと思ったが、救急車も警察も呼べなかった。咄嗟のこととはいえ、母を殺したのは私だった。それに、桐子のことがあるから、今ここで警察を介入させるわけにはいかない。母の死は隠さなければならなかった。しかし、遺体はなんとかしなければならない。私たちは頭を抱えて途方に暮れた。そのとき、裕也が突飛《とっぴ》なことを思い付いた。母の遺体を厨房の冷凍室で凍らせてしまえばいいと言い出したのだ……」

あれは麻生裕也のアイデアだったのか。千里の遺体を奥沢邸で見付けたとき、ゾンビにして奥沢を驚かせてやろうと思い付いた裕也らしい頭の働き方だと、貴島は腹の中で苦笑した。

「幸か不幸か、あの別荘はもともと父がペンションとして建てたものだ。厨房には本格的な冷凍室が備え付けられていた。人間の一人くらい十分収容できる大きさを持った冷凍室が。時効がくるまで、母の遺体はいったん凍らせておいて、その間、桐子が母の代役をつとめる。宮本春子と母との二役をつとめるのだ。年齢こそ違うが、桐子と母は体格も顔立ちもよく似ていた。メイキャップの道具は別荘にも置いてあったから、それを使えば人目をごまかせそうだと思った。それに、母は人嫌いの評判がたっていたから、あまり人前に出なくても怪しまれない。本館に寄宿している塾生たちも、母のそばには近寄らないはずだから、ばれる心配はなかった。そして、時効が成立したあとで、母は別荘で何らかの事故に巻き込まれて死んだように見せ掛ける。これがその夜を徹して私たちが話しあった計画だった。ところが——」

篠原は溜息をついた。

「悪いことはできないものだな。よりにもよって、軽井沢から帰ってきた翌日、写真週刊誌のカメラマンが庭に忍び込んで、桐子の写真を撮ってしまった。なんでも、昔、一世を風靡《ふうび》した俳優やスポーツ選手の今の暮らしぶりを読者に紹介するという、ようは昔スターだった人間の凋落《ちょうらく》ぶりを楽しもうという悪趣味な企画だった」

「そのときの写真が大崎弥生に第二の恐喝のネタを提供してしまったわけですね」

「そうだ。母は目が悪くなってから、蓋を取って針に触ることのできる特殊な腕時計をしていた。桐子はこの腕時計をはめるとき、うっかり、右手につけてしまった。桐子は左利きだったから、いつも腕時計は右手にしていた。その癖がつい出てしまったのだ。写真週刊誌を見たとき、そのことに気が付いて、ひやっとしたが、まさかこんなささいなことに気付く人間はいまいとたかをくくっていた。しかし、そうじゃなかった。このささいなことに気付いた人間がいたのだ。弥生だった。弥生はあの写真週刊誌を日頃から愛読していたらしく、すぐに霞令子が右手に腕時計をしているのに目ざとく気付いたそうだ。三年ほど一つ屋根の下で暮らした女だから、そんな細かいことにもすぐに目がいったのだろう。それだけじゃない。弥生は桐子が左利きだということも覚えていた。あの女も馬鹿じゃない。酔っ払ってさえいなければ結構頭の回る女だった。この二つの事実から、ある一つの疑惑を導き出した。しかも、前日の夜、母にあんな電話をかけて、私たちの間に波風をたてようとしたこともある。軽井沢であのあと何かが起こったと直感したらしい。すぐに彼女はそのことをほのめかしてきた。そして、桐子の時効がすぎたあとも、今までどおり、生活費を払い込むことを要求してきた。それでしばらくはおとなしくなったが、あの日、きみと女刑事が麻布のマンションに訪ねてきた日だ。今までの『生活費』をもっとアップしろと言ってきた。弥生は、横浜の家でたまたま聞き込みに来たきみと出会って、あの奥沢たちの事件にも桐子がかかわっていると思い込んだらしい。これでまた新しい恐喝のネタができたと思ったんだろう」

「それで、あなたはまさか？」

「勘違いするな。私は弥生は殺してない。あの事件に関しては、私は本当のことしか話していない。一つだけ嘘をついたとしたら、それは、私が駆け付けたとき、弥生はひどく酔ってはいたが、寝てはいなかったということだけだ。酒臭い息を吐きながら、一生私に蛇のようにまとわりついてやるから覚悟しろと繰り返し言った。私が黙って見下ろしていると、弥生は、『あたしが憎いでしょう？　殺してしまいたいでしょう？』と言った。

死にたそうな目をしていたよ。もしかすると、弥生があんなことを突然言い出したのは、私を怒らせて、自分を殺させようとしたのかもしれない。私はなんとなくそれを察したから、要求は全部飲むと言ってやった。金で片がつくなら安いものだとも。実際そう思っていたからだ。彼女が生きている限り、一生だって払い続けたっていい。たしかに弥生に恐喝されていたが、それだけで払い続けていたわけじゃない。それだけ言って、弥生の家を出た。きみが信じるかどうか知らないが、私が出ていくまで、彼女が生きていたことは本当だ。もし風呂場で手首を切ったとしたら、あのあとのことだ。他殺でないとしたら、あれはやはり自殺だったにちがいない」

「それではなぜ、黒岩に五十万も払ったのです?」

「恐喝の内容を認めたからじゃない。ただ妙な噂を流されたくなかったからだ。それに、弥生の家が密室でなかったことを警察が知れば、また何かとうるさくなる。母の遺体の始末をつけるまでは、あまり警察の注意を引きたくなかった。だから、はした金ですむなら金であの若造の口を封じようと思ったのだ。だが、殺しの件については、私は全く無関係だ。裕也を介して五十万渡したことは事実だが、殺してはいない」

「それは分かっています。あのあと、黒岩をはねた犯人はつかまったようですから」

たぶん篠原はすべて本当のことを言っているのだろうと確信しながら貴島は言った。

「そして、母の遺体を別荘の冷凍室に隠して、数カ月後、私は一人で別荘へ来た。まさかと思ったが、シーズンオフには別荘荒らしが出没するという話を聞いていたので、それの警戒のためにだ。念のため冷凍室を開けてみた。なかを見たとき、私のほうが凍り付きそうになった。なかではあってはならないことが起きていた」

篠原は思い出したくないというように頭を抱えた。

「何があったんです？」

貴島はなんとなく嫌な心もちになりながら、それでもたずねた。別荘のサロンで見た、霞令子の死に顔の凄まじさを思い出した。あれはまさに地獄を見た瞬間凍り付いたような顔だった。頭を殴られて死んだわりには、あれはあまりにも――。

「母の様子が変わっていたんだ。顔の表情も、姿勢も、数カ月前に冷凍室に入れたときとは。それに、灰色だった母の髪がまるで漂白したように真っ白になっていた」

「……」

「母は生きていたんだよ」

2

「冷凍室に入れられたとき、まだ死んではいなかったんだ。おそらく、頭を打って仮死状態になっていたんだろう。あのとき、私は気が動転していたから、母の死を確かめなかった。私よりも冷静だった桐子が、母の遺体にかがみこんで、『死んでいる』と言ったので、それを鵜呑《うの》みにしてしまったのだ。母はあとで息を吹き返したのだろう。外から施錠された零下二十度の冷凍室のなかで」

「……」

「それを知ったときは、さすがに体の震えが止まらなかったよ」

「しかし、あなたは、凍結させた母親の遺体に、今度はよりにもよって灯油をかけて焼こうとした。そのときは体が震えなかったんですか」

貴島は言った。

「仕方なかった。ああするしかなかったんだ。変死ということで、司法解剖に回されれば、母の遺体が一年間凍結されていたことが分かってしまうかもしれないと思った。それで、焼き尽くして骨だけにしてしまえば、死因も凍結しておいたこともごまかせるんじゃないかと思ったのだ」

「それにしても、血を分けた母親に、よくそこまでできたものですね」

「血を分けた？」

篠原は青ざめた顔で眉をつりあげた。

「あの女の血なんか、一滴たりとも私のなかに流れてはいないよ」

「え？」

「霞令子は私の実の母親じゃなかった。父もだ。篠原夫妻は私の実の両親ではない。私は五歳まで横浜のある孤児院で育ったんだ。捨て子だったそうだ。たまたまその孤児院に慰《い》問《もん》に来た霞令子が私のことを気にいって養子にしたのだ。

はじめて私の前に現われたときの彼女のことを私は生涯忘れないだろう。ピカピカに磨かれた立派な車から降りてきた令子は、まるで天女が舞い降りてきたかと思うほど美しく魅惑的だった。

彼女はふわっと裾の広がった純白のドレスを着て、頭にはプリンセスのような白い羽根飾りをつけた小さな帽子を小粋に被《かぶ》っていた。しかも美しいだけじゃない。聖母のように優しかった。鼻水をたらし、目脂《めやに》をつけた子供たちの一人一人にプレゼントを手渡して、頭を撫《な》で、甘い声で名前を聞いてくれた。そばに寄ると、遠い国に咲く花のような匂いがした。私は彼女を見上げ、なんて美しい人だろうと思った。

数日後、院長室に呼ばれた私は、あの美しい人が明日から私の母になると聞かされた。夢かと思った。霞令子の訪問はただの慰問ではなくて、養子にする子供を物色しに来たのだということをあとで知った。おとなしくて利口そうで顔立ちがいいという理由で、私に白羽《しらは》の矢がたてられたのだ。

今からおもえば、彼女はペットショップで子犬か子猫でも買うつもりで、私のことを選んだのだろう。養子をもらったのは、養父に子種《こだね》がなかったせいらしいが、私は篠原夫妻にとって養子というより、ペットか玩具にすぎなかった。

私の父というのは、実業家としては大変なリアリストだったが、女性に関しては大変なロマンチストでもあった。父は霞令子という女を、一人の女性というよりも、スクリーンのなかで輝く女優として愛したのだと思う。一ファンでとどまっていることができなくなって、銀幕の恋人を独占しようとしたのだ。財力があったからそれができた。だから妻が、ふつうの主婦みたいに所帯じみるのをとても嫌った。私を養子にしても、彼女にとって、私は、退屈しのぎの玩具にすぎなかった。気の向いたときだけ、抱いたり頬《ほお》ずりしたりする玩具。気が向かないときは私の存在そのものを忘れているようだった。

　それでも、引き取られて四年くらいの間は私にとって幸福と言える日々が続いた。母は気まぐれだったが、まだ異常というほどではなかった。彼女がおかしくなりはじめたのは、三十を過ぎた頃からだった。父がよそに若い愛人を作って、あまりうちに寄り付かなくなったことが原因だった。父は女優としての母を愛したにすぎなかったから、少しずつ年をとっていく妻にだんだん興味を失っていったのだ。母もそのことに気付いて、前以上に化粧や身なりに時間をかけるようになった。夫というたった一人の観客を逃がさないために。でも時は残酷だった。どんなに巧《たく》みに化粧をし、美しいドレスを着ても、母がもう若くないということは避けられない現実だったし、そんな母に父が急速に愛情を失っていくこともとめようがなかった。母はなすすべもなく、最後の観客が席をたって出ていくのを舞台の上から見ているしかなかったのだ。

　その頃からよくささいなことでヒステリーを起こすようになった。そして、それまでは、退屈しのぎの玩具にすぎなかった私は、彼女の欲求不満のはけ口、八つ当たりの恰好のサンドバッグになった。

　こんな状態は、それから十数年後、父が娘ほども若い愛人のマンションで病死するまで続いた。

私が佐川桐子にひかれたのは、彼女が若い頃の母、私が魅惑された頃の母にどこか似ていたからかもしれないが、それよりも、彼女の境遇が私のそれとよく似ていたからだと思う。

桐子も子供の頃に両親をうしなって、父かたの親戚である佐川ウメの家で養父母の顔色を窺《うかが》いながら育ったのだ。大人の顔色を窺って、毎日びくびくしながら暮らす辛さは、生まれたときから実の両親と暮らしてきた者には絶対に分からないだろう。私たちは一目見たときから、同じ星の下に生まれたということがお互いに感じられた。

前にも話したと思うが、桐子は早く結婚して家庭をもちたがっていた。子供の頃、健全な家庭に恵まれなかった者は、半ば本能のように、自分の巣作りを急ぐものらしい。それは私も同じだった。誰に気兼ねすることもない、自分だけの家庭を早くもちたかった。だが、私には母を捨てることはできなかった。父を亡くしてから、母は私ベッタリの生活をするようになっていたからだ。結局、桐子は母の気にいらず、私たちは別れざるをえなかった。

しかし、私たちの運命の糸はこれで断ち切れたわけではなかった。それから十年近くたって、奇《く》しくもまた絡み合うことになったのだから。私たちは、深い縁で結ばれていたのだろう。別れたあとの生き方まで、まるでどちらかがどちらかをなぞったように、そっくり同じだった。桐子は私の代わりに奥沢とやり直そうとして失敗した。私もそうだった。

桐子の代わりに大崎弥生と結婚したがうまくいかなかった。しかも、桐子は養母にあたる佐川ウメを刺し殺してしまい、私も、長い間私を支配してきた母を殺してしまったのだから。

私たちはどこまでも同じ道を歩くしかない旅の道づれ、精神的な双子のようなものかもしれない、そう思ってきた。しかし――」

篠原はそこまで話して、思い直したように、ふと言葉を切り、

「さあ、そっちの聞きたいことは、これで全部話したはずだ。今度はこちらの質問に答えてもらおうか」

「なんです？」

「しかし」のあとに何と続けようとしたのか少し気になりながら、貴島は言った。

「いつ宮本春子が佐川桐子だと気が付いたんだ？」

「昨日です。これを見て」

貴島は革ジャンのポケットから、例の焼け焦げた写真を取り出した。

篠原は形容しがたい表情をした。

「この写真にはずいぶん振り回されましたよ。それで焼いてしまおうとライターで火をつけかけたときに気が付いたんです。写真のなかの佐川桐子が右手に腕時計をしていることにね」

「そして、例の写真週刊誌のコピーのなかの霞令子も腕時計を右手にはめていることに気

が付いたわけか」

篠原が察して続けた。

「そうです。偶然の一致かとも思いましたが、佐川桐子が若い頃の霞令子に似ていたという話を聞いていました。まさかと思いました」

「それだけで、桐子が生きていて、宮本という看護婦と霞令子との二役をしていると分かったのか」

篠原はいささか驚いたように言った。

「まあ、そういうことになりますが、こんな突飛なことを思いついたのは、もとはといえば、この写真を見せたときのあなたの反応がおかしかったからですよ」

「奥沢の葬儀のときだな……」

「疑惑の発端《ほったん》はあのときのあなたの態度にあったんです。あれがなかったら、いくらなんでもそんな無謀な推理はしません。あのとき、あなたが佐川桐子のことを隠そうとしたのは、奥沢たちの事件に関係していたからではなく、全く別の事件、つまり、あなた自身が犯した殺人のことを隠したかったからだなんてね」

「あれは最大の失策だったな」

篠原は苦笑した。

「そもそもあのとき、奥沢の葬儀に行こうなんて気まぐれを起こしたことが間違いだった。まさか、あのとき、この写真をいきなり見せられるとは思わなかった。頭のなかが真っ白になってしまった。まるで舞台でセリフを全部忘れてしまったときみたいに」

「そういうふうには見えませんでしたが」

「そりゃそうさ。そんなふうに見せたら観客はみな帰ってしまう。落ち着いて何でもないように取り繕うしかないじゃないか」

「しかし、なぜ、佐川のことをもっと率直に話してくれなかったんですか。もしそうしていたら、私はあなたに疑惑の目を向けなかったかもしれない」

「一瞬、迷ったんだよ。どこまで本当のことを話すべきか。しかし、動揺のほうが大きくて、賢明な判断が下せなかった。それで、あんなまずい芝居をしてしまったというわけだ」

篠原はそう言って、口元を歪めた。

「きみはたしか、これを奥沢の本棚から偶然見付けたって言ってたな?」

「ええ」

「それは偶然じゃないよ」

「え?」

「この世には偶然なんて何ひとつないんじゃないのか」

「どういうことですか」

「我々は偶然だと思っているが、最初からそうなるように何もかも仕組まれているんじゃないかって気がするね。この世には、見えない『縁《えにし》』の糸が無数に、それこそ縦横無尽《じゅうおうむじん》に張り巡らされているんじゃないのかな。よく男と女を結ぶ赤い糸のことを聞くが、この世に張り巡らされている糸はそれだけじゃあるまい。きみが奥沢の書斎の本棚から、たまたまテネシー・ウイリアムズの戯曲集を取り出し、そのなかに挟まっていた佐川桐子の写真を見付けたのは偶然じゃない。そして、たぶん、あの日、私が奥沢の葬儀に顔を出す気になったのもただの気まぐれじゃあるまい。むろん、あの写真を見せられて、私が思わずあんなまずい芝居をしてしまったことも。すべては、我々を結ぶ見えない糸のなせるわざかもしれないいな」

「ずいぶん運命論者的な言い草ですね」

あの写真が挟まっていたのがテネシー・ウイリアムズの戯曲集だったと、篠原に言ったことがあっただろうかと、やや不審に思いながら、貴島は言った。

「そうとしか考えられないからさ。私がこの写真を見て驚いたのは、なにもきみが考えている理由だけからじゃない。ずっと探していたものを、いきなり見も知らぬ人間から突き付けられたら、きみだって驚くだろう？」

「ずっと探していた？　この写真をですか」

貴島は唖然として、思わず、机の上の写真と篠原の顔を見比べた。

「どこへやったのだろうとずっと気になっていた。いつか奥沢に貸してやった、テネシー・ウイリアムズの戯曲集のなかに挟んでおいたとはね」

「それじゃ、この写真は——」

「私が撮ったものだ」

3

「あなたが？」

貴島はつい聞き返した。

「きみからその写真を見せられたあとで思い出したんだよ。いつだったか、奥沢にテネシー・ウイリアムズの戯曲集を貸したきりになっていたことを。本を貸してやったあと、すぐに奥沢は劇団をやめ、下宿先も変わってしまったから、それっきりになってしまっていたんだ。奥沢はたいして読書家でもなかったから、あの本を借りても、ろくに読みもしなかったんじゃないのかな。もしかすると、あのなかに佐川桐子の写真が挟まっていたことなど、彼は死ぬまで知らなかったのかもしれない」

「そうだったんですか……」

貴島は机の上の写真に目を落とした。これは篠原が撮ったものだったのか。桐子が笑いかけているのは、奥沢峻介ではなかったのだ。

そうと分かれば、たしかに篠原の言うとおり、奥沢邸の二階の本棚のなかから、自分がこれを発見したのも、たんなる偶然とは言えないような気がした。篠原がこの写真を撮ったときから、おそらく、篠原と自分との間に、目には見えない、『縁』の糸が張り巡らされたのではないだろうか、と貴島はふと思った。

この写真を見たときに感じた、あの奇妙な懐かしさをともなった感情は、もしかすると、写真のなかの女に感じたのではなく、半ば無意識に、この見えない糸の存在を感じたからではないか。

『縁』の糸はなにも男女を結び付けるだけではない。追う者と追われる者。刑事と犯罪者。そんな『縁』の糸もこの世にあるのかもしれない。それがどんな色の糸をしているのかは分からないが。

ふとそんな気にさせられた。

「この写真を撮ったときから、こうなることが決まっていたと思えば、なんだかさばさばした気分だよ」

篠原は言った。実際、疲れてはいるようだったが、彼の態度には、旧友と茶のみ話でもしているような、妙にくつろいだ、ほがらかと言ってもいいようなところがあった。

今までの篠原の告白も、嘘や隠し事の混じらない率直なものに感じられた。この点に関しては、頑《かたく》なに黙秘権を行使している佐川桐子とは対照的だった。

「いや、それどころか、むしろこうなってよかったと思っている。これは負け惜しみではない。正直いって、私はほっとしているんだ。母の遺体をきみに発見してもらえてね。やはりどう考えても、灯油をかけて燃やしてしまうというのは、あまりにもひどすぎる――」

篠原はそう言って、溜息をついた。

「あの方法はあなたが考えついたんじゃないんですか」

「まさか」

篠原は眉をつりあげた。

「母を憎んだこともあったが、私にはあそこまではできないよ。あれは桐子が思い付いたんだ」

篠原は吐き捨てるように言った。貴島はすこし驚いた。篠原が考えたのでなければ、また麻生裕也のアイデアかと思っていたからだ。まさか佐川桐子が考えたことだとは……。

「さっき、私は、佐川桐子は、私にとって、同じ星の下に生まれ、同じ道を歩くしかない旅の道づれだと言っただろう？　たしかに私はそう思っていた。だから、どんなことをしてでも、時効の日まで桐子をかくまい通し、彼女を自由にしてやりたかった。そして、私たちが失った年月を取り戻したかった。もう子供をもつことは無理かもしれないが、昔、私たちが欲しいと願った家庭を作って、死ぬまで一緒にいることはできる。そう思っていた。だから――」

篠原は煙草のパッケージを探って一本取り出した。その手がかすかに震えていた。

「時効が成立する夜、今年の九月のことだ。あの夜、私たちは別館で二人きりで零時をすぎるのを待っていた。桐子は祈るように両手を組み合わせて、こうべをたれていた。私も同じ気持ちだった。時効さえ成立すれば私たちは自由だ。どんなにこの日を待ち望んでいたか。そのために母親まで殺したんだ。私たちの祈りのなかで、とうとう零時の時報が鳴りはじめ、そして、鳴り終わった。時効が成立したのだ。私は思わず桐子を見た。桐子はまだこうべをたれて祈るような姿勢を取っていた。やがて、彼女がゆっくりと顔をあげた」

「………」

「桐子は笑っていた。彼女があんなふうに笑うのをはじめて見た。なんというか、とても嫌な笑い方だった。この世のすべてが手に入ったとでもいうような。呆然としている私を尻目に、桐子は狂ったように笑い出した。私はそれを見ながら、こんなふうに笑う女を前にも見たことがあると思い出した。母だ。父の葬儀を終えた夜、それまで親戚連中の前で涙にくれる哀れな未亡人の役を演じ切っていた母が、足袋《たび》や帯や喪服を次々と脱ぎ捨てながら、あんなふうに狂ったように笑ったんだ。

桐子はあのときの母にそっくりだった。態度だけじゃない。涙が出るほど笑ったあとで、私を変な目付きで見ながら言った言葉までそっくり同じだった――」

「なんて言ったんです」

「『私たちはこれでもう、一生離れることはないのよ』」

篠原は女の声音を真似してみせた。

「老婆のようにしゃがれた、囁《ささや》くような声だった。私はその声を聞いたときぞっとした。母の声にそっくりだった。まるで母といるような気がした。声だけじゃない。桐子の顔も仕草も目付きも、母そっくりだったからだ。この一年、母の役を演じているうちに、桐子はいつのまにか身も心も母そのものになりきってしまっていたんだ……」

篠原はそう言って、机の上の、半ば焼け焦げた古い写真を、それだけが総《すべ》てだというように、愛しそうに指で撫でた。

「一年前、あの別荘で私が殺したのは母ではなかった。私はあのとき、桐子のほうを殺してしまっていたんだよ……」

中公文庫版あとがき

本作は、カッパノベルスの書き下ろし（一九九四年出版）を一九九八年に文庫化したものに、若干の加筆修正を加えて、中公文庫として復刊したものです。

作中には出てきませんが、これを書いたのが一九九三年なので、時代背景としては、一九九二年から一九九三年頃の「お話」だと思って下さい。今、読み返してみると、かなり昭和チックというか……。まあ、私の書くものはみんなそうですが。

本作については、当初は、この三作めで「本格的にアリバイ崩し物に挑戦してみようと思った」とか、読み返して気付いたのですが、クリント・イーストウッド主演の「ダーティハリー」シリーズの影響とかに触れようと思っていたのですが、ゲラを読んでいる最中に勃発《ぼっぱつ》した、「3・11」公称、東日本大震災にそんなノーテンキな気分はぶっとんでしまいました。

私は、東京のはずれに住んでいるので、計画停電の実施対象地区に入っていて、とにかく、これが体に悪い。毎日毎日、「停電を実施します」「回避しました」「やっぱり実施します」「中止です」この繰り返しが十日以上続いています。住んでいる街は、一歩出ると、ゴーストタウンのように静まりかえっている。これじゃ、オール電化の家なんて地獄だろうなと思っていたら、オール電化の高級住宅地は、計画停電の対象外とか。ナルホド。

昨日、薬局の待合室で見ていたテレビ（うちでは見ない）には、或る国が、「未曾有《みぞう》の震災に苦しんでいる日本を助けよう！」と、物資援助をする様がデカデカと映し出されていました。

仲良き事はうるはしきかな……。

二〇一一年　惨月　　今邑　彩

『「死霊」殺人事件』　一九九八年十一月　光文社文庫

中公文庫

「死霊《しりょう》」殺人事件《さつじんじけん》
——警視庁《けいしちょう》捜査《そうさ》一課《いっか》・貴島《きじま》柊志《しゅうじ》

2011年4月25日　初版発行

著　者　今《いま》邑《むら》彩《あや》

発行者　浅　海　保

発行所　中央公論新社
〒104-8320　東京都中央区京橋2-8-7
電話　販売 03-3563-1431　編集 03-3563-3692
URL http://www.chuko.co.jp/

DTP　嵐下英治
印　刷　三晃印刷
製　本　小泉製本

Published by CHUOKORON-SHINSHA, INC.
Printed in Japan　ISBN978-4-12-205463-9 C1193